短歌表現辞典
生活文化編
〈新版〉

飯塚書店

はじめに

歌は生活の歓びや哀しみの口誦から生まれ、代々受け継がれて発展し、和歌から今日の短歌となって花開きました。千年以上も同じ形式で詠われている世界に比類のない伝統詩です。日々の生活から美しい文化習俗が生まれ、数多の短歌に詠まれてきました。現在環境が改まり、伝統的文化と生活周辺が急変しつつあります。秀れた短歌表現で生活文化を支えたいものです。

本書は伝統文化と精神生活のテーマ六一二項目をあげ、発生の由来から推移まで説明、関連する歌語を太字表記し、現代秀歌二五七三首を引いて生活・文化を表現する短歌の実際を示しました。親愛な生活・文化を、よりよく展開するために、豊かな短歌表現の手法を学んで頂きたい。

例歌は項目に適する作品を引用させていただきました。改めて多謝いたします。なお、初めての試み故、不備の点も多いと思います。読者の御教示により、より完全なものに改めてゆきます。

飯塚書店　編　集　部

凡　例

見出し語

1　見出し語は、十二か月の生活及び文化を表わす歌語を選んで掲げた。

2　見出し語は平がなにより現代かなづかいで表記し、〔　〕内には漢字を入れて歴史的かなづかいの振りがなを付した。

編成配列

1　見出し語は、ほぼ陽暦に従って月別に編成し、各月は季節の推移に従って配列した。

用字用語

1　説明文は漢字まじり、平がな口語文とし、仮名づかいは現代かなづかいに従った。

2　説明文中の太字は、見出し語の別名や古語、類義語、活用語などである。仮名書き、振りがなは現代かなづかいを用いた。

3　引用歌は原文どおりとし、配列は作者の生年順とした。

目次

はじめに
凡例

一月　新年・冬

若水……一八
初手水……一九
初日拝む……一九
初詣……一九
初御籤……二〇
破魔矢……二〇
年棚……二一
恵方詣……二一
門松……二一
お飾り……二二
注連飾……二二
餅花……二三
鏡餅……二三
屠蘇……二四
雑煮……二五
お節……二五
切山椒……二六
年始……二六
御慶……二七
年賀状……二七
お年玉……二八
初暦……二九
春着……二九
凧……三〇
独楽……三一
手鞠……三二
追羽子……三三
羽子板……三四
歌留多……三四
双六……三五
扇合せ……三五
万歳……三五
獅子舞……三六
猿廻し……三六
初夢……三七
初荷……三七
仕事始め……三八
書初……三八
読初……三八

目次・一～二月

謡初……三九
初釜……三九
太占祭……四〇
出初……四〇
寒餅……四〇
餅の黴……四〇
水餅……四一
氷豆腐……四一
寒天造る……四一
寒卵……四二
寒行……四二
寒泳……四二
寒牡丹見……四三
寒肥……四三
若菜……四三
七種……四四
松納め……四五
鶯替……四五
初卯……四五
十日戎……四六
鏡開き……四六
左義長……四七
小豆粥……四七
成人の日……四八
かじかむ……四八
胼……四八
皸……四九
霜焼……四九
雪見……五〇
雪搔……五一
雪下し……五一
雪丸げ……五一
雪礫……五一
雪合戦……五二
雪達磨……五二
雪兎……五三
竹馬……五三
雪沓……五三
雪蓑……五三
雪焼け……五四
橇……五四
スキー……五四
スケート……五五
ラグビー……五六
寒灯……五六

二月 冬・春

黒川能……五八
雪祭……五八
柊挿す……五八
追儺……五八
豆撒……五九
初午……六〇
バレンタイン・デー……六一
かまくら……六一
蕗味噌……六二
魞挿す……六二
海苔採……六二
山焼……六二
野焼……六三
芝焼……六四
麦踏……六四
梅見……六五
鶯笛……六六
多喜二忌……六六
茂吉忌……六六
実朝忌……六七

三月 春

雛市……七〇
雛祭……七〇
白酒……七一
菱餅……七二
雛霰……七二
雛料理……七二
雛納め……七二
流し雛……七三
闘鶏……七三
伊勢参り……七四
蜆売り……七四
蜆汁……七四
入学試験……七五
御水取り……七六
御松明……七七
西行忌……七七
涅槃会……七七
春分の日……七八
彼岸会……七八
四旬節……七八
北窓開く……七九
春の炉……七九
春の炬燵……七九
春の火桶……七九
雉打ち……八〇

耕す……八〇
田打……八〇
畑打……八一
種物……八一
種蒔く……八二
苗床……八四
芋植う……八四
種芋……八四
馬鈴薯植う……八四
菊の苗……八五
萩根分け……八五
根分け……八五
球根植う……八五
木の芽……八六
五加木飯……八六
山菜……八六
目刺……八七
干鱈……八七
干鰈……八八
挿木……八八
剪定……八八
苗木植う……八九
植木市……八九
屋根替……八九
卒業……八九
青き踏む……九〇
野遊び……九〇
摘草……九一
蓬摘む……九一
土筆摘む……九一
芹摘む……九二
蕨狩……九二
聖母月……九二
春闘……九三

四月　春

四月馬鹿……九六
入学……九六
草餅……九六
蕨餅……九七
桜餅……九八
都踊……九八
春の灯……九九
花見……九九
花衣……一〇一
花篝……一〇一
桜湯……一〇一

潮干狩……一〇一
浅蜊売り……一〇二
壺焼……一〇二
花祭……一〇二
鎮花祭……一〇三
受難週……一〇三
復活祭……一〇三
花菜漬……一〇四
風車……一〇四
風船……一〇五
シャボン玉……一〇六
ぶらんこ……一〇六
ボートレース……一〇七
遠足……一〇七
遍路……一〇八
春の日傘……一〇八
春の服……一〇八
春の外套……一〇九
朝寝……一〇九
壬生念仏……一〇九
大峰入……一〇九
種選び……一〇九
種浸し……一一〇
苗代……一一〇
水口祭……一一〇
茶摘……一一一
蚕飼……一一一
畦塗……一一二

五月　春・夏

ゴールデン・ウィーク……一一四
メーデー……一一四
博多どんたく……一一五
牡丹見……一一五
更衣……一一六
袷……一一六
セル……一一七
菖蒲葺く……一一七
端午の節句……一一七
武者人形……一一八
幟……一一八
鯉幟……一一八
矢車……一一九
粽……一一九
柏餅……一一九
菖蒲湯……一二〇

薬狩……一二一
新茶……一二一
鰤煮る……一二一
母の日……一二二
五月場所……一二二
苗売り……一二二
苗植う……一二三
薪能……一二三
練供養……一二三
葵祭……一二三
夏祭……一二四
競馬……一二五
夏安居……一二五
聖五月……一二六
筍飯……一二六
初鰹……一二七
山女釣り……一二七
菜殻火……一二七
麦笛……一二七
草笛……一二八
麦刈……一二八
麦扱き……一二八
麦打……一二九

六　月　夏

苺ミルク……一三三
鮎釣……一三三
鵜飼……一三三
夜釣……一三三
鰹釣……一三三
鯡料理……一三四
豆蒔く……一三四
甘藷植う……一三四
代掻く……一三四
田水張る……一三五
苗配り……一三五
田植……一三五
早苗饗……一三六
誘蛾灯……一三六
蛍狩……一三七
蛍籠……一三七
蛍売り……一三七
藻刈舟……一三七
田草取る……一三八
草取る……一三八
時の記念日……一三九
山王祭……一三九

父の日……一三九
蠅取……一三九
蚤取粉……一三九
蚊帳……一四〇
蚊遣火……一四一
草刈……一四一
干草……一四二
傘……一四二
夏衣……一四三
単衣……一四三
夏羽織……一四四
夏帯……一四四
夏足袋……一四四
夏服……一四四
夏帽子……一四五
麦藁帽……一四五
夏の手袋……一四六
夏座布団……一四六
夏蒲団……一四六
夏物……一四六
簾……一四六
葭簀……一四七
籐椅子……一四七
夏越の祓……一四八
形代……一四八

七　月　夏

夏館……一五〇
夏座敷……一五〇
夏の炉……一五〇
扇……一五〇
団扇……一五一
花茣蓙……一五一
寝茣蓙……一五一
ハンモック……一五一
日除……一五二
日傘……一五二
サングラス……一五三
毛虫焼く……一五三
朝顔市……一五四
鬼灯市……一五四
富士詣……一五四
登山……一五五
夏山家……一五五
キャンプ……一五五
昆虫採集……一五六
帷子……一五六

目次・七月

羅……………一五七
浴衣……………一五七
白絣……………一五八
汗……………一五八
ハンカチ……………一六〇
白靴……………一六〇
噴水……………一六〇
噴井……………一六一
ベランダ……………一六一
涼み……………一六二
端居……………一六二
打水……………一六三
撒水車……………一六四
行水……………一六四
水風呂……………一六四
髪洗う……………一六四
夜濯ぎ……………一六五
夜店……………一六六
ナイター……………一六六
瓜冷やす……………一六六
胡瓜もみ……………一六六
麦茶……………一六七
氷水……………一六七
アイス・クリーム……………一六七
ラムネ……………一六八
ソーダ水……………一六八
サイダー……………一六九
ビール……………一六九
甘酒……………一七〇
焼酎……………一七〇
冷酒……………一七〇
心天……………一七一
葛餅……………一七一
白玉……………一七一
麦こがし……………一七一
冷奴……………一七二
鮨……………一七二
洗膾……………一七二
泥鰌鍋……………一七三
土用鰻……………一七三
土用蜆……………一七三
扇風機……………一七三
冷房……………一七四
風鈴……………一七五
釣忍……………一七五
金魚売り……………一七六
金魚鉢……………一七六
水盤……………一七六

水遊び……一七七
水鉄砲……一七七
水中花……一七七
花氷……一七七
冷蔵庫……一七八
氷室……一七八
祇園祭……一七八
昼寝……一七九
雨乞い……一八〇
水番……一八〇
裸足……一八〇
裸……一八一
肌脱ぎ……一八二
日焼け……一八二
舟遊び……一八三
ボート……一八三
ヨット……一八三
カヌー……一八四
泳ぎ……一八四
海水浴……一八四
プール……一八五
滝浴び……一八五
箱眼鏡……一八六
水眼鏡……一八六
避暑……一八六
夏休み……一八六
夏期大学……一八七
林間学校……一八七
虫干……一八七
梅漬ける……一八八
暑気払い……一八八
夏負け……一八九
梅酒……一八九
夏痩せ……一八九
夏風邪……一八九
汗疹……一八九
天花粉……一九〇
香水……一九〇
川開き……一九〇
茗荷汁……一九一
茄子漬……一九一

八月　夏・秋

ねぶた……一九四
原爆の日……一九四
硯洗い……一九五
七夕……一九五

目次・八〜十月

星合い……一九六
草市……一九七
盆支度……一九七
迎え火……一九八
盂蘭盆……一九八
施餓鬼……一九九
墓参り……一九九
灯籠……二〇〇
岐阜提灯……二〇〇
回り灯籠……二〇〇
踊り……二〇一
精霊舟……二〇一
流灯……二〇二
送り火……二〇二
大文字……二〇三
終戦記念日……二〇三
相撲……二〇四
花火……二〇五
焼玉蜀黍……二〇六
地蔵盆……二〇六
吉田火祭……二〇六
大根蒔く……二〇六

九月　秋

震災記念日……二〇八
秋の灯……二〇八
虫売り……二〇九
敬老の日……二〇九
萩見……二〇九
子規忌……二〇九
秋の蚊帳……二〇九
簾納む……二一〇
秋扇……二一〇
秋の袷……二一〇
秋分の日……二一〇
秋遍路……二一一
鰯引く……二一一
鮭小屋……二一一
鯊釣……二一一
下り簗……二一一
間引菜……二一三
芋掘る……二一三
月見……二一三

十月　秋

共同募金……二一四

案山子……二一四
鳴子……二一四
鳥威し……二一四
新酒……二一五
秋の酒……二一五
濁酒……二一五
新米……二一五
秋祭……二一六
牛祭……二一六
お会式……二一六
運動会……二一七
菊供養……二一七
菊人形……二一七
菊膾……二一八
菊枕……二一八
栗拾い……二一八
栗飯……二一八
焼栗……二一八
牛蒡引く……二一九
豌豆蒔く……二一九
とろろ汁……二一九
零余子飯……二一九
茸汁……二二〇
芋幹……二二〇
干芋……二二〇
萩刈る……二二〇
木賊刈る……二二〇
葦刈り……二二〇
火祭……二二一
稲刈り……二二一
稲架……二二二
稲扱き……二二二
籾干す……二二三
籾摺り……二二三
藁塚……二二三
綿取り……二二三
夜業……二二四
障子洗う……二二四
障子貼る……二二五
種取り……二二五
柚味噌……二二五
蜜柑狩……二二五
干柿……二二六
紅葉狩……二二六

十一月　秋・冬

文化の日……二二八

目次・十一～十二月

炉開き……二二八
酉の市……二二八
蕎麦刈る……二二九
麦蒔き……二二九
大根引く……二二九
大根洗う……二二九
大根干す……二二九
沢庵漬く……二三〇
菜漬……二三〇
蒟蒻掘る……二三〇
蓮根掘る……二三〇
泥鰌掘る……二三〇
落葉掻く……二三一
落葉焚く……二三一
冬構え……二三一
北窓塞ぐ……二三一
目貼り……二三二
報恩講……二三二

十二月　冬

顔見世……二三四
大根焚き……二三四
雑炊……二三四
根深汁……二三四
白菜漬……二三五
干菜……二三五
粕汁……二三五
牛鍋……二三六
おでん……二三六
湯豆腐……二三六
焼芋……二三六
鍋焼……二三七
蕎麦掻き……二三七
葛湯……二三七
熱燗……二三八
卵酒……二三八
寝酒……二三八
神楽……二三八
狩……二三九
猪鍋……二三九
河豚料理……二四〇
鮟鱇鍋……二四〇
鱈汁……二四〇
鰤網……二四〇
塩鮭……二四一
牡蠣料理……二四一
海鼠腸……二四一

焼鳥……二四二
味噌搗き……二四二
冬籠り……二四二
屏風……二四三
障子……二四三
絨毯……二四三
暖房……二四三
ストーブ……二四四
暖炉……二四四
炬燵……二四五
火鉢……二四五
埋み火……二四五
炭火……二四六
炭……二四六
炭団……二四七
いろり……二四七
榾火……二四七
湯湯婆……二四七
懐炉……二四八
温石……二四八
行火……二四八
焚火……二四八
湯冷め……二四九
風邪……二四九
咳……二四九
嚏……二五〇
水洟……二五〇
蒲団……二五〇
毛布……二五一
綿入……二五一
毛皮……二五一
着脹れ……二五二
セーター……二五二
冬服……二五三
冬帽……二五三
フード……二五三
頬被り……二五三
マスク……二五四
襟巻……二五四
ショール……二五四
手袋……二五四
股引……二五五
足袋……二五五
外套……二五五
コート……二五五
懐手……二五六
日向ぼこ……二五六
毛糸編む……二五六

目次・十二月

紙漉き……二五六
霜除け……二五七
雪囲い……二五七
雪吊り……二五七
雁木……二五七
古暦……二五七
古日記……二五八
年用意……二五八
春支度……二五八
ボーナス……二五八
年の市……二五八
温室……二五九
火事……二五九
夜回り……二五九
冬至粥……二五九
柚子湯……二五九
クリスマス……二六〇
慈善鍋……二六〇
第九……二六一
冬休み……二六一
歳暮……二六一
門松立つ……二六一
注連飾る……二六一
年忘れ……二六一
餅……二六一
御用納め……二六二
晦日蕎麦……二六二
年守る……二六二
除夜の鐘……二六二

歌語索引……二六三

一月

新年・冬

一月　新年・冬

わかみず〔若水《わかみづ》〕

元日の朝、新しく汲んで用いる水である。まず、歳神《としがみ》に供え、手や顔を清め、雑煮を作り、福茶を沸かす。若水には一年の邪気を除《のぞ》いて、人を若返らせる神聖な力が宿るとして、若水汲みは一家の正月の祝いを取りおこなう主人の役とされた。早朝きびしい寒さをついて井戸や泉や川へ、新調の手桶を下げて行き、汲むときに「こがねの水を汲みます」などと、めでたい言葉をとなえて、汲んでくる途中で人に会っても口をきかぬものといましめられた。

もともと奈良時代に、飲めば若返るという神聖な水を復水《おちみず》・変若水《おちみず》といい、『万葉集』巻十三の長歌「月よみの持てる変若水《をちみづ》い取り来て、君に奉《まつ》りて変若得《をちえ》てしかも」（作者不詳）によると、その水は月に宿ると信じられた。その後、立春の日に宮中の主水司《もいとりのつかさ》により、天皇に奉った水を若水と呼んだという。

若水汲みは、四国・九州などでは一家の主人の役目ではなく、古くから主婦が行っていた。高浜虚子は「若水や妹《いも》早くおきてもやひ井戸」と詠んでおり、「もやひ井戸」（共同井戸）で若水を汲むという儀礼ぶらない、快い句である。また、星野立子は「若水やざぶと双手《もろて》やはしけやし」と詠み、身をさすような冷たい若水を、感嘆詞「はしけやし」で表わして気持ちよい。

現代は、きれいな流れや井戸が少なく、水道の水を汲むことになるが、元日に初めて汲む水として、心あらたまった気分を詠みたい。初水《はつみず》・福水《ふくみず》ともいう。

元日の朝日ほがらにてらす井の水をたたへて汲みあげにけり　岡　麓

深井戸は冬あたたかし年たちて汲む若水を桶に湛《たた》ふる　岡　麓

藪かげに若水汲めり水さしに溢るるばかりその真清水を　平福　百穂

新桶に汲み足らはせる若水をさげてわが歩むその若水を　古泉　千樫

椿さくこの井の水の若水を幾代の祖《おや》たち汲みにけらずや　　古泉　千樫

青銅の龍の口よりしたたれる寒清水汲めり年のはじめに　　前川佐美雄

元日の朝、汲み上げた**若水**で、はじめて口を

はつちょうず〔初手水《はつてうづ》〕

すすぎ、手や顔を洗い清め、気分をあらためることである。初手水をすませてから、東の空を拝したり、神仏に祈ったりする。**手水初め**ともいう。そのあと、正月の厨《くりや》で炊事の火をつけ（**焚初《たきぞめ》・初竈《はつかまど》**という）、雑煮を作り、福茶を沸かす。福茶には結び昆布・梅干・山椒の実などが入る（**大服《おおぶく》・大福茶《おおぶくちゃ》**）。

初手水の俳句として「大滝の末の流れの初手水　泉東江」「ねもごろに義歯《ぎし》をみがくや初手水　日野草城」がある。

しみとほるあかときみづにうつせみの眼《まな》こあらひて年ほがんとす　　斎藤　茂吉

初手水を終えると、

はつひおがむ〔初日拝《はつひをが》む〕

東の空が明るくなり（初東雲《はつしののめ》・初茜《はつあかね》）、昇ってきた初日の出を、かしわ手を打ったり、頭を下げたりして拝する。初日の出を見るため、山に登ったり、海辺で夜を明かす人もいる。天地の間より、まさに荘厳の気配が溢れ、瑞祥《ずいしょう》にみちた気分のうちに、初日に向かって新年の幸福を祈願するのである。

焼けし夜の悔いは忘れず建てそへて初日にむかふわが四畳半　　土岐　善麿

枝のみの樹を透く初日生ける身のほのかながらに額あたたかし　　和田　周三

はつもうで〔初詣《はつまうで》〕

新年はじめての社寺詣である。元日の早朝に近くの社寺に一家そろって詣でたり、有名な社寺では除夜に詣でた人々が除夜の鐘が鳴り終わるのを待って初詣をしたりする（**二年参《まい》り**）。都会では大晦日から夜通し電車が走るので、厚着をした若い人々の初詣の姿が多く見られ、行楽の一つともなっている。**初参り**ともいう。

鎌倉の幕府なきのち正月にもろ人まゐる鶴が岡かな　　与謝野晶子

信仰といふにもあらぬ初詣りこの民俗はなほつづくべし　　四賀　光子

子を連れて且つすこやけき父母に添ひつついゆくこの初詣　　太田　青丘

うらうらとかすみをわたす大鳥居春着の人のい群れつつゆく　　太田　青丘

子が撮りし初詣の写真先頭に胸はりゆくは母の白髪　　太田　青丘

また、京都八坂神社では大晦日の深夜から元日にかけて、**白朮《おけら》祭**が行われ、鑽火《きりび》で薬草のオケラを交えたかがり火を焚く。参拝者はその火を火縄に移して持ち帰り、元日の雑煮を煮たり、福茶を沸かしたりする火種にした。これを**白朮火《おけらび》**といい、白朮祭に詣でることを**白朮参《おけらまい》り**という。現在は元日に行われている。俳句に「誰が袖に触れつつ白朮火を享けし　平畑静塔」がある。

なお、カトリック教会などでは元日にミサ聖祭が行われる。これを**初ミサ**、**ミサ始め**という。俳句に「燦々とステンドガラス弥撒《みさ》始《はじめ》　阿波野青畝」がある。

はつみくじ〔初御籤《はつみくじ》〕

初詣の社寺で引くおみくじである。神仏に祈願して、これで一年の吉凶をうらなう。引いたおみくじは境内の樹木の枝に結ぶ風習がある。吉や大吉の場合は持ち帰ることが多く、その他は結びつけると、厄《やく》払いになるといわれる。

良縁あり失物出づると大吉の初みくじ結ふ神木の枝　　石橋　妙子

はまや〔破魔矢《はまや》〕

初詣の神社から、家の厄除《やくよ》け、子供の厄除けとして持ち帰り、室内に飾るおまもりである。各神社では歳末より巫子《みこ》が総出で、白木に白羽を矢のように結ぶ仕事に追われる。もとは、弓矢を用いて的を射る正月競技の一つの破魔打《はまうち》で、そのときの弓を**破魔弓**、矢を**破魔矢**といい、年の初めに一年の農作物の吉凶、天候などを占った競技という。その後この弓矢を飾りとして男子の初正月に贈り、武運などを願った。

破魔矢など買ひ来て元日の日は昏れぬ今年の希ひもあはくなりゆく　　羽場　喜弥

破魔矢持ちて立てる長女に昔むかし若かりし母の笑顔を見たり　　吉野　昌夫

若さこそ魔のたぐひにてありけるをなんぞ破魔矢を買ふや若者　　伊藤　一彦

としだな〔年棚《としだな》〕

年が明けるとともに、家々を訪れる**歳神《としがみ》**（**歳徳神《としとくじん》**）を迎えるため、しつらえた棚のことをいう。年棚には注連縄《しめ》を張り、鏡餅・神酒を供え、**年木《としぎ》**を吊るした。所により**年俵《としだわら》**を置くなどの風習がある。歳神は祖霊の性格を有し、また、田の神と考えている地方もあり、むかし、民間では**正月さん**、**お年《とし》さま**などと親しく呼んで、暮には子供が外で歳神を迎える歌を高唱した。年木は正月用の燃料の薪で、地方により、若木《わかぎ》・祝木《いわいぎ》・俵木《たわらぎ》などともいう。年俵も注連を張り、床の間に祭った。

しづかなる春を　つつしみ暮すなり。さびしとぞ見る――。歳棚《トシダナ》の塵　　釈　迢空

親離れせよなど言ひて放ちたる子を待つか年木を棚にかざりて　　木俣　修

えほうまいり〔恵方詣《えほうまいり》〕

元日、その年の恵方に当たる社寺に参詣することで、福が授かるといわれる。恵方はその年の干支《えと》に基づき、よいとされる方角。その方角には**歳神《としがみ》**（**歳徳神《としとくじん》**）が訪れているといわれる。

恵方詣りのあぶれの男女美術館に入り来てクートーの画に戸迷へる　　四賀　光子

わが母とわが児を伴ひこの道を恵方まゐりに今し出でゆく　　古泉　千樫

つぎつぎのまがごとに面《おも》も萎《な》えし父の恵方詣に御供《みとも》す吾れは　　五島　茂

かどまつ〔門松《かどまつ》〕

新年を祝って、家々の門口や戸口に立てる一対の**松飾り**。商店などでは、**竹飾り**とともに立てる。この松を依代《よりしろ》として、歳神《としがみ》が訪れるといわれている。むかしは十二月十三日から飾り、大晦日に飾るのは一夜松《いちやまつ》といって忌み、禁じられた。門松を取り払う日は地方によりことなり、関東では一月六日、関西では一月十四日が多い。元日から門松のある期間を**松の内**といって、正月気分が濃くただよう。また、地方により、門口・戸口だけでなく、庭・井戸・家の主柱などにも立てる。**松立つ**・**若松立つ**ともいう。

知らずしらず通りかかれり見おぼえのなきにしもあらぬ松たてる門　　服部　躬治

門《かど》に結《ゆ》ふ松も軒場のしめ縄も信濃の風俗《てぶり》したしかりけり　　岡　麓

この河に集ふ百船《ももふね》船毎にわか松立ちて漕ぐ人はゐず　窪田　空穂

しづかなる春は　来むかふ―。門松の　ともしく立つが、かなひつゝよき　釈　迢空

下梯子《さげばしご》おろせしままの船の上門松かざりの笹がさやげり　尾山篤二郎

松かざりすることもなき喪のわが家夜々《よひよひ》はやく門燈を消す　木俣　修

おかざり〔お飾《かざ》り〕

新年のいろいろのお飾りをいう。現在では**輪飾り**が一般的で、戸口・床の間・台所・便所・机・本棚・機械類・自転車・自動車などに飾り、神の領域を示して魔除けとし、その年の無事を願う。輪飾りは、わらを輪状に編んで、数本のわらを垂らし、裏白《うらじろ》・紙《かみ》四手《しで》などを添える。**輪注連《わしめ》**ともいう。また注連や鏡餅に海老・橙・歯朶《しだ》・楪《ゆずりは》・野老《ところ》・ほんだわらなどを添えた飾りもある。

こもりゐれば障子にふるる輪飾りのひるたけて長きかげをうつしつ　大熊長次郎

日のいろの匂へる如き元旦の輪飾りわれに最《いと》もかがよふ　福田　栄一

輪注連ひとつ画鋲をもちて壁に挿す今年のわれの睦月とぼしき　岡野　弘彦

しめかざり〔注連《しめ》飾《かざり》〕

新年の年棚や神棚をはじめとして、門口・戸口などに飾る注連縄である。注連《しめ》は新藁を左によって縄状に編み、ところどころに、わらの茎を垂らして紙四手を下げる。また、わらを一面に垂らした前垂れ注連もある。年棚などに飾るのは清浄な神事の場を区劃《くかく》するしるしで、門口などに飾るのは不浄を払う意味をあらわす。

葺《ふ》きかへし藁の軒場《のきば》の鍬鎌《くはかま》にしめ縄かけて年ほぎにけり　伊藤左千夫

高原《たかはら》の療舎の睦月《むつき》門口《かどぐち》の注連に山よりおろす風鳴る　木俣　修

四年ぶり喪無くて迎ふる正月のしめ飾りいささか赤みを添へて　太田　青丘

門松さま正月さまと呼びながら注連飾りにも雑煮供へゐし姑　田所　妙子

しめ縄の張られてゐたる片隅の遠き記憶のなかのく

らがり　　　　　　　　　　　　大西　民子

もちばな〔餅花《もちばな》〕

紅白の餅を小さく丸めて、柳の枝などに沢山さして飾ったもの。正月の門松に対し、小正月の行事として前日の十四日に作り、神棚などに供える。元来、作物の豊饒を願った飾物である。明治以後には養蚕が奨励され、繭《まゆ》が豊かにできるのを願って、**繭玉**《まゆだま》が普及するようになった。七宝・宝船・骰子《さい》・鯛・千両箱・小判・稲穂・当矢《あたりや》などの縁起物の飾りもいっしょに吊るし、神社などで売られている。現在は正月の商店街などの飾物にもなっている。**繭玉**《まよだま》ともいう。

足袋つくる行田《ぎやうだ》の家並《やなみ》ひとつ家《や》の奥のくらきに光る**繭玉**《まよだま》　　　　宇都野　研

繭玉のしなへる枝をかざす母ま白き杳き花のまぼろし　　　　武川　忠一

繭玉のしやしやらめくものさし並べ往き来にぎはふここの小路は　　　　片山　貞美

あこがれつついま餅花を飾り得ずわが世はなべてかくて過ぎなむ　　　　安立スハル

かがみもち〔鏡餅《かがみもち》〕

正月に神棚や仏壇に供える丸餅。現在は**床飾**《とこかざ》**り**として、三方《さんぼう》にのせた大きな円形の**御鏡**《おかがみ》に、伊勢海老・橙・串柿・昆布・楪・裏白などを添えた豪華なものもある。鏡餅は、ひび割れないように、特に念を入れて搗き上げ、中高で厚みのあるどっしりした大小二個の丸餅を、ひと重ねにする。大きな鏡餅は床飾りや親もとなど大事な人に贈る。小さな鏡餅は神仏の供物や家族一人一人に配って健康を祝う**年餅**にする。

鏡餅は、平安時代のころから正月三が日の**歯固**《はがた》**め**の祝いに用いられたことが『源氏物語』初音《はつね》の巻に出ており、鏡のような「もちひかがみ（鏡餅）」を、女房たちが額にのせて長寿を祈った。

おのづから　棚のもちひの干《ひ》破《わ》れつゝ―　おつるひびきを見に立ちにけり　　　　釈　迢空

新年《にひどし》を祝《ほ》ぐと飾りし床の間の鏡の餅は灯《ひ》にはえにけり　　　　松村　英一

我が家は貧しくあれか盆の上《へ》にみ鏡《かがみ》飾り床《とこ》に据ゑけり　　　　松村　英一

鏡餅飾ればしのばゆこの国に御米つたへしはろけき

人等　　角宮　悦子

とそ〔**屠蘇**《とそ》〕　正月の祝いに、一家そろってのむ酒である。屠蘇酒《しゆ》は、紅絹《もみ》の三角形の袋に入った屠蘇散《さん》を、酒・みりんに浸したもの。屠蘇散は山椒・防風・白朮《びやくじゆつ》・桔梗・蜜柑皮・肉桂皮などが調合されたもので、中国の華陀という名医の処方といわれ、日本には平安時代に渡来した。とくに元日に飲むと、一年の邪気を払い、齢を延ばすといわれる。

また、一家がそろって屠蘇を酌《く》んで新年を祝福したり、年賀の客に一献をすすめたりすることを、**年酒**《ねんしゆ》・**としざけ**・**年始酒**《ねんしざけ》という。一杯だけは屠蘇で、あとは酒をすすめる。

「**豊酒**《とよみき》・**豊御酒**《とよみき》」は、酒を美しくたたえて言う語である。「**年祝**《ほ》**ぎ酒**」は、新年を寿いで飲む屠蘇を含めた酒のこと。

新玉の年の始と豊酒《トヨミキ》の屠蘇に酔ひにき病《やまひ》いゆがに　　正岡　子規

屠蘇すこしすぎぬと云ひてわがかけし羽織のしたの人うつくしき　　与謝野鉄幹

豊酒《とよみき》の屠蘇に吾ゑへば鬼子《おにこ》ども皆死しにけり赤き青きも　　斎藤　茂吉

新春《にひはる》を今朝たてまつる豊御酒《とよみき》のとよとよとありてまたたのたのと　　北原　白秋

ゐずまひに眼先貴《まさきあて》なる杯《さかづき》やとよりと屠蘇の注《つ》がれたるかに　　北原　白秋

大土佐《おほとさ》の干鰯《ほしいわし》をば焼きて酌む年祝《ほ》ぎ酒はまづしけどよし　　吉井　勇

年祝ぎの酒を酌《く》むべく飄然と泥龍和尚《でいりゆうをしやう》やがて来まさむ　　吉井　勇

世を忍ぶ二人ならねど松飾かそけき家にくみかはす屠蘇　　岩谷　莫哀

またひとつとりたくもなき齢《とし》かさねやむなく祝ふ屠蘇のめでたき　　筏井　嘉一

屠蘇酒に酔うにもあらず元朝の大き混迷に身を任せたり　　三宅　霧子

ことごとく日月はなごり元日の屠蘇も餅《もちひ》も別れをふくむ　　上田三四二

筏井嘉一の歌の「齢かさね」は、かつて正月を迎えるごとに年を加えたことをいう。上田三四二の歌は一九八九年作、この年に作者は癌で亡くなった。

ぞうに〔雑煮《ざふに》〕 餅を主にして野菜、魚介類、鳥肉などを取り合わせた汁物。正月三が日、毎朝神仏に供え、一家そろって食べて、新年を祝う。地方により各家庭により、郷土色豊かな独得の作り方があるが、関東の清汁《すましじる》仕立て、関西の白味噌仕立てに大別される。清汁には、のし餅を焼いて入れ、味噌仕立てには、丸餅を湯で煮て入れるのが普通である。**歯固め**として健康を願って大根などの固いものを入れることもあるが、小松菜のような野菜は必ず入れて椀汁に青みを添える。**年祝ぎ餅**、**雑煮餅**。

雑煮を祝うときには、箸《はし》が折れるのを忌み、多くはヤナギ材を用いた太めの白木の箸を使う。これを**雑煮箸**・**太箸**・**祝箸**などと呼ぶ。

不義理してあることを思ひ元日の雑煮の餅をくひちぎるかも　岡　麓

新年にあたたかき餅を呑むこともあと幾たびか覚めておもへる　斎藤　茂吉

かしこまりて雑煮祝ふと幼らが物珍らしき新《あらた》がほせる　水野　葉舟

父母《ちちはは》と雑煮食《を》しをればわが庭の木立に群れて鳴く小鳥かも　古泉　千樫

すこやけき吾子《あ》を真中《まなか》にあらたまの年の祝ぎ餅妻と食《く》ふかも　松村　英一

雑煮餅妹《いも》が位牌にまづ供ふ春としもなき家内《やぬち》のしづもり　吉野　秀雄

見て過ぎてわれはうつむくマーケットの薄暗き土間に雑煮煮えゐし　田谷　鋭

がたの来し入歯に好きな雑煮餅ゆっくり食べ終えまずは目出たし　竹内　忠夫

おせち〔お節《せち》〕 正月のごちそう用に、大晦日のうちに調理された料理。ごまめ・昆布巻・数の子・ごぼう・くわい・蓮根・芋・人参・くわい・きんとん・黒豆など。正月三が日のあいだ、炊事仕事を避けるため、重詰めにしておく。年賀の客をもてなすため、材料は海老など年々上物となっている。

すこやかにしてたのしきろかも正月の炬燵に慈姑《くわゐ》を食ひつつゐたり　石黒　清介

元日に当直勤務の娘のもとへ二人の孫がおせち持ちゆく　竹内　忠夫

きりざんしょう〔切山椒《きりざんせう》〕　正月用の和菓子である。一センチほどの拍子木形に切ってあり、白・薄緑・薄紅などの色がついていて、山椒の風味がある。製法は米の粉に実山椒の汁と砂糖をまぜて、臼で搗《つ》いてから蒸す。江戸下町でとくに親しまれた生菓子である。正月から三月ごろまで売っていた。

　春さむき京の街ゆき妹のため切山椒や買ひて来むもの　　吉井　勇

ねんし〔年始《ねんし》〕　元日より三が日迄、親もとや親戚、仲人、恩師、友人、会社の上役、先輩などの目上の人を訪問し、新年の挨拶を述べることで、**年賀**ともいう。ふつう元日の午前中は避け、できれば二日か三日がよく、毎年決まった日時に訪問するとよい。回りきれない場合、七日まで訪問できる。

　明るいうちに回り、玄関に名刺受けがあるときは、名刺の右肩に賀正と書いた名刺を置く。ふつうは玄関で新年の祝いを述べ、訪問先からすすめられるまで部屋に上がらないことが肝要である。訪問先が喪中のときは年始（年賀）を遠慮する。

年始に回る人を**礼者**《れいしや》、**賀客**《がきやく》、**年賀客**《ねんがきやく》などという。とくに女性は年賀の客を迎えるのにいそがしいので、四日ごろから年始に回ることが多く、また着飾った姿が美しいため、**女礼者**《おんなれいしや》と区別して呼んでいる。

年寿《ほ》ぐと例《れい》来る人の音もなししみじみとして夕べとなるも　　尾上　柴舟

今日を来し礼者のなかに吾が友の輪袈裟の姿清らかなるも　　川田　順

にひとしはいささか楽し老いしわれも女礼者《をんなれいしや》をいくたりか迎ふ　　川田　順

年賀客たれありしやら知るらめや酔《よひ》さめて眼をあきし夕ぐれ　　吉植　庄亮

わが叔母の九十一歳初春の年賀にまゐる松とれぬうち　　四賀　光子

新年に語らむと待ちしたれかれのおよそは来たり七日のゆふべ　　土岐　善麿

家の土間に年始の客の落しゆく雪のかたまりとけいでそめつ　　生方たつゑ

貧しかる俸給取兼詩人にて年始の道の霜にあそびつ　　宮　柊二

ぎょけい〔御慶《ぎょけい》〕　新年のよろこびの言葉である。元日の朝、家族そろって食膳についた際、また、年賀先や職場などの親しい間柄でも、改めて「おめでとう」とお互いに祝詞を述べ合うことである。**賀詞《がし》・新年の祝詞・元旦の慶・春の寿詞《よごと》**ともいう。

まさ目には何も見えねどあらたまの年の祝詞《ことほぎ》言ひ居り母は　斎藤　史

かすかなる祈事《ねぎごと》なれど我および我が良き人に今年幸あれ　野北　和義

何くはぬ顔して坐る元旦の慶も一尾の胎子《はらちご》のまへ　安永　蕗子

はるかなる空に向ひて言ふごとし春の寿詞《よごと》をつぶやくわれは　成瀬　有

ねんがじょう〔年賀状《ねんがじやう》〕　年賀の書状のことである。元日の朝、配達される**年賀はがき**は楽しいものである。版画・絵・写真入り、詩歌入りなどがあり、無沙汰の友などからの一筆書きなどはことになつかしい。**賀状・年始状**ともいう。

年賀郵便はおそくて十二月二十五日頃迄に郵便局に出さないと、元日の配達には間に合わない。年末多忙のさなかであるが、宛先の人のことなどに思いをめぐらす一年の締めくくりの機会でもある。

最近、若い人のあいだでは**初電話**で年賀の祝詞を交わすことが多くなっている。**初便り**《はつだより》は新年はじめて交わす音信《いん》であるために、年賀状とはやや異なるが、おのずから新年を祝う文面がさきだつことになる。

あら玉の年の始に玉端書瑞絵《たまはがきみつゑ》はがきの来らくうれしも　伊藤左千夫

蕎麦の湯気のかかりし眼鏡拭きてより年賀の葉書分けつがむとす　中島　哀浪

いくたびか賀状分けつつ降りすぐる夜半《よは》の霰の音をききたり　中島　哀浪

年賀ハガキに新正の二字を書くことも　めでたくこれが　最後なるべし　土岐　善麿

いつの年《とし》も、／似たよな歌を二つ三つ／年賀の文《ふみ》に書いてよこす友。　石川　啄木

見《み》よげなる年賀の文《ふみ》を書く人と／おもひ過ぎにき／三年《みとせ》ばかりは　石川　啄木

珍しくして悲しき如し。うづ高き賀状にまじる古びとのふみ　釈　迢空

生徒の賀状読みかへしをりおのが名は書きなれつらむよく書きてをり　松田　常憲

元日をきたる年賀の文ふたつうちのひとつはふるさとの子より　明石　海人

まぎれ来し仔犬を加へ年越したりと次男の家の年賀状　長沢　美津

賀状より発ちくる貌をつくりおりフラ・アンゼェリコの手さばきならぬ　坪野　哲久

死の前に書きたる賀状か亡くなりし翌の日の朝にとどけられきぬ　石黒　清介

虎の絵を克明に描《か》ける賀状などよこせし人の無事に居るらし　安立スハル

いかに生きてあらむと思ふかすかなる賀状も来ずなりし歳月《としつき》　上田三四二

賀状なれば返しあらむと一途なる七日経にけり雪とけし門　辻下　淑子

貧しかりし母を蔑《なみ》せしその甥も老《ふ》けて優しき賀状をよこす　富小路禎子

年賀状の名前を見つつ人間の分類をする今年が終る　俵　万智

伊藤左千夫の歌の「玉端書」は、ハガキを美しくいったもの。「端絵はがき」は、みずみずしい絵の入ったハガキ。「来らく」は、来ることの意である。中島哀浪の二首は、年末の郵便局での年賀ハガキ仕分け作業を詠んだもの。俵万智の歌は、年賀状の差出人の名前を見ながら年末に賀状を書いているのであろう。

おとしだま〔お年玉《としだま》〕

お年玉は子供たちにとり、お正月の一番の楽しみである。現在はおもに子供に与える金銭、物品（本・おもちゃなど）をいうが、もとは**年玉**といい、新年の祝儀として弟子や使用人に与える金銭、物品であり、また年賀に持参する手拭、半紙、食品などや、年頭の贈りものをいった。明治三十四年に正岡子規は「年玉を並べて置くや枕上《まくらがみ》」の句を作っている。この年玉は子規庵に出入りする弟子たちへの年玉である。

年玉の手拭たたむわが前をゆきかひ遊ぶ吾子の足見えつ　三ヶ島葭子

年玉は　もてあそび物めきて見ゆ。机に並べ、すべなかりつゝ　　釈　迢空

いろにほふ靴下の足そろへつつむつきついたち祝《ほ》ぎ銭《ぜに》を乞ふ　　木俣　修

はつごよみ〔初暦《はつごよみ》〕

新年になって、新しい暦を用いることである。**暦開《びら》き**、**新暦《しんれき》**などともいう。昔は、毎日一枚ずつはぎとる日めくり（柱ごよみともいう）だったが、現在は、月めくりの七曜表が多く、カレンダーと呼んでいる。しかし、美しい絵や風光明媚《ふうこうめいび》な写真の表紙がついており、年改まってその表紙をめくるとき、なんとなくよい年を迎えるような気分に誘われる。また、自分の誕生日が何曜日か、休日がどうあるかなど知るのも楽しみの一つである。

新刷《にひずり》の暦ひろげつつあらがふか炬燵やぐらを占《し》めて幼なら　　木俣　修

新年の新という語をはずませて暦をめくる心をめくる　　俵　万智

なお、例歌をあげることができなかったが、新年になって、新しい日記帳をひろげることを俳句では**初日《はつにつ》記《き》**、**日記始め**という。「モンブランの書き味試《ため》す初日記　楠本憲吉」の俳句にあるように、いささか緊張して、まずは年頭の抱負などを記す。

また、俳句では元日の新聞や新年号の雑誌など、新年になって初めての印刷物を**初刷《はつず》り**という。とくに色刷り・増頁の元日の新聞は読みでがあり、正月気分があふれる。「初刷精読おそれといとひの種あらむも　中村草田男」の俳句がある。短歌では、前の木俣修の暦の歌のように「新刷《にひず》り」として、韻律を優《やさ》しく用いることが多い。その場合、「新刷《にひず》りの朝の新聞」とか、「新刷《にひず》りの新年号」とする。

はるぎ〔春着《はるぎ》〕

正月に着る新調の晴れ着である。ふだんは洋服の女性も、正月には振袖や訪問着などの華やかな春着をきることが多い。**春ごろも**、**正月晴着**ともいう。一般庶民のあいだでは、昔春着は自分の家で縫うのが習わしであった。

とおもひてぬひし春着の袖うらにうらみの歌は書かせますな　　与謝野晶子

小路多き　麻生狸穴《あざぶまみあな》。年くれて、明日の春衣《はるぎ》を着たる子も居り　　釈　迢空

をとめらも　をとめの母も、春ごろも著《き》つつを遊べ
――。あまりさびしき　　釈　迢空

紙芝居はてて散りゆく子供らの正月晴着色映りあふ
　　初井しづ枝

たそがれの森の奥処の満目のつばきつばきのわが春衣
　　平岡　敏子

たこ〔凧《たこ》〕

細竹を骨にして紙を張り、糸をつけて空に飛ばす男児の玩具。江戸時代から正月遊びの代表的なものとなったが、地方により**凧合戦**（四月の長崎、五月の浜松など）の盛んな所もある。凧づくりは昔、自分の家でやる習慣があり、男児は父・兄などの手つきに見惚れ、作り方を次代に伝えた。形がイカに似ているところから、昔、**いかのぼり**といった。現在は長方形、菱形が多く、**奴《やっこ》凧**、**とんび凧**などもあり、西洋の**洋凧**も流行《はや》っている。風にのりうなりをあげ、空高く揚がって、手に糸の響きが伝わるときは、実に心ときめくものである。

「お正月」（東くめ詞・滝廉太郎曲）という明治三十四年に作られた幼稚園唱歌がある。一番目には「お正月には　凧あげて／こまをまわして　遊びましょう」と男児の代表的な正月の遊戯がのり、二番目には「お正月には　まりついて／おいばねついて　遊びましょう」と女児の代表的な正月の遊戯がのり、「はやく来い来い　お正月」と子供たちはお正月を心待ちしてうたったものである。

いかのぼり清清《すがすが》したる元朝《ぐわんてう》の青空を行き青空に鳴る
　　与謝野　寛

見るまゝに高くなりゆきて子が凧のうなりを空にあげつゝぞゐる
　　太田　水穂

朝風にひとすぢ遠く光りつつ糸のたるみの片靡《かたなび》きすも
　　土岐　善麿

朝風のふきあぐる空や雲遠くのぼりにのぼるわが紙《た》鳶《こ》ひとつ
　　土岐　善麿

右に傾きひだりにかしぎのぼりつつ今はうごかぬわが紙鳶ひとつ
　　土岐　善麿

おのおのにあがりあがれる凧のむれ向《むき》みなおなじ夕《ゆふ》寒き空に
　　三ヶ島葭子

向《むか》つ原《はら》に引きおろす凧見る見る大きくなりて此処《ここ》ながらうれし
　　三ヶ島葭子

広小路隅なくあさり求め得し大き凧なり源九郎義経

太田　青丘

凧あげて子らと大人らと川べりに集ふ優しきさまの
身に沁む　　田谷　鋭

凧の糸ほどいてと来る子泣く末の子病みて家居る我
をめぐる幸　　田谷　鋭

小正月のかかる暇に電線に凧ふかれゐる野のあたり
きつ　　上田三四二

凧《いかのぼり》　凩《こがらし》風と記しゆき天なるもののかたちさびし
き　　山中智恵子

いかのぼり絶えねば絶えねなかぞらの父ひきしぼる
春のすさのを　　山中智恵子

ゆつくりと浮力をつけてゆく凧に龍の字が見ゆ字は
生きて見ゆ　　岡井　隆

洋凧の青きを掲げて海のへに時はうつろふ満ちてう
つろふ　　岡井　隆

いかのぼり空のものともなりゆかで狂ひくるめく遠《をち》
方《かた》のみゆ　　馬場あき子

没りがての陽に狂い舞う凧見えてほのかにわれは帰
路を感えり　　米満　英男

兄弟は仲よくあそび空に揚げし凧に喧嘩をさせてい
るなり　　浜田　康敬

誰の手を離れし凧か舞い上がり川面に落つるまでの
放埒　　久々湊盈子

われを離《さか》りて旅立つものよ西南の風得て高し武者い
かのぼり　　久々湊盈子

ふっつりと途絶えし会話窓の外《と》の虚空を泳ぐ黒《ブラック》
洋凧《カイト》　　今野　寿美

目に見えぬ外は風の河出て見れば天に怒れるやっこ
凧舞う　　小泉光太郎

透明な風をはらめばいつしんにゆめのそこひへのぼ
りゆく凧　　山崎　郁

人体の錘《おも》りをつけて洋凧は大淀川のうえを飛ぶなり
吉川　宏志

こま〔独楽《こま》〕

正月の男児の遊びに用いる玩具。円錐形の木製の胴に心棒を通し、それを指でひねって廻したり、紐を巻きつけて廻したりする。速く廻すと倒れずに長い間回転する。種類、遊びかたもいろいろあるが、現在では、博多独楽など郷土玩具として売られている。

小さき手の手力《たぢから》つくしまはす独楽今はまはれよこ

の子のために　窪田 空穂

手すさびに老も子供の遊びわざ独楽をまはしてほかごころなし　岡 麓

今やまさに廻り澄まむとする独楽の声かなしもよ地《つち》に据わりて　北原 白秋

独楽の精ほとほと尽きて現《うつつ》なく傾ぶきかかる揺れのかなしさ　北原 白秋

眼を閉ぢて深きおもひにあるごとく寂寞《じやくまく》として独楽は澄めるかも　植松 寿樹

玲瓏と澄《すみ》のよろしも竹の独楽ほがらに音を鳴りいでにけり　植松 寿樹

鞭ふりて寒き路上《ろじやう》に独楽を打つ少年四五種類の甲《かん》だかき声　宮 柊二

運動をはじめし独楽が定めなく静かに位置を移しつつあり　岡部桂一郎

独楽は今軸かたむけてまはりをり逆ひてこそ父であること　岡井 隆

立ち直り澄みたる独楽の一心の倒るるまでのかなしみ見つむ　馬場あき子

まはされてみづからまはりゐる独楽の一心澄みて音を発せり　馬場あき子

整えし息にてひとり見むものか夜をかぎりなく鎮みゆく独楽　石本 隆一

あばれ独楽ぐいぐいと立ち澄み行けり聖なる時と子は見つめ居り　佐佐木幸綱

てまり〔**手鞠**《てまり》・**手毬**《てまり》〕

正月の女児の遊びに用いるまり。昔は綿を芯《しん》にして、美しい色を綾にかがって巻いたが、現在では彩色されたゴムまりに代わった。**手鞠唄**に合わせて手玉につき、ときには足でまりを越えたり、衣服でまりを包んだりする。手鞠唄には、数え唄や尻取り唄のかたちが多く、「無花果人参山椒に椎茸」「一匁の一《い》助さん一《い》の字が嫌いで」など、かなり長い歌詞である。「手毬唄かなしきことをうつくしく　高浜虚子」の俳句がある。

わが長く想ひみざりき手鞠刺す妻が心の隅々の影を　葛原 繁

学校を止めんねがひのはかなきに病めば幻に毬歌きこゆ　田井 安曇

球体に暫時宿りてあはれあはれ稚き神が毬をつくこゑ　水原 紫苑

おいばね〔追羽子《おひばね》〕

正月の女児の遊びである。羽子板を使って二人で羽子《はね》をつき合い、羽子を落とした人の顔に墨を塗って遊ぶのである。**遣羽子**《やりばね》ともいう。また、一人で数え唄をうたいながらつく**揚羽子**《あげばね》などもある。数え唄は、「一人《ひとり》来《き》な　二人《ふたり》来《き》な　／見て行《い》きな　寄って来《き》な」「ひとめ　ふため　みやこし　よめご／いつやの　むさし　ななやの　やつし／ここのや　とおや」などがよくうたわれた。羽子板は羽子をつく部分が長方形で、それに柄がついており、杉材でできたものが多い。羽子は、むくろじの黒い珠実《たまみ》に、彩色された三～六本の鳥の羽がついていて、空高く舞い上がると羽がくるくると廻って美しい。**羽子**《はご》・**衝羽子**《つくばね》ともいう。この**羽子つき**も、今ではバトミントンにとって代わられた。

少女子《をとめご》があたへし息の／うつくしくやさしき息に／羽子はづみ舞ふ　石榑　千亦

くろ髪の上に羽子《はご》舞ふ街《まち》すぎて君来《く》る春となりにけらしな　与謝野晶子

せがまれて繕《つくろ》ひてわがつきためす子ろの衝羽子《つくばね》つきやめられぬ　中島　哀浪

一月　新年・冬

風吹けば舞ひおつる羽子羽子板にうけがたくしていよよおもしろし　中島　哀浪

楓《かへるで》の枝こまごまと組むが上にかかれる羽子をゆりおとしぬ　中島　哀浪

戸の面《も》には羽子突く音す。／笑ふ声す。／去年の正月にかへれるごとし　石川　啄木

紅梅の袿《うちき》の裾をかいどりてはねつきし姉の目にこそのこれ　九条　武子

羽子のおと冴えまさりきこゆ元日の夕まけてなにか寂しかりけり　植松　寿樹

たまきはる生命《いのち》さびしもうつし世のかなしき遊び羽《は》根《ね》つきふける　小泉　苳三

曇り空つひにうすらに夕映えぬ外にしげく冴えて追羽子の音　栗原　潔子

倦みやすく追羽子あそぶ幼児が屋根に止まりし羽子告げにくる　初井しづ枝

〈ひとり来な、ふたり来な、〉とて追羽根のむかし重たき袂《たもと》がありき　斎藤　史

九条武子の歌の「袿《うちき》の裾をかいどりて」は、襲《かさね》の上着を搔い上げての意。

はごいた〔羽子板《はごいた》〕

羽子板に美しい押し絵や絵が描かれたのは江戸時代になってからである。羽子つき用の簡素なものとちがって、桐材を用いた大形のものは**内裏《だいり》羽子板**、**京羽子板**といい、豪華な押し絵細工がほどこされ、座敷に飾った。**飾り羽子板**。

明けなばと羽子板だきて母のもとに寝たるわが子よ罪なかりけり　　落合　直文

姪にとてよべ買ひきたる羽子板のそのうらしろし歌しるしやらむ　　落合　直文

鏡餅いはひかざれる神棚に／羽子をそなへて／立てり　かむろは　　石榑　千亦

嫁ぐとき持ち来し羽子板　転勤を重ねて何処《いづこ》の地に失ひし　　辻下　淑子

宵の灯に買はずみてゐる羽子板のかすかに欲しやかの鏡獅子　　馬場あき子

羽子板に写楽空には奴《やっこ》ゐて見得きりて睦月華麗なるかな　　今野　寿美

石榑千亦の歌の「かむろ」は、おかっぱ髪の幼い童のこと。酒呑童子のような髪形の子供をいう。飾り羽子板の押し絵は人物の形に厚紙を切って美しい布を張り、その間に綿を入れて高低をつけたもので、馬場あき子の歌の「鏡獅子」のように、役者絵が多く張りつけられた。

かるた〔歌留多《かるた》〕

正月の遊戯である。**小倉《おぐら》百人一首**の歌がるたがもっとも古く、源平《げんぺい》の二手《ふたて》に分かれて競い合う。読み手の読み上げる上の句により、下の句を記した取り札を取るのを争うもので、上五を読むだけで素早く取る人もある。毎年、日本一を争う歌留多会が催されている。また、子供用の**いろはがるた**もあり、家族団らんによい。最近は**トランプ遊び**が盛んである。**加留多《かるた》**とも書く。

すなほなる太郎とせむやするかるた勝たぬにまなこ暗みは来るに　　窪田　空穂

はにかみて常ある女童《めわらは》かるたして勝をきそへば胆の太きかも　　窪田　空穂

ほがらけく詠みあげたまふ忝《かたじ》けなき百人一首をとりて遊ぶかも　　小泉　苳三

歌留多とる若きに交り家妻の頬ほてらする真剣さあはれ　　山下　陸奥

もともたのしき頼まれ役とひき受けていろは加留多《がるた》の読手となりぬ　木俣　修

弟《おと》の児が幼児さびてその兄と拾ふカルタの時には勝ちつ　窪田章一郎

トランプの数の勝負覚えし子その数記すや父と競ひつつ　窪田章一郎

嘘日和いろはがるたのいちまいもおもひだせないけどかまはない　山崎　郁子

すごろく〔双六《すごろく》〕

正月の子供の遊戯である。昔の盤《ばん》双六は江戸中期に絶えて、道中双六などに変わり、明治以後は絵双六が盛んとなり、子供の雑誌の新年号付録にも付き、もっぱら子供の遊びとなった。絵双六は大きな紙に絵が区切られて作ってあり、さいころを振り、出た目の数だけ振り出しからすすみ、お休みのところも設けられて、早く上がりに到着した者を勝とする。絵は時代時代の風俗・習慣・社会情勢をとり入れたものが多い。

弟《おと》の児が小さき手に振る双六の賽よくいでてひとり勝ちつぐ　窪田章一郎

人ふたり双六あそびを楽しめるありのままなるさまを彫りたり　武田　弘之

おうぎあわせ〔扇合《あふぎあは》せ〕

昔の遊戯の一つで、左右二組に分かれて、互いに趣向をこらした扇を出し、判者が勝敗を決定するものである。**絵合せ**は、左右に分かれて、両方から絵を出し合い、優劣を競うものである。いずれも平安時代の古い遊戯である。

戈《ほこ》を伏せて／扇合せに　絵合せに／さゞめきあひぬ年のはつ日を　石榑　千亦

お正月を祝う遊びはこのほかに**福笑《ふくわら》い**がある。お多福の顔の輪郭だけを描いた大きな紙に、別に作った眉《まゆ》・目・鼻・口・耳などを形どった紙片を、目隠しをした人がそれぞれの位置に置いていく遊びで、珍妙な顔のお多福になり、笑いが絶えない。「目隠しが透《す》いて見えたる福笑ひ　籾山梓月」の俳句がある。

まんざい〔万歳《まんざい》〕

正月に家々を廻り、節付《ふしづ》けおかしく、新年の祝詞をのべ、立舞をする門付《かどづけ》芸人である。風折烏帽子《かざおれえぼし》に紋服姿の扇をもった太夫《たゆう》と、鼓を打つ才蔵《さいぞう》の二人連れで、才蔵のいう駄洒落を太夫がたしなめる掛け合いがこっけいである。三河万歳・尾張万歳など有名であったが、今は殆ど見られない。

万歳の鼕《つゞみ》のおともきこえぬか船小寄りする正月の村　　太田　水穂

東京をめざす三河の万才に充つとしぞ聞く暮《くれ》の夜行車　　木俣　修

戸の外を人の声ゆきわらふなりいかにも初春《はる》の万歳楽や　　高橋　幸子

太田水穂の歌の「おともきこえぬか」は、音も聞こえないかなあ。願望を表わす。愛知県知多半島で詠まれたもの。

ししまい〔獅子舞《ししまひ》〕　正月に家々を廻って、獅子頭《がしら》をかぶり、笛・大鼓・鉦をはやしながら、舞い歩く門付芸である。各家では、獅子が悪疫災禍を払ってくれるとして、その訪れをめでたいものと受けとめた。伊勢神宮の太太神楽《だいだいかぐら》から出たもので、江戸時代より行われるようになった。太《だい》神楽《かぐら》ともいう。

獅子頭かづきて舞ふや老猿《おいざる》の老いたる業《わざ》もあはれなりけり　　佐佐木信綱

獅子男春を与ふと舞ふものかかひなき人も来てあるものを　　与謝野晶子

いとけなき額《ひたひ》のうへにくれなゐの獅子の頭《かうべ》を持つあはれさよ　　斎藤　茂吉

喪《も》のわが家さけて過ぎたる獅子舞の路地口《ろぢぐち》に笛をふきならしけり　　木俣　修

わが庭に舞ひ入る獅子の獅子がしら霜荒土にしばし舞《まひ》する　　宮　柊二

のどやかに見ゐし童《わらべ》の脅え泣く金歯《きんば》をあげて獅子のくるとき　　宮　柊二

佐佐木信綱の歌は、老いた猿廻しの猿に獅子舞の芸をさせているもの。斎藤茂吉の歌は、「いとけない額」から越後獅子を詠んでいることがわかる。

さるまわし〔猿廻《さるまは》し〕　正月に猿を背負って家々を廻り、太鼓を打ちながら、猿に芸をさせて、祝儀を乞うもので、**猿曳《さるひき》**ともいう。いまは大道芸としてごく稀に見受けられる。

ふところに小猿抱きて猿曳の雨にぬれゆく夕まぐれかな　　佐佐木信綱

夕暮のつかれはてたる身ながらもせむ方《かた》なげに舞ふ

小猿かな　佐佐木信綱

やしなふもやしなはるゝも猿曳のいづれか殊に哀れなるべき　佐佐木信綱

猿曳きを宿によび入れて、年の朝　のどかに瞻《マモ》る。猿のをどりを　釈　迢空

遠き世の安倍《アベ》の童子《ドウジ》のふるごとを　猿はをどれり。年のはじめに　釈　迢空

紐牽かれ道来る小猿つと手伸《の》べ行きずる犬の尻尾を摑む　都筑　省吾

新宿の市民広場の猿まはし猿より少し苦がくほほゑむ　馬場あき子

はつゆめ〔初夢《はつゆめ》〕

一月二日の夜に見る夢をいう。俗に「一富士、二鷹、三なすび」といい、吉《きち》夢の代表とされている。吉夢を見るために、七福神が乗った宝舟の絵を枕の下に敷いたり、または凶夢を見ないように、夢を食う獏《ばく》の絵を枕の下に敷いたりして寝る風習がある。

たから舟まくらにしきてねぬる夜の夢にも見えつ父のおもかげ　落合　直文

あたらしき年のはじめに思ひきり富み足らひたる夢をだに見よ　斎藤　茂吉

初夢は一政《かずまさ》なりき老《おい》いよよ健やかに絵筆とりていまさむ　大悟法利雄

牛わらふ干支の初夢年を積みて六巡《ろくめぐり》今も好々爺ならず　中村　純一

大悟法利雄の歌の「一政」は、洋画家中川一政（一八九三〜一九九一）。

なお、正月にどこにも出かけずに、家の中で炬燵《こたつ》に入ってごろ寝をし、のんびり過ごすことを寝正月という。「山住みの畳青しも寝正月　飯田蛇笏」「夜となりて吉夢むさぼる寝正月　金子兜太」などの俳句がある。

はつに〔初荷《はつに》〕

一月二日にメーカーや問屋などが、トラックなどに出荷の商品を積み、初荷と記した幟《のぼり》を立てて得意先を廻ること。また、その商品をいう。現在は四日や五日の仕事始《しごとはじ》めに行うことが多い。「黒潮の香をのせて来し初荷船　石田波郷」の俳句がある。

着ぶくれて患者らが日を浴ぶる丘遠く初荷のトラックはゆく　木俣　修

しごとはじめ〔仕事始《しごとはじ》め〕

新年になり、はじめて仕事につくことをいう。人によりそれぞれちがうが、作家などは二日から机に向かう人もあり、牛・豚・鶏などを飼う人たちは更に早いことであろう。近年、官公庁・銀行・会社などでは三が日は休むため、四日ごろが**初仕事・初出勤**となる。ふつう、その日は新年の顔合わせや挨拶廻りで終わり、次の日が**仕事始め・事務始め**になるようである。

門笹に音たてゝ渡る朝の霜風仕事始めに吾はいそぐなる　松倉　米吉

宿のものまだ醒めぬらし仕事始めに心すなほに吾は出て行かな　松倉　米吉

いちやうに服あらたまる仕事はじめ挨拶かはすめでたしといひて　大熊長次郎

新年のはじめての仕事今日なしてこころ安けくわが帰るなり　高田　浪吉

正月の机の仕事すくなきをこころもとなく妻は見てをり　川田　順

鏡餅片隅に寄せ仕事始め原稿用紙を机にひろぐ　石橋　妙子

かきぞめ〔書初《かきぞめ》〕

新年になり、はじめて書や画を書くこと。また、その書いたものをいう。一般には二日におこなわれ、松の内の行事として、子供たちの書初大会も催される。ふつう、めでたい語句、新年の賀頌《がしょう》、詩句などを、筆墨《ひつぼく》を新たにしてしたためる。**筆始《ふではじ》め・吉書《きっしょ》・試筆《しひつ》・初硯《はつすずり》**ともいう。「筆ひぢて（秀でること）むすびし文字の吉書かな　宗鑑」「大津絵の筆の始めは何仏《なにぼとけ》　芭蕉」「さゞれ言《ごと》（ささやかな言葉）もいはゝうとての試筆哉　未得」の俳句がある。

霜を履《ふ》んで堅氷至るの最初に重ねて思ふ石油枯渇を　太田　青丘

太田青丘の歌の「霜を履んで堅氷《けんぴょう》至る」の語句は、霜が降るころになると、やがて厚氷が結ぶ時期の来るのが知られる意（『易経』）。わずかな兆しでもその後には順序として大事が間もなく至るということである。

よみぞめ〔読初《よみぞめ》〕

新年になり、はじめて書物を読むこと。座右の愛読書をひもとき、たのしい気分、すがすがしい思いを味わう読書人が多い。**読始《よみはじ》め・読書始め**ともいう。

新春の第一ページ何を君は読みしわれはまづ世界人権宣言　土岐　善麿

読み初めの古事記《ふることぶみ》にこのあさけわが息白くふるるかしこさ　松田　常憲

土岐善麿の歌の「世界人権宣言」は、世界のすべての人および国が国際的に尊重すべき人権の共通基準を示した宣言。前文・本文三〇ヵ条から成り、一九四八年の国連総会で採択された。松田常憲の歌の「かしこさ」は、かたじけなさの意。

うたいぞめ〔謡初《うたひぞめ》〕　新年になり、はじめて謡曲をうたうこと。**初謡《はつうたい》**ともいう。また、はじめて能を舞うことを**能始《のうはじ》め**という。能舞台には注連が張られて清々しく、翁・高砂などが演じられる。「謡初め四拍子已《すで》に参りたる　河東碧梧桐」「能始著《き》たる面は弥勒打　松本たかし」などの俳句がある。

おこたりし稽古ながらに元朝は焼あとに謡ふ高砂一番　土岐　善麿

初会に少年のごとくわれも立ち舞ひし四谷のなつかしきかな　土岐　善麿

わが友ら来寄りて謡ふ正月を母は小さき部屋にこもれる　馬場あき子

このほか、新年になってはじめて楽器を弾くことを**弾初**、花を活《い》けることを**活初**、踊りを舞うことを**舞初**などという。しかし、お稽古《けいこ》の場合は**初稽古**などと用いる。「石橋《しやつきやう》はめでたき謡《うたひ》初稽古　有賀充恵」

はつがま〔初釜《はつがま》〕　新年になり、はじめて行う茶の湯である。床の間の掛軸・花・道具・菓子など、すべてに干支《えと》にちなむもの、正月らしいものが盛り込まれる。**初茶の湯・釜始め・点《たて》初《ぞめ》・初点前《はつてまえ》**ともいう。「うらわかき膝しづまれり初茶の湯　石田波郷」

夕迫り炉の残り火のほのあかく華やぎ残る初釜の部屋　中村　チヱ

このほか、新年になり、はじめて行うものとして、**掃初**（**初掃除**）・**初鏡**（**初化粧・梳初**）・**俎始め**（**庖丁始め**）・**初湯**などがあり、また、新年になり、はじめて乗物により旅行することなどを、**乗初**（**初電車・初車・初飛行**）・**初旅・買初・初芝居**などという。

ふとまにまつり〔太占祭《ふとまにまつり》〕　一月二日。東京青梅市の御岳山《みたけさん》の頂上にある御岳神社で、その年の農作物の豊凶を占う祭。太占は古代に行われた卜占の一つで、鹿の肩甲骨を焼き、その骨に生じた割れ目の形で豊凶を占う。骨を焼く前に神官が祝詞を奏し、森厳の気が境内にみなぎる。

太占の祭仕ふるものいみに籠らふこの夜雪ならむとす　金井　国俊

でぞめ〔出初《でぞめ》〕　火消し（消防）に従事する消防署員、鳶《とび》職人、各地元の消防団員が新年に出そろって、梯子《はしご》乗りや消火演習などを行うこと。東京では六日に晴海《はるみ》埠《ふ》頭で**出初式**を行う。「放水に虹りようらんたり出初式　半谷絹村」

消防が梯子に乗りて芸をする伝統を人の遠くかこめり　山下　陸奥

右の歌は、江戸時代からの火消し装束をつけた、いなせな鳶の者を詠んでいる。

かんもち〔寒餅《かんもち》〕　寒中（寒の内ともいい、一月五、六日ころから寒明けまでの約三十日間）につく餅である。暮につく餅を控え目にして、あらたに寒の水で餅をつくと、ひびわれたり、かびが生じにくく、保存がきくからである。暖かい地方などでは、切り餅にして更に水に浸して貯蔵する。また、かき餅、あられ餅などにして、たくわえておく。**寒の餅**ともいう。

井戸端の桶にひたせる寒餅を氷を割りてあぐる日つづく　中島　哀浪

春雷の行《ゆき》かそけかる夜なりけり寒餅の水の雫切らしむ　北原　白秋

寒餅を吾らがためにと振り上げし杵はひびけりをぐらき土間に　佐佐木治綱

寒餅がみるみるふくらむ網の上立腹するのはお互いさまだ　水野　昌雄

もちのかび〔餅《もち》の黴《かび》〕　寒に入ると、暮についた切り餅に、そろそろ青かびがふいてくる。青かびは青緑色の胞子である。抗生物質として最初に実用化されたペニシリンは、青かびの分泌物からとったことで知られている。

餅のうへにふける青黴《あおかび》の聚落《しゅうらく》を庖丁もて吾《われ》けづりけり　斎藤　茂吉

消極の日日に根づきてひらきたる餅の黴げに悪しき地図なす　雨宮　雅子

生活のゆくてを断つはあくまでも手づからならむ餅にかび吹く　小中　英之

みずもち〔水餅《みづもち》〕

暮についた切り餅が、日がたってひび割れたり、かびがふくのを防ぐため、水にひたして保存するのが水餅である。寒の水にひたすとより効果があるが、その水もときどき取りかえることが大切である。

寒の水に餅を沈めて白じろと冴ゆるひとくまとなりゆくを見つ　山田　あき

水餅を掬ひとりつつ黴色の沈む甕なかに面輪行かせじ　森岡　貞香

山田あきの歌の「ひとくま」は一隅。

こおりどうふ〔氷豆腐《こほりどうふ》〕

寒中に豆腐を小形に切って熱湯をかけ、屋外で凍らせてから、乾燥させた食品。紀州高野山で古くに産したため、**高野《こうや》豆腐**ともいう。現在、多くは冷凍機で量産されるが、信州や東北地方では天然凍結のものを、藁しべで二連ずつくくって竿に吊るして乾かすため味がよい。**凍《しみ》豆腐**ともいう。

縁先に氷豆腐の吊しあり障子あかるく湖の日さして　五味　保義

日の光昼もとどかぬ家廂《やびさし》に氷豆腐は結《ゆ》ひて吊しぬ　木俣　修

かんてんつくる〔寒天造る《かんてんつくる》〕

海草のテングサの煮液を凝結し、寒中、屋外で凍結し、さらに十日間ほど昼は日光にあて夜は凍らせて、よく晒《さら》したものを乾燥する。こうして作った寒天はゼラチン透明膜となり、羊かんやゼリーの原料となる。産地は信州が有名である。テングサは盛夏に海女《あま》が採取し、安房《あわ》、志摩など生産が多い。**寒天晒《さら》す**、**寒天干す**ともいう。「干《ほし》寒天星のかけらも混じりたる　辻田克巳」の俳句がある。

宮川の河原にさらす寒天に海の香りをなつかしむかな　今井　邦子

また、よく晴れた寒中に、**そうめん干し**が行われる。奈良県三輪、兵庫県龍野、愛媛県松山地方では、長い旗のように白いそうめんを干す景が見られる。

かんたまご〔寒卵《かんたまご》・寒玉子《かんたまご》〕

寒中に鶏がうんだ卵である。地鶏《じどり》のうんだ寒卵は黄味が小高く盛り上がり、ぷりぷりして、他の季節よりも滋養に富むと、昭和三十年代ごろまでは病気見舞に用いた。また、寒気により保存が利くため、庶民の栄養食品として親しまれた。**寒の卵**ともいう。

おとろへにしみて利《き》くてふ寒玉子鉢につぶして生《なま》ながら食《た》ぶ　太田　水穂

この朝茶椀に割りし地卵のしまりは寒く思ほゆるかも　山本　友一

寒卵さやかに咽喉をとほるとき眼の下にして妻と子の顔　千代　国一

血縁をたしかむる如きゆふべ迫り妻の手よりうく寒卵掌に　浜田　到

寒の卵はのみどをくだる泥《なづ》み来し三十代もひとつの息よ　上田三四二

それぞれの影を落して寒卵二つわが家の食卓のうへ　山名　康郎

割れば一筋血をひきてゐて寒卵冷ややかに吾の喉《のみど》くだりつ　山名　康郎

あおあおと光りやさしき無精卵灯《ひ》に洗われて寒卵孤卵　佐佐木幸綱

かんぎょう〔寒行《かんぎやう》〕

寒中に寒さに耐えてする修行である。水垢離《ごり》（水を浴び、滝に打たれて神仏に祈願すること）・念仏・誦経《ずきよう》をしたり、または、薄着・裸体・裸足で社寺に祈願したりする。鉦や太鼓を叩き、念仏を唱えて市中を歩く人にもいう。**寒念仏《ねぶつ》、寒垢離、寒詣**などともいう。

寒行の法螺貝ひびく吾《われ》はふと米搗く足を休めけるかも　結城哀草果

粕汁は鍋に煮立ちぬ寒行にいでたる人もやがて帰らむ　木俣　修

寒行の太鼓の音が三河屋の角を笑って曲りゆきたり　山崎　方代

かんえい〔寒泳《かんえい》〕

寒中に川や海で水泳をすること。**寒中水泳**ともいう。

寒泳の青年の群われにむきすすみきつ　わが致死量の愛　塚本　邦雄

水しぶく寒中水泳の青年は視界消えてわが火蛇《サラマンダー》　春日井　建

冬川の柩となりて流れゆくうすき浮氷をうちて泳げり　春日井　建

このほか、寒中に寒ブナ・寒ゴイ・寒タナゴなどを釣ることを**寒釣**《かんづり》、また、寒中に柔剣道や芸能の練習をすることを**寒稽古**《かんげいこ》という。「もの問へば寒釣きげんわるかりし　阿波野青畝」「寒稽古終りて拳解かず礼　檜紀代」の俳句がある。

かんぼたんみ〔寒牡丹見《かんぼたんみ》〕

寒中に咲いた寒牡丹を観賞すること。霜よけの藁《わら》をかぶった花は可憐である。

寒牡丹咲きぬ見に来《こ》と便りあれば心はうごく当麻の古寺　前川佐美雄

くれなゐの寒牡丹花一目見むと霜ふみて来つれ冬の果ての日　前川佐美雄

はつはるの八幡宮より招きあり寒の牡丹がいま見頃ぞと　島田　修二

こんごえ〔寒肥《かんごえ》〕

寒中の農作物や庭の草木に肥料をほどこすことである。寒さのため、植物の活動はとまっているが、春の芽出しをよくしたり、成育を効かせたりするため、豆粕・油かす・骨粉・堆肥などをあたえ、土に栄養を吸わせる。**寒ごやし**ともいう。「寒の堆肥《たいひ》湯気しろじろと野へ搬ぶ　滝春一」

裏庭に月かげりたれば梅の木の寒後《かんご》の下肥《こやし》凍てて匂はず　福田　栄一

右の歌は寒肥をほどこした後を詠んでいるもの。

わかな〔若菜《わかな》〕

春の七草のことをいう。正月七日の朝、七種粥を祝うため、若菜摘みが行われる。**若菜摘**《つみ》、**薺摘**《なずなつみ》などともいう。

いそのかみふる野のみ雪かきわけて摘めど若菜は若菜なりけり　落合　直文

わが宿は田端の里にほどちかし摘みにも来ませ鈴菜すずしろ　落合　直文

わがためと妹がつみこし初若菜みづみづしくも春にあへよとや　服部　躬治

おりたちて麦田打つ子《こ》よ七草の薺《なづな》はのこせ明日のまうけに　太田　水穂

寒萌《かんも》えのなづなを籠に摘み来たり母に差し出す昔の

ごとし　前川佐美雄

落合直文の一首目の「いそのかみ」は、古、降るにかける枕詞。太田水穂の歌は「一月六日」の題がある一首。「明日のまうけ」は明日の設け。七種粥の用意の意である。

ななくさ〔七種《ななくさ》・七草《ななくさ》〕

正月七日。邪気を払って、万病を除くために、七種の若菜を入れた粥《かゆ》を祝う節句である。七種はふつう、芹、なずな、御形《ごぎょう》（母子草）、はこべら、仏の座、すずな、すずしろ。昔は前日の六日に若い乙女が摘むものとされた。塩味で調味された白粥に若菜のみどり色が映え、ご馳走に飽きたころのうれしい食事でもある。七種は、「ななくさなづな唐土《とうど》の鳥が日本の土地に渡らぬ先に」などとうたいはやし、まないたの上で叩くと、邪気を払うという言い伝えがある。また、七種を浸した水に爪をしめらせてから切ると、風邪をひかないといわれる。**七草の祝い、七種粥、薺《なずな》打つ、薺粥**などともいう。

あらたまの年のはじめの七草を籠《こ》に植ゑて来し病めるわがため　正岡　子規

新しき年の七日の薺粥にたちて釜をふきあふれたり　岡　麓

日のさしていくらか雪の解けゆけば七種粥の青薺がも　岡　麓

七くさの粥に若菜のすがすがし緑やはらかに湯気たちてあり　水野　葉舟

七くさの草を捜して田のくろを畑のあぜを歩きまはり来し　水野　葉舟

七草のなづなすずしろたたく音高くおこれり七草けふは　若山　牧水

七草がゆ祝ひて心さだまりぬ怠けず編まむ歌集一さつ　窪田章一郎

七草の粥食《た》うべつつ死者とする苦しき和解引窓に雪ふる　前　登志夫

しんとろり七草の粥匂ひたち晩年の母の居ずまひの音　石橋　妙子

我が妻が作りし七草粥には／今年は三草しか入っておらず　久松　洋一

新年はちりちりさびし七草粥炊けば白布に刺繍したやう　米川千嘉子

岡麓の二首目の「青薺がも」は、青なずながあるといいなあ。

まつおさめ〔松納《まつをさ》め〕 門松を取り払うことである。その日は土地土地によって異なり、東京では六日の夕方、関西では十四日の夕方に取る。**門松取る**、**松取る**ともいう。取り払った跡には松の先端を折り取って挿す。これを**鳥総《とぶさ》松**という。また、注連をはじめとして新年の飾り物もいっさい取り払う。これを**飾り納め**、**飾り取る**、**注連取る**という。取り払われた門松や飾り物を貰い歩く人がいて、これを注連貰いという。門松や飾り物は、どんど焼きの燃料にされる。

松かざりすつる宵とて門松の根がたの土の凍《い》てし掘りおこす　宇都野　研

門松のとり払はれてうらすがしつねの心になりたりといはん　三ヶ島葭子

うそかえ〔鷽替《うそかへ》〕 太宰府天満宮、東京の亀戸天神、大阪の道明寺などで行われる神事である。昨年の凶をうそにして、今年の吉に取り替え、幸運を得ようというもの。太宰府は一月七日夜の酉《とり》の刻に行う。亀戸天神と道明寺は二十五日。木製の鷽鳥の玩具をもった参詣人でにぎわう。

亀戸の神の社《やしろ》に売る鷽《うそ》のおそある君とわが思はなくに　伊藤左千夫

新年のこのほかの行事には、七日までに恵比須・大黒・毘沙門・福禄寿・弁天・布袋・寿老人の七福神の社寺を巡拝し、その年の開運を祈る**七福神参《まい》り**。また、商売繁昌などの縁起物を売る**達磨市**が年の初めに立つ。（群馬県高崎のだるま市は六日）「一草も踏まず七福詣かな　上田五千石」「不況新年売らるる達磨の白眼透き　谷山花猿」の俳句がある。

はつう〔初卯《はつう》〕 正月最初の卯の日に神社に参詣すること。大阪では住吉神社、京都では石清水八幡宮、東京では亀戸の妙義神社などが有名で卯の札《ふだ》という厄除けの神符を受ける。**初卯参り**ともいう。

堀割の低き堤《どて》ゆき冬の宵《よ》の心なごみぬ初卯の帰り　木下　利玄

年にあけて、／初卯の今日ぞ。／道に出でて、人を眺めむ。／春のころもを　釈　迢空木下利玄の歌には「亀井戸天神初卯」とある。亀戸の妙義神社は天満宮境内にある。

このほか、正月最初の寅《とら》の日に幸運を願って毘沙門天へ参詣することを**初寅**、**初寅参り**といい、京都の鞍馬寺では初寅大祭を修する。また、初巳《はつみ》の日に弁天へ参詣することを**初弁天**という。安芸《あき》の宮島、近江の竹《ちく》生《ぶ》島、大和の天の川、陸前の金華山、相模の江の島を五弁天といい、福徳・知恵・財宝を授ける神という。

八日は**初薬師**である。薬師如来に詣でると病苦から救われ、無明の持病が癒えるという。十日は**初金毘羅**である。讃岐の琴平にある金刀比羅宮は古くから名高く、航海安全の神として信仰されている。

とおかえびす〔十日戎《とをかえびす》〕

初恵比寿《はつえびす》ともいい、一月十日の戎神社の祭である。西宮の蛭子《えびす》神社、京都の建仁寺、大阪の今宮戎神社が名高い。宝をかたどった縁起物を笹の枝先に付けた福笹を売る。とくに大阪今宮では芸伎の乗る**戎籠**が乗り込んであでやかである。舁手《かきて》が「ほいほら〳〵」と掛け声を出して歩いたので、**ほい籠**と呼ばれた。現在の掛け声は「ほいかごほいかご」である。

春に明けて十日えびすを　見に行かむ。ほい駕籠《カゴ》の子に　逢ふこともあらむ　　釈　迢空

ほい駕籠を待ちこぞり居る　人なかに、／おのづから／われも／待ちごゝろなる　　釈　迢空

うつくしく　駕籠をつらねて過ぎにしを　思いつゝ居む―。十日戎を　　釈　迢空

このほかに、一月の社寺門前のおもな縁日をあげてみる。十八日は**初観音**で、東京浅草寺、京都清水観音、太宰府観世音寺が賑う。二十一日は**初大師**で、東京西新井大師、川崎大師、京都東寺（**初弘法**という）が賑う。二十四日は**初地蔵**で、東京巣鴨とげぬき地蔵が賑う。二十五日は**初天神**で、太宰府、京都北野、大阪天《てん》満《ま》、東京亀戸の各天満宮は参詣者が多い。亀戸では前述した鷽替《うそかえ》の神事がある。二十八日は**初不動**で、千葉県成田山新勝寺の不動尊が有名である。

かがみびらき〔鏡開き《かがみびらき》〕

鏡餅をさげ、槌《つち》などを用いて割り、お汁粉や雑煮にして祝うこと。十一日に行われ、**鏡割り**ともいう。「内なるものかくのごときか鏡割る　田川飛旅子」「手力男《たぢからを》かくやと鏡開きけり　京極杜藻」の俳

句がある。

住み古りし武蔵野なりし鏡開きの餅ひかなしく別れゆくなり　泉　甲二

さぎちょう〔**左義長**《さぎちやう》〕　小正月（一月十五日）の火祭の行事である。

取り除いた正月飾りなどを、野外で焚き、この火に当たった手で身体をなでたり、この火で餅や団子を焼いて食べたりすると、一年中病気をしないなどの風習がある。**どんど**、**とんど**、**飾り焚く**などともいう。またこの火で書初を燃やすと、書道が上達するといわれ、**吉書揚**《きっしょあ》**げ**ともいう。東京鳥越神社とんど焼きは八日、仙台どんと祭は十四日に行われる。

筆墨の想《そう》を焼きゆめを焼き北のどんどは胆をそだてき　山田　あき

燃えのぼるどんどの炎丈《じやう》を越えず一瞬のものなほ貧しけれ　斎藤　史

小正月明日はどんどを焼くらしくゆく砂浜に斎笹《いつきささ》たつ　田野　陽

左義長のほむらにありし女の雛が燃えゆくとしてまなこひらきぬ　西村　尚

斎藤史の歌の「丈」は一丈のこと、約三メートル。

あずきがゆ〔**小豆粥**《あづきがゆ》〕　一月十五日は**粥節句**ともいい、小豆を入れた粥を祝う。小豆粥を食べると、その年の邪気や疫病をはらうというのである。**望**（**餅**）**粥**ともいう。

小豆粥を煮るとき、かきまわした木で女性の尻を叩くと男の子が生まれるという俗信があり、その棒を**粥杖**、**粥の木**などという。これは十五日に成《な》り木《き》（果樹）に向かって豊熟を誓わせる木呪《きまじな》いという行事と関係がある。

なり木餅の小豆の粥の上湯《うはゆ》汲み祝ひてそそぐ物なる木ごとに　伊藤左千夫

佐保姫のなり木の餅をこひまうし餅粥つくるあづき餅がゆ　伊藤左千夫

小豆粥の小豆の色のなつかしく若かりし日の母目に見ゆる　水野　葉舟

小豆粥にしらしら砂糖ふりかけて幼き子らが笑み交しゐる　水野　葉舟

故郷の老いたる祖母が作りてし小豆もまじるけさの餅粥　窪田章一郎

七草粥小豆粥とて日を数ふおりふし玻璃《はり》戸のかげり
来て雪　　中野　照子

伊藤左千夫の一首目「なり木餅」は、成り木の木呪いを祝う餅のことだろうか。**成り木の木呪い**とは十五日に刃物や粥杖で果樹をおどし、「成るか成らぬか」と問い、木の陰から「成ります成ります」などと答える**木責め**の行事である。一首目は秋に果樹の実がたわわに熟れるように、小豆粥を木にそそぐと詠んでいる。二首目の「佐保姫」は春の女神のこと。春の女神が宿る成り木の木呪いの餅をありがたくいただいて小豆粥をつくると詠んだもの。

せいじんのひ〔成人《せいじん》の日《ひ》〕　一月十五日。満二十歳に達した男女を祝うために、昭和二十三年に定められ祝日。家庭でも祝うが、地方自治体から成人の知らせが届き、お祝いの行事が催される。成人になると、選挙権をはじめ、法律の定める権利が生じ、また義務も生じて、未成年に与えられていた法律上の保護はなくなる。**成人式**、**成人祭**ともいう。

豚の交尾終わるまで見て戻り来し我に成人通知来て
いる　　浜田　康敬

ただひとつわが胸郭に差されゐし成人通知旅に抜く
かな　　中川　昭

かじかむ　きびしい寒気のために手などが凍えて、思うように動かなくなること。また、心《ここ》理的な凍えにもいう。**悴《かじ》く**、**悴かむ**ともいう。「かじかめる手をもたらせる女房かな　山口青邨」の俳句がある。

極月《ごくげつ》の寒さに指も蹙《しじ》かめば折れし鉛筆敢て削らず
　　吉井　勇

ぼた雪にどの枝形《なり》も優しくてかじけしわれの心とま
どふ　　石川不二子

吉井勇の歌の「蹙《しじ》かむ」は、ちぢこまるの意。かじかむの類語である。「極月」は陰暦十二月の別名。

ひび〔胼《ひび》・皹《ひび》・皸《ひび》〕　寒気のため、皮膚が弱くなって、細かいひび割れを生じるもの。手指や頬に多く生じ、ひどくなると血がにじむ。

この夕べ風は寒しも乾きたる手足の皸《ひび》ゆ血はいでに
けり　　結城哀草果

泥あそびの手をば洗ひてやりてをり胼ほのみえて児の健けき　松田　常憲

おもてより夕べもどりてべそかけるわが子の頬に皸《ひび》いたいたし　筏井　嘉一

原始めきてひび膏をやくいさぎよき塩《えん》撒きしごと雪降る日なり　生方たつゑ

父似の子を冬より庇ふわれの掌の皹《ひび》あれが暗い葉脈に似る　中城ふみ子

生方たつゑの歌の「ひび膏《こう》をやく」は、ひび薬の硬《こう》膏《こう》を焼け火箸などで溶かすこと。現在は手に潤いを与える予防薬が出回り、ひびも起きにくくなった。

あかぎれ〔皸《あかぎれ》・皹《あかぎれ》〕

乾燥した空気と寒気に冒《おか》され、手足の皮膚が裂け、そこから血がにじむ症状。ひびが進んだものである。暖房の乏しい時代には子供や主婦に多かった。古語では、**あかがり**という。

あかがりの汝《な》が手を見れば汝を思ふ心に痛し汝を思ふわれ　伊藤左千夫

物を煮てもてなし給ふわが母の指の皹《あかがり》わが目につけり　宇都野　研

皹のあからあからと口あきて大寒の夜の冴えひびくなり　吉植　庄亮

わび住みの春もいつしか寒に入りいたいたしも妹《いも》の皹《あかがり》　吉井　勇

膏薬《かうやく》を洋燈《らんぷ》の火屋《ほや》にあたためてあかがりに貼る夜《よる》は寒しも　結城哀草果

うら寒《さ》むとすり合せつつ土荒れのあかぎれもあるてのひらの音　斎藤　史

三人子《みたりご》を守り来し妻と兵われとあかがり痛きもろ手とりあふ　山本　友一

しもやけ〔霜焼《しもやけ》〕

寒気にふれて、手足や耳などの皮膚が赤紫色に腫れて、かゆくなり、ときには痛みを伴うもの。凍傷の一種。**霜《しも》腫《ばれ》**ともいう。

霜やけの小さき手をして蜜柑むくわが子しのばゆ風の寒きに　落合　直文

をさなごの頬《ほゝ》の凍風《しもやけ》をあはれみてまた見にぞ来《こ》しをさな両頬《もろほゝ》　斎藤　茂吉

ほとほとゝ疲れて歩く身に沁みて足の霜朽《しもやけ》こそばゆきかも　松倉　米吉

わらはべの霜焼の手をひきよせて眼《め》にみる時ぞいとしかりける　吉野　秀雄

一夜《ひとよ》さをへだてば寒《かん》も明《あけ》ぬべし霜焼けし指のかゆみうづくも　生方たつゑ

昨夜《きぞのよ》の雨にわが足凍傷《しもやけ》ぬわたくしゆゑに人に語らず　佐藤佐太郎

霜に傷みし汝の耳たぶいたはると手をのばすわれはあふ臥しのまま　森岡　貞香

クレゾールに女店員らが浸しゐる足は霜焼けて暗きくれなゐ　中城ふみ子

みかんむく霜焼けの手をじつとみれば君がかなしみし夜のおもひ湧く　馬場あき子

凍傷《しもやけ》にてのひら熱《ほて》りねむる夜の雪は蛍光を発しゐるべし　石川不二子

森岡貞香の歌の「汝」は自分の子をさしていったもの。「あふ臥《ぐわ》しのまま」は仰向けになって寝ているまま。

ゆきみ〔雪見《ゆきみ》〕

北国では雪により生活に支障をもたらすが、雪の少ないところでは雪の降った朝方、庭に降り積もった雪を見て、近くの公園や社寺などに雪を見に出掛けたくなる。もともと雪見は、花見・月見と並ぶ風流とされ、雪見舟を浮かべたり、池の端に席を設けたりして、雪景色を賞めながら雪見酒を酌《く》み交わした。

雪見んと思ひし窓のガラス張《ばり》ガラス曇りて雪見えずけり　正岡　子規

降る雪に灯《あかり》向けしめその雪のほたほたと出でて飛ぶに胆《きも》冷ゆ　北原　白秋

死んだろと噂してたよ何言やがるベッドで元気に雪見してたぞ　森本　治吉

雪見障子作りくれたる心遣《や》り充たして今朝の束の間の雪　田所　妙子

雪を見に来よとの便り来ずなりてふたとせ君は雪かづく石　浅田　雅一

うたかたの雪見の酒のうまかりし今生の雪くるほしく降る　上田三四二

降る雪の狂ふをみつつよろこべる心つくづくさびしかりしか　馬場あき子

田所妙子の「雪見障子」は部屋から庭の雪が見られるように、障子に小窓が付いたもの。ふだんは閉ざしておく。浅田雅一の「雪かづく石」は雪をかぶった墓石。上田三四二の歌の「うたかたの」は、消ゆるにかける枕詞。この歌では省略されている。

ゆきかき〔雪搔《ゆきかき》〕

道路・線路・戸口・店先などに降り積もった雪を取り除くこと。雪の少ないときは**雪箒**《ゆきぼうき》で雪を掃くが、多いときは道具を用いる。雪国では**除雪車**や**ラッセル車**が出て、**除雪作業**を行う。取り除いた雪は門口の脇や道端に積み上げるが、雪国では河や海に捨てに行く。

寂しさに起きて雪掃くかそけさは人も知らじな路地の白雪　北原白秋

除雪終へし人らはあかあかと焚火をなす夜の明けそむる道の片側　木俣修

除雪車の円筒管より吐く雪の太太せるをトラックが受く　中山周三

冬続くかぎりは掃かねばならぬ雪掃く老掃除夫の頬骨たかし　中城ふゆ子

雪搔きせる両腕《て》夜半を泣きいだしひくひくひくひくりひどくひもじい　田村広志

ゆきおろし〔雪下《ゆきおろ》し〕

屋根に積もった雪を取り除くこと。雪国では一冬に何回も取り除かねばならない。ほうっておくと雪の重みで戸障子のたてつけが悪くなり、家がつぶれたりする。

屋根の上に雪おろし居れば屋根下《した》に昼餉と呼べる母のこゑせる　結城哀草果

屋根の雪いくたび下ろし屋根よりも高き路面を人は歩みぬ　大野誠夫

ゆきまろげ〔雪丸《ゆきまろ》げ〕

小さな雪のかたまりを雪の上でころがし、だんだん大きくしてゆく子供の遊び。子供一人の手に負えなくなると、数人でころがす。これを大小二つ合わせて雪達磨に仕立てる。**雪ころばし**、**雪まろばし**ともいう。「君火をたけよきもの見せむ雪まろげ　芭蕉」「霜やけの手を吹いてやる雪まろげ　羽紅」の俳句がある。

雪まろげまろばしかぬと声呻《うめ》き足張れる子に雪乱れ降る　窪田空穂

ゆきつぶて〔雪礫《ゆきつぶて》〕

雪投げをするため、一つ一つ、雪を丸めて玉にすること。また、その**雪の玉**をいう。

袖に来て白く飛びちる雪つぶてあなさびし子らが雪投げの玉　北原　白秋

うつむきて雪つかめる子うつむきつつその雪投げぬあらぬ方《かた》へと　稲森宗太郎

雪礫胸にあてられし一人の子投ぐる忘れてよろこびをどる　稲森宗太郎

雪の玉つくりては赤き塀に投ぐ君を待つ間も降る昼の雪　石田比呂志

ゆきがっせん〔雪合戦《ゆきがっせん》〕

大雪の降った翌日など、校庭や空き地で、子供たちが二組に分かれて、雪の玉を投げ合う遊び。**雪投げ**、**雪打ち**ともいう。

野司《のづかさ》の上と下とに別れては雪投げ遊ぶ十人《とたり》の子供　稲森宗太郎

つづけざまに雪合戦のたま浴びる少女　からだの辛さでは泣くな　中村　寛子

稲森宗太郎の歌の「野司」は野原の中にある丘のような小高い場所

ゆきだるま〔雪達磨《ゆきだるま》〕

雪を丸めてころがし、大小二つを作り、それを重ねて達磨の形に作ったもの。昔は炭団《たどん》や木炭で目鼻などをつけた。今でも大雪が降ると門の脇などに作られ、頭にバケツをかぶせて帽子にしたり、短い箒を二本もたせて手のようにしたユニークなものが見られる。

この雪にわが行かむ道はるかなり停車場の前の大き雪達磨　古泉　千樫

とたん屋と靴屋のあひの雪だるまコールタールの目鼻つけゐる　稲森宗太郎

交通の麻痺のニュースをよそごとに雪のだるまが道に賑はふ　星野　丑三

むく犬がさびしき目して我を見る雪だるまむかし炭の目持てり　原田　汀子

キウイの目の雪のだるまのほとほとと顔から失せてゆける街かど　三浦　槙子

君が妻を抱く夕べかな軒先に溶けきれないでいる雪だるま　俵　万智

稲森宗太郎の「とたん屋」は板金加工業の店のこと。

ゆきうさぎ〔雪兎《ゆきうさぎ》〕

盆の上に雪で兎の形を作り、ゆずり葉などを耳にして、南天の朱実《あけみ》を目にしたもの。

雪兎を盆にのせゆく童《こ》にあひしその微笑みのなほ残るごと　山下　陸奥

いつまでか凍りゐるらむ雪うさぎ三匹淡き埃かむりぬ　石川不二子

雪うさぎの耳は溶けつつビー玉の赤き眼も落ち春陽は眩し　菅本　光子

たけうま〔竹馬《たけうま》〕

二本の青竹の棒に乗って遊ぶこと。また、その遊具をいう。棒の高さは二メートル位、足を乗せる木の台が適当の高さの所にひもでくくってあり、子供がそれに乗って竹の上部を持って歩く。意外と高所に感じられ、上手に乗って歩くのはむずかしい。昔は自分または親の手作りだった。「竹馬やいろはにほへとちりぢりに　久保田万太郎」の俳句は、寒い季節に子供たちが竹馬に乗り、散りぢりになって遊んでいるのを詠んだもの。

竹馬に乗りたる子ども近づきて雪ふかき下の土を突く音　長谷川銀作

竹馬にかなしきものを充《あ》てたりなダリヤの支柱松かざりの竹　加藤　将之

ゆきぐつ〔雪沓《ゆきぐつ》〕

雪の上を歩いたり、雪踏みをして道を作るときなどに用いるはきもの。暖かく丈夫で、雪の上を滑りにくいように、藁を用いて長靴のように作られている。藁沓《わらぐつ》ともいう。

大橋の四百八十間の雪慌てて踏まず藁ぐつによる　与謝野晶子

さすらひのこころに聴けば雪を踏む藁雪沓の音も寂しく　吉井　勇

雪掃きに穿《は》く藁靴をあたためて雪を掃かむと思ひ立ちをり　結城哀草果

幾尺《いくさか》の雪のつもれば藁沓にふみかためつつ道をつくりぬ　筏井　嘉一

ゆきみの〔雪蓑《ゆきみの》〕

カヤ、スゲの茎や葉、またはシュロの毛、藁などを編んで作った雪よけ合羽《がっぱ》。雪合羽ともいう。

山深き里よりけさをおとなひし老翁《おきな》の蓑の雪おもげなり　生方たつゑ

蓑ぬぎて土間にころびし粉雪《こなゆき》のしばしを経れどとけやらぬかも　生方たつゑ

ゆきやけ〔雪焼《ゆきや》け〕

雪にあたった日光の反射で、皮膚が黒くなること。夏の日焼けよりも真っ黒になり、褪《さ》めにくい。**雪眼**《ゆきめ》は日光の反射で眼に炎症を起こし、まぶしくて眼を開けていられなくなること。雪眼の予防に**雪眼鏡**を用いる。「山頬りかせぐ村人雪焼けて　大野林火」「雪眼ふたぎて来《こ》し方をおもふなり　成瀬桜桃子」の俳句がある。

雪灼けの陽やけの童子わが童子息しづまりて眠らむとする　石川不二子

そり〔橇《そり》〕

雪や氷の上を、馬や犬に曳かせて走る乗りもの。昔は鈴をつけた橇が活躍した。厳寒の土地では車が通らなくなったとき、病人や荷物を運ぶ貴重な乗りものである。**馬橇**《ばそり》、**馬橇**《うまぞり》、**犬橇**《いぬぞり》などともいう。

藁にほを崩して橇の運ぶ日も蒲原の野はいまだ純白　与謝野晶子

夜のふすまにしみぐ〲寒く聞くものか雪すべりゆく遠橇の音　斎藤　瀏

生ける間にいかでくすしを率《ゐ》て行かむ馬橇《ばそり》走らす夜の潮霧《がす》の中　小田　観蛍

雪道《ゆきみち》を橇に乗りて僧来《きた》りひたぶる読経しかへりゆきたり　結城哀草果

日の暮の雪きしりつつかなしきに死馬を積みたる馬橇は往きぬ　島　有道

山深く椴《とど》の原木を積みに行く馬橇の鈴暁ごとに　清原日出夫

与謝野晶子の歌の「藁にほ」は藁塚。斎藤瀏の歌の「夜のふすま」は夜具。小田観蛍の歌の「くすし」は医師。

スキー

もともと雪国の生活用具であったが、冬のスポーツ用具となり、現在、シーズンにはスキーをするため、**スキー列車**や**スキーバス**が仕立てられ、**ゲレンデ**は華やかなスキーウェアなどを着た**スキーヤー**で賑わう。**シュプール**はスキーで滑った雪面の跡。**スロープ**は傾斜面。

ゆるやかに弧をゑがくときスキーヤー声なき声を雪にひき延《は》ふ　太田　水穂

十人《とたり》ほどスキイをすなる童等《わらはら》に母の愛をば送る太

陽　　　　与謝野晶子

赤倉のすろうぷをさしてのぼりゆくすきいやあの群陸続《りくぞく》として　　小泉　苳三

すきい服の少女《をとめ》まじりて華かなり池の平《たひら》は吹雪に霧《きら》ふ　　小泉　苳三

すろうぷを走り来《きた》りしすきいやあ窮《きはま》らむとして身をひるがへす　　小泉　苳三

妙高の麓の原を滑走する人はるかなり雪けぶりあげて　　小泉　苳三

ぱりぱりと波目《なみめ》の雪を横すべる最も怖《こは》き時にアルプスをにらむ　　加藤　将之

夜明の、万年雪《フイルネ》降《くだ》りしスキーあり黒き人影は淋しくてならぬ　　香川　進

スキー帽まぶかく軒の下の路既に雪国のひととなりゐし　　大野　誠夫

スキー列車すぎて朝《あした》の道にたつあふりの風に吹かれて歩む　　上田三四二

締めつけてはくスキー靴　兵役をへぬ足が酔うたよりなきまで　　平井　弘

吹雪けどもスキーリフトが動くから人が滑るから自分も滑る　　奥村　晃作

月明かりの橅《ぶな》の小径のシュプールは遊びつかれた野うさぎのもの　　吉沢あけみ

平井弘の歌は、昭和三十年代頃までのスキー靴が兵隊のはく編み上げ靴に似ていたので、それを連想したもの。

スケート

氷の上を**スケート靴**で滑るスポーツ。結氷した湖沼や人工の室内の**スケート場**では、若いスケーターがスケーティングを楽しむ。**氷滑り**ともいう。

氷滑り競ふをとめの遠ざかる背面《うしろで》小《ち》さしいや滑りゆく　　宇都野　研

その友に後れて滑る一人《ひとり》をとめ空手《むなで》さし垂れのめりつつすべる　　宇都野　研

氷上にまぶしき人ら暈《かさ》もてりスケートの刃はきらめきながら　　葛原　妙子

街なかにスケート館のできてより愁ひもなげに人ら滑りぬ　　吉原徳太郎

春夜、電車のまぶたおもたきわれにむけ青年のスケート靴の着き刃　　塚本　邦雄

一月　新年・冬

母国信ぜずこのスケートの青年ら春氷縦横無尽に傷《いた》め　　塚本　邦雄

スケートの刃もて軟かき氷質を傷つけ止まぬこの子も孤り　　中城ふみ子

少女の手とりて滑れば木崎湖を血だまりにしてわなく落暉　　春日井　建

青年の氷跡をたどり滑りゆけば愛は刃身《エッジ》に研《と》がれてゆけり　　春日井　建

ラグビー

一チーム十五人が二組に分かれ、広いグランドを楕円のボールを奪い合って走り、相手のゴールにつける球技。一定の規則があるが、**ラガー**たちがぶつかり合う姿が魅力的なスポーツである。

やや遠き泥濘《でいねい》にラグビーをするところ或るとき選手等の吐く息白し　　佐藤佐太郎

ずぶ濡れのラガー奔《はし》るを見おろせり未来にむけるもののみな走る　　塚本　邦雄

ラグビーの遠い息づき　みづからのための復学届わがもつ　　平井　弘

ジャージーの汗滲むボール横抱きに吾駆けぬけよ吾の男よ　　佐佐木幸綱

ラガーらの創痍の肉体《からだ》火を持てり修羅なす夜へスクラム組めば　　藤森　益弘

競りあひをぬけしラガーが荒駆《あらが》けて雨の地平へのめり込む見つ　　久葉　堯

かんとう〔寒灯《かんとう》〕

明るくともっても、なお冴え冴えとした感じの寒さの厳しい冬の灯火。または、寒中の灯火をいう。外灯、門灯、人気のない部屋の明かりなど殊更に感じられる。**寒き灯**、**寒き明かり**、**冬の灯**、**冬灯《とも》し**ともいう。

旅にしある寒き灯《ほ》かげや子が読むに哲学通論聴きつつ父は　　北原　白秋

寒きあかりともる玄関に向ひゆく旅遠く来し人のごとくに　　柴生田　稔

縫ひ了《を》へず汝《なれ》が遺《のこ》せし色衣《いろぎぬ》のいたいたしかも寒き灯《ひ》のもと　　木俣　修

生きてはや左右《さう》なき我を明かうする一灯一朱寒夜の机　　安永　蕗子

二月

冬・春

二月 冬・春

くろかわのう〔**黒川能《くろかわのう》**〕 二月一日未明より二日の日没まで。山形県櫛引町黒川の春日神社の王祇祭《おうぎまつり》で演じられる能である。氏子の中の能の家が上座・下座に分かれて伝承してきたもので、古い様式が各所に残っている。

雪の夜の黒川びとの打つ鼓見に来しわれの肋骨《あばら》に響く　有川美亀男

ゆきまつり〔**雪祭《ゆきまつり》**〕 二月一日より五日まで。札幌市では雪と氷の彫刻などを大通り公園に展示して競うカーニバルを行う。他にも新潟県十日町市をはじめとして、東北・北陸の雪国の各地では、**雪のカーニバル**を盛んに行っている。

路傍にはいくつもの雪の塑像あり精こめて造りし雪国の手よ　大野誠夫

氷彫刻人に見らるる白鳥は長き首より溶けはじめたり　斎藤史

雪像の溶けゆく際のかなしみをうしろ背繊く纏へり母は　春日井建

春日井建の歌は、母の後ろ背に、雪の像の溶けてゆくときのいとおしさを感じたもの。

ひいらぎさす〔**柊《ひひらぎ》挿《さ》す**〕 節分の夜、焼いたイワシの頭をつけたヒイラギの枝を、門口に挿して魔除けにすること。ヒイラギを用いるのは冬でも緑が濃くて葉に棘があり、その棘で鬼の眼を刺すため。イワシの頭は焼嗅《やきかが》しともいい、その臭気で邪気を退けるため。

門《と》に挿せし柊《ひひらぎ》の葉のつやつやし節日《せちび》浄らに雪となりつつ　穂積忠

「節日《せちび》」は節分。立春の前夜で二月三、四日ごろにあたる。各地の社寺では節分祭（追儺《ついな》）を行う。

ついな〔**追儺《つひな》**〕 節分の夜、各地の社寺や民間では、悪魔を追いはらって福を招く祭事を行う。**鬼やらい**、**なやらい**ともいう。浅草観音、成田不動では、年男の力士などが豆をまくので有名である。

となりにてざらりざらりと節分の鬼やらひ豆を炙る鍋の音　太田　水穂

大磯の追儺の男豆打てば脇役が云ふ「ごもつともなり」　与謝野晶子

雪さむきこの山上の大き寺せちぶんの夜のともし火照れり　古泉　千樫

酒の鬼たんなたりやと遁《に》げ去《い》んぬをかしかりけりわれの追儺は　吉井　勇

吾が撒きし追儺の豆の散れる庭そのままにしてつづく寒晴れ　水上　赤鳥

節分の宵宮まうでに春日なる木彫のうさぎ乞ふよわがため　前川佐美雄

残る生《よ》を念ふとなけれたまたまに追儺の夜を海のべにゐる　三国　玲子

幼児が鬼やらふ声窓々にきこえ翳さへ失《な》き闇の辻　富小路禎子

幼児が鬼やらひゐし家の庭今朝は素朴な鳩の声する　富小路禎子

あら〳〵と振る舞ふこゝろを　欲る夜に　家々はひたに　鬼やらふらし　中井　昌一

鬼やらふ声する夜を　はら〳〵と　霰は屋根の上に降りくる　中井　昌一

み堂ぬちに身に沁む冷えを清しみて節分追儺の経はきくなり　大塚布見子

身の内にひびかふ追儺の経聞きてこの一年の福はたまはる　大塚布見子

菜の花の黄なるかみしもわが着けてけふ節分会《ゑ》福女《むすめ》となる　大塚布見子

吾子生れし節分の夜を惜しみつつひとり飲む酒は喉《のんど》を灼くも　小野興二郎

鬼やらひの声内にするこの家の翳りに月を避けて抱きあふ　小野　茂樹

古泉千樫の歌の「せちぶん」は節分。

まめまき〔豆撒《まめまき》〕

節分の夜、「鬼は外、福は内」と大きな声でとなえながら、煎《い》った豆を撒くこと。その豆を**年の豆**、**福豆**といい、**年男**《としおとこ》が撒く。家庭では子供が撒くことが多い。節分には年齢と同じ数か、または、それより一つだけ多い数の豆を食べる風習がある。

貧しければ豆などまかめと襷《たすき》かけてさびしき妻は鬼は外と云ふ　　北原　白秋

宵早くとざせる祖父の病室に父と子と来て福豆をまく　　四賀　光子

ふるさとに旅には来つれたなひらに節分の豆をかぞへならべぬ　　古泉　千樫

口真似に福は内よといはせつつ節分の豆は子にまかしめぬ　　筏井　嘉一

今年また妻と節分の豆をまく父ら住む部屋父は九十　　近藤　芳美

豆まくと窓開く冷え物言わぬ父と母との老いの年々　　近藤　芳美

節分の豆まかざりし鬼の家朝《あした》椿の花首を掃く　　富小路禎子

保育園より子がもらひ来し節分の豆頒たれて母われも嚙む　　石川不二子

やらはれて　踏むべき一歩の孤独さを　おもて節分の夜の豆　かじる　　中井　昌一

いづかたに与《くみ》するべきや鬼は外鬼は外とて背をうつ人家　　中川　昭

遣らふべき鬼まだ棲まぬみどりごのほとりへも撒く四、五粒の豆　　久葉　尭

古泉千樫の歌の「たなひら」は、てのひら。中井昌一の「おもて」は思って。

はつうま〔初午《はつうま》〕

二月の最初の午《うま》の日をいい、各地の稲荷神社では祭を行う。京都の伏見稲荷神社がその信仰の中心で、参詣者で賑わう。稲荷はもともと農耕の神で、その使いがキツネという。初午には「正一位稲荷大明神」の赤い幟《のぼり》が林立し、白ギツネの像には油揚などが供えられる。

その中に姪の文子も着飾りて稲荷祭の乱能《らんのう》にゆく　　川田　順

京都こそかなしかりしか、／白張の、提灯ならぶ／稲荷祭に。　　西村　陽吉

また、関東では二月八日に針供養を行う。一年の間に使って折れた古針を淡島神社に納める祭である。東京の浅草寺境内の淡島神社では、豆腐や蒟蒻《こんにやく》にさして神前に供え、裁縫の上達を祈る女性の姿が見られる。関西では十二月八日に行う。「針供養女《をんな》の齢《よはひ》くるぶしに　石川桂郎」は足の弱った老女を詠み、時代をよ

く捉えている俳句である。

バレンタイン・デー

二月十四日。聖バレンタインの記念日で、愛する人に（女性から男性に）贈り物をする習慣がある。日本では昭和三十三年（一九五八）頃より流行し、チョコレート菓子を贈る。聖バレンタインは二六九年頃殉教死したローマの司祭。当時のローマ皇帝クローディアスが軍人には妻帯させないという厳しい政策をとったのに対し、司祭は神に反するものとして幾人もの娘と結婚し抵抗した。それが皇帝の怒りをかったといわれる。丁度、小鳥が巣ごもりをはじめる季節なので、この日を「愛の日」と呼ぶようになった。

をさなめがバレンタインのチョコレートリボンに結びて我にもちくる　石黒　清介

聖ヴァレンタイン祭今日芽ぶかざる銀杏《いてふ》の天の梢のしろがね　塚本　邦雄

自由の女神のしろき裳裾を剝がした相愛《ヴァレンタイン・デー》の日の日本人青年　春日井　建

バレンタイン君に会えない一日を斎《いつき》の宮《みや》のごとく過ごせり　俵　万智

かまくら

二月十五〜十六日に行われる秋田県横手地方の祭。子供たちが雪で室《むろ》をつくり、中に茣蓙《ござ》などを敷き、奥の正面には、おすず様と呼ばれる水神《すいじん》を祀る。その前で子供たちは火を焚き、鳥追いの歌をうたう。夜はかまくらの中で餅を焼いて食べたり、甘酒をあたためて飲んだりして、大人たちのお詣りをまっている。もとは小正月（一月十五日）の行事であった。俳句に「身半分かまくらに入れ今晩は　平畑静塔」「かまくら見えた白いかまくらの中に孫　金子皆子」がある。

東京の雪を集めしかまくらに夕ぐれ子等の灯すほたる火　原田　汀子

同じ秋田県の各地方では梵天《ぼんでん》祭がこのころ行われる。長い杉丸太や竿の先に纏《まとい》形の大きな御幣をつけて、鉢巻姿の若者たちがそれをかついで「じょうやさ、じょうやさ」と勇ましく掛声をかけ、先陣を争って神社に奉納する。横手市旭岡神社は十六〜十七日に行う。俳句に「梵天を競ふ彩どり雪に映ゆ　高浜年尾」がある。

また、二月十七日から二十日にかけて、青森県八戸地方では豊作を祈願する**えんぶり**の歌舞が奉納される。えんぶりは本来、竿の先に凹凸のある板をつけた農具で、水田の土をならしたり、穀物を掻き寄せたりする。一座の長は手に扇とそのえんぶりを持って舞い、笛・太鼓・鉦の囃子で田植踊、恵比寿大黒の舞、田植祈願の呪術の舞などを演じる。俳句に「えんぶりの摺《す》り浄めたる雪の泥　豊山千蔭」がある。

ふきみそ〔**蕗味噌《ふきみそ》**〕　早春、萌え出たばかりの蕗の薹を細かく刻み、酢味噌で和《あ》えたもの。ほろ苦く、香りがよい。さかずきほどの小鉢に盛り、少しずつ舐めるように食べると最高に旨い。

つゝましく酒はくむべし蕗味噌のにがきも春のにほひなるもの　大井　広

えりさす〔**魞挿《えりさ》す**〕　魞とは河川や湖沼の魚の通路に、竹簀《す》を張りめぐらし、中に入った魚を捕る仕掛け。二月上旬から三月中旬ごろまでが最も盛んで、琵琶湖ではこの魞を挿した景がよく見られる。俳句に「風はフルート魞挿していま誰も居ぬ　渋谷道」がある。

魞の簀《す》に寄する夕波雨雲のなかに比叡も比良も昏れゆく　木俣　修

のりとり〔**海苔採《のりとり》**〕　浅海に立ててある海苔粗朶《そだ》についた海苔の採取は、二月がピークである。海苔舟は粗朶の間を漕ぎ廻って舷を傾けて採る。磯では岩についた海苔を干潮時に掻き採る。採った海苔は洗って細かく刻み、海苔簀《す》に薄く漉《す》いて乾かす。**海苔掻《か》き**、**海苔干す**ともいう。

海際《うみぎは》を水ふみわたり海苔を掻くはかなき業《わざ》も遊びにあらじ　松村　英一

遠富士の晴るる曇るに占問《うらと》ひて海苔とりびとら潮時《とき》をあらそふ　一ッ橋美江

南風の吹く日の海苔粗朶は明るくて砂洲へ斜めに走る波見ゆ　金井　秋彦

やまやき〔**山焼《やまやき》**〕　早春、山の下草を焼くことである。害虫の駆除と、灰が肥料となるからである。昼の間は、うすい煙が立ちのぼっているが、暮れはじめると赤くなって見える。**山焼く**、**山火《やまび》**ともいう。奈良の若草山の山焼きは二月十一日に行われていたが、現在は一月十五日に行われており、**奈良の山焼**、**お山焼**と呼ぶ。

みんなみの嶺岡山《みねをかやま》の焼くる火のこよひも赤く見えにけるかも　古泉　千樫

さみしさに耐へつつけふも山やけのひびき間近にわれすまひけり　熊谷　武至

伊豆も見ゆ伊豆の山火も稀《まれ》に見ゆ伊豆はも恋し吾妹《わぎも》子《こ》のごと　吉井　勇

山を焼く煙は天にうづまきて春の日光《ひかげ》の国かぎりなし　土屋　文明

対岸の春山《はるやま》を焼く火のけむりやまずなびきぬ湖《うみ》の上の風　佐藤佐太郎

草焼きし二つ枯山《からやま》三つ峠《たは》黒野をわたる月の半白　安永　蕗子

はたはたと雉子《きぎす》を逐ひてもゆる火の炎《ほ》なかひそかに阿蘇とは言はめ　安永　蕗子

入会《いりあひ》の山焼くわれら春寒き天《あめ》の焼畑にあかあか笑《あら》ぐ　前　登志夫

山焼きの火焔《ほのほ》の跡に拾ひたる石ほのぼのと地の湿り持つ　森重香代子

前登志夫の「入会の山」は入会権のある山。入会は一定の地域の住民が一定の山、原野、漁場に入り、木材や薪などを採取する共同用益権を有すること。「焼畑」は山野を焼き払った畑。

のやき〔野焼《のやき》〕

早春、野の枯草を焼くこと。新草の芽立ちをよくするためである。**野火**《のび》は野を焼く火のこと。**焼野**《やけの》は野焼をしたあとの野。**野を焼く**ともいう。

つけ捨てし野火の烟のあか〳〵と見えゆく頃ぞ山は悲しき　尾上　柴舟

見る限り焼き払ひたる出津の野はいく日ののちも野火の匂す　吉植　庄亮

冬草山消ゆるともなき野火ならんのろのろ燃えにいのちこげつつ　若山喜志子

ふりさけて曇れる空かところどころ野をやく煙に日はかがやきて　土屋　文明

夕まぐれをさなごゝろに見し野火のいまはたかなし燃えつゞきをり　大井　広

こちらから野火を放てばよろこびて火はわが拓地一帯に燃ゆ　野原　水嶺

天《あま》ごもり鳴く鳥もあれ真昼間の野火燃えつづき太古《むかし》

のごとし　前川佐美雄

足袋くろくなるまで野火のあとをきて藻のごときかなわがあこがれは　生方たつゑ

はじめ草に点じなどして燃えあがる野火薄紅《はくこう》ぞあはれなりける　安永蕗子

山遠く降《お》り来しものの目に炎ゆる野焼きの縁《へり》の赤き走り火　安永蕗子

野火とほく燃ゆる夕べは懇《ねんご》ろな他人の如く夫をかなしむ　中城ふみ子

しばしばも車は野火の際《きは》すぎてくれなゐの舌冴ゆる夕ぐれ　岡井　隆

燃えさかる野火の炎を生けるもの捕らふるごとく人囲みをり　志垣　澄幸

移りゆく野火のほのほの時としてみだらに天《そら》を舐むるがにする　杜沢光一郎

息つめて野火を見ている眼がわれの他にもあらむ闇のむこう側　平井　弘

枯葦を嘗めつつ風を追ひかける野火の炎にかすみゐる妻　時田　則雄

しばやき〔芝焼《しばやき》〕

春先、庭園や土手などの枯芝を焼くこと。**焼芝**は焼いたあとの芝。**芝生焼く**、**芝火《び》**、**畦焼《あぜやき》**、**畦焼く**、**畦火**、**畑焼**ともいう。

芝生焼く火はちろちろと鉄柵を越えつつわれの足もとを焼く　前川佐美雄

芝焼のあとくろぐろとある庭にまだ裸木《らぼく》なる公孫樹《いてふ》が寒し　木俣　修

芝生やく煙地を這ふ冬の公園はみ出て昼をねころぶ男　太田　青丘

滅びたるものを恋ほしむ幻に黒くひろがる園の焼芝　千代　国一

枯芝に火を放ちたりつかのまを充たさんがため滅び視んため　島田　修二

芝の上を走りゆく火の透明にわれが剰余を焼きつくさんか　島田　修二

芝焼きしわが身は火の香たつるらし夜更けて籠の文鳥騒ぐ　若井　三青

むぎふみ〔麦踏《むぎふみ》〕

早春、霜柱で麦の芽が浮き上がるのを防ぎ、また、徒長を抑えて株張りをよくするために、幼い麦を足で踏みかためる作業をいう。**麦を踏む**、**麦踏む**ともいう。

麦畑に麦踏み居れば揚雲雀頭《あたま》の上にかぎり知られず　　吉植　庄亮

麦ふむに代へてローラー引き給へ少しは君の安からまくに　　土屋　文明

後手《うしろで》を組みて土飛ぶ春畑に麦踏む母に徒《つ》きて踏みにき　　森山　耕平

雨霽《は》れて土の匂ひの温《ぬく》りが麦踏む足につたひ来るかな　　山崎　方代

いつのまに東京を去りし友ならむ風の中に麦踏む日々と告げ来ぬ　　大西　民子

山の駅のながき停車に女ひとり向きを変へつつ麦踏める見ゆ　　大西　民子

俘虜《ふりょ》の日の歩幅たもちし彼ならむ青麦踏むをしずかにはやく　　寺山　修司

麦を踏む裸足《はだし》しなやかにわれの住む東方の村日は高くして　　春日井　建

寺山修司の歌の「俘虜の日」は、敗戦により敵軍に捕われた日。第二次大戦で日本兵は多数収容所に入った。その日々の点呼などの際の歩行をいっている。

うめみ〔梅見《うめみ》〕

梅見、**観梅《かんばい》**は花見（桜見）より歴史が古い。『万葉集』巻五には天平二年（七三〇）正月十三日、大宰師《だざいのそち》大伴旅人宅で梅見の宴を催し、梅の花を詠んだことが出ている。余寒なお厳しいころ、野梅《やばい》、白梅、紅梅、薄紅梅が春のさきがけとして香り高くほころびはじめる。関東では水戸、熱海、青梅《おうめ》など、関西では月ヶ瀬、賀名生《あのう》、南部《みなべ》などの梅林が有名である。水戸偕楽園の**梅まつり**は二月二十日。京都北野天満宮の**梅花祭《ばいかさい》**（**梅花御供《ばいかごく》**）は二月二十五日。各地では梅花の下で野点などを行う。

羽織もちて母の梅見の御供《みとも》せむまだ寒からし木下川《がは》の里　　落合　直文

水きよらに渓ひらけたり老《おい》梅はよき処得て寂《しづ》かにゐめる　　佐佐木信綱

淡雪が白をかさぬる趣きに御寺の梅の花の添ひ行く　　与謝野晶子

吾はもや梅見にきたりこの春は復《また》は見がたみ今日見にきたり　　長塚　節

かしこくも吾はあるかも春雨の降りての後に梅見す

らくは　長塚　節

観梅《うめみ》に来て茅屋《かやや》にいねぬその夜はむかしの雨の音を聞きけり　前川佐美雄

梅見に来て白き梅さびし彼方には竹藪老いて日に静もれば　前川佐美雄

梅が香にわれはめしひしいにしへの検校のごと坐りてゐたる　前川佐美雄

長塚節の一首目「我はもや」の「もや」は感動を表す。「見がたみ」は見ることがむずかしいので。二首目の「梅見すらくは」は、梅見をしていることは。

うぐいすぶえ〔鶯笛《うぐひすぶえ》〕

立春を過ぎたころから梅の木につく害虫を食べに、ウグイスが飛んできて、初音《はつね》を聞かせるようになる。鳴き声がホーホケキョとか、ケキョケキョケキョ……などと聞こえ、そのさえずりを出す竹製の玩具が鶯笛である。子供が吹いて遊んだり、擬音に用いたりする。**初音の笛**ともいう。

おほ父に手をばひかれて購《あがな》ひし鶯笛を吹きしきりゆく　太田　青丘

たきじき〔多喜二忌《たきじき》〕

小説家小林多喜二の忌日は二月二十日である。秋田県生まれで小樽高商を卒業し、はじめ人道主義の小説を書いて志賀直哉らに才能を認められた。のちプロレタリア作家として『蟹工船』『不在地主』などを著し、昭和八年（一九三三）二月、官憲により思想犯として検挙され、東京築地署の留置場で拷問によって虐殺された。二十九歳。俳句に「多喜二忌や糸きりきりとハムの腕　秋元不死男」がある。

昭和史の軛《くびき》を負いて来るかな多喜二の死よりあゆみはじめつ　宮岡　昇

もきちき〔茂吉忌《もきちき》〕

歌人斎藤茂吉の忌日は二月二十五日である。山形県生まれで東大医科出身、精神科医、青山脳病院長、雑誌「アララギ」を編集し、昭和二十八年（一九五三）、七十歳で没した。『赤光』より『つきかげ』まで十七冊の歌集を出し、一万七千余の歌を作った。『柿本人麿』をはじめ評論・随筆が多数ある。俳句に「目つぶれば最上の波や茂吉の忌　森田峠」がある。

いつさいは無かもしれず茂吉忌や成りゆきにして妻

とまぐはふ　木島　茂夫

東北の斎藤茂吉死ににける二月二五日黒き魚くふ
伊藤　一彦

月山も蔵王もとほしさらさらに茂吉とほしや黒き魚くふ
伊藤　一彦

さねともき〔実朝忌《さねともき》〕

鎌倉幕府三代将軍源実朝の忌日は陰暦一月二十七日である。家集『金槐和歌集』に見られるとおり、作歌には万葉調の佳作が多い。承久元年（一二一九）、鶴岡八幡宮の境内で兄頼家の子に殺された。二十八歳。墓のある鎌倉扇ヶ谷寿福寺では毎年忌日に読経をしている。俳句に「庭掃除して梅椿実朝忌　星野立子」がある。

こもりゐのわれ一人修する実朝忌藪に棄てられし首を思へり
川田　順

三月　春

三 月 春

ひないち〔**雛市**《ひないち》〕 雛祭に飾る雛人形、その調度などを売る市。東京浅草橋などでは人形店が軒をつらね、シーズン近くには店内に名人作の雛も飾られ、赤い幕を張って雛人形を売り出す。今では二月に入ると各デパートの売場に、きらびやかな雛市が展かれる。**雛店**《ひなみせ》ともいう。

雛市や／二日の夜まで残りたる或る雛を見て／涙する人　石榑　千亦

雛市をめぐりてゆくに無造作に路上に置かれし雛のかがやく　扇畑　利枝

われを生みし人はやさしくありしかな舗道に春のひなを選りて　斎藤すみ子

いとしめば人形作りが魂を入れざりし春のひなを買ひ来ぬ　稲葉　京子

ひなまつり〔**雛祭**《ひなまつり》〕 三月三日。女の子のいる家で雛人形を飾り、白酒・菱餅・桃の花などを供えて祭る節句である。**桃の節句**、**弥生**《やよい》**の節句**、**ひいなまつり**、**雛遊び**などともいう。雛人形は、古く平安時代からあり、初め立雛（紙雛）であったが、江戸中期以後、今日の雛人形が作られ、雛祭に飾られるようになった。雛段の数は奇数で、一般に上段から内裏《だいり》雛、三人官女、五人囃子などの順に飾り、下段には箪笥《たんす》、長持、鏡台や御所車などの道具類を飾り、その中央に膳部、両脇に桜と橘を据える。誕生後はじめての節句が**初雛**《はつびな》で、少し大きくなった女の子は雛の客を招いて**雛料理**をもてなすなどする。**雛**、**ひいな**、**雛飾る**などともいう。

たらちねのうなゐ遊びの古雛の紅あせて人老いにけり　正岡　子規

蜜柑箱ふたつ重《かさ》ねてめりんすの赤き切《きれ》しく我が子等の雛　与謝野　寛

燭《ともしび》をともすと起《た》ちて白き手の雛《ひひな》の肩にやはくふれける　金子　薫園

女童《めわらは》は雛祭るとぞ言《こと》問《と》ひて朱《あけ》の氈《かも》など部屋に取り

に来《く》
一せいに窯の火消して雛祭る土岐の節句の日に来たりあふ　北原　白秋
千代紙を散らかして子は雛つくる焼けあとの春の寒き彩《いろ》ひよ　四賀　光子
飾られし雛に触れたき幼子にもてあそぶなといくども教ふ　筏井　嘉一
みどり子が手《た》握り秘むるは雛壇の飾り調度の小さき塗椀　初井しづ枝
疑《うたがひ》を知らぬひひなの顔ならび下僕《しもべ》はあはれ赫く塗られて　初井しづ枝
落ちてゐる鼓を雛に持たせては長きしづけさにゐる思ひせり　初井しづ枝
細き線に刷《は》きて眼《まなこ》となせるひひな世俗のことは遠き世のこと　保田　保造
ひなの夜の雪洞《ぼんぼり》にうづくまり幼な女《め》のわがかなしみを守りそめたる　河野　愛子
一望の焦土をとほく遁るべく人に委ねしひひな恋ほしも　三国　玲子
妹の逝きて八年坐らなくなりたる雛は立てかけて置く　大西　民子
戦火《いくさび》に雛《ひひな》焼かれし少女吾の嫁《い》かざりし生《よ》もおほよそは過ぐ　富小路禎子
薄墨のひひなの眉に息づきのやうな愁ひと春と漂ふ　稲葉　京子
わが雛の行方も知らず　巷には桃の蕾の売られてゐたる　石川不二子
弥生雛《やよいびな》かざればあわれ音もなくおりてくるかな家の霊らも　伊藤　一彦
帰りきて夜の雛壇にまむかえば折れてわが影絣の階《きだ》をなす　小高　賢
定年ののちの夜業の明けに来て初雛《ひひな》を祝ぐと義父が金置く　橋本　俊明
われにふかき睡魔は来たるひとりづつ雛《ひな》人形を醒まして飾り終ふれば　小島ゆかり

正岡子規の歌の「たらちねのうなゐ遊び」は、あどけない女の子の遊び。四賀光子の歌の「窯の火」は、岐阜県土岐市の窯場をいう。

しろざけ〔白酒《しろざけ》〕

雛祭に、雛に供えて雛の客にもてなす濃厚な白色の酒である。甘味豊かで一種独特の香気がある。蒸した糯米《もちごめ》と米麹《こめこうじ》に味醂または焼酎を混ぜて、二十日から三十日ほど置き、のち、すりつぶして造る。山川酒《やまかわざけ》・山川白酒とも呼ぶ。**雛の酒**。俳句に「白酒の酔ほのめきぬ長睫毛　富安風生」「白酒を臈《らう》たしとしぬその酔も　後藤夜半」がある。

　雛の酒いただきたれば女らはそよろと不思議の国に遊ぶか　　築地　正子

ひしもち〔**菱餅**《ひしもち》〕　雛壇に供える菱形に切った餅である。紅・白・緑の三色を重ねて菱台に盛って飾る。白・緑・紅・青・黄の五色を重ねることもある。紅は桃の花、白は雪、緑は邪気を払う意味であり、菱形は民俗学によると心臓をかたどったものという。**雛**《ひな》**の餅**《もち》ともいう。短歌の例をあげられなかったが、俳句には「菱餅のその色さへも鄙《ひな》びたり　池内たけし」「ひし餅のひし形は誰《た》が思ひなる　細見綾子」がある。

ひなあられ〔**雛霰**《ひなあられ》〕　雛壇に供え、雛の客にもてなす菓子。米粒をふくらませ、紅白の砂糖蜜をまぶして作る。小さな俵形に刻んだ餅を彩色して煎ったものもある。**雛菓子**ともいう。俳句に「手のひらに色を遊ばせ雛あられ　上野章子」「雛菓子の色淡ければ小さければ　塩崎泉」がある。

　床に活けし緋桃白桃ながめつつ食すによろしきあられなりけり　　大熊長次郎

ひなりょうり〔**雛料理**《ひなれうり》〕　三月三日の雛祭の料理をいうが、その宴席についてもいう。料理は子供と女性の好むさまざまなものが手作りされる。俳句に「蛤に盛るたのしさも雛料理　岡田美子」「雛の宴たけなは硝子窓くもる　檜紀代」がある。

　割烹の最後の実習に招かれて雛の料理を少女と囲む　　馬場あき子

ひなおさめ〔**雛納め**《ひなをさ》〕　雛人形を仕舞《しま》うことである。飾るのは早くからでもよいが、仕舞うのは雛祭の翌日にする。昔は早く仕舞わないと縁談がおくれるといって、四日の早朝に仕舞った。

　いとつ篋《はこ》にひひなをさめて蓋《ふた》とぢて何となき息《いき》桃にはばかる　　与謝野晶子

幼かりし子らの作りし紙びなもかく丁寧に妻は蔵《しま》ひし
宮地　伸一

対《つい》の雛ひとつの箱にしまひをりかすめてみだらのことも思へり
高橋　幸子

ながしびな〔流《なが》し雛《びな》〕

三月三日の節句の夕方、紙で作った雛人形などを、川や海に流す風習をいう。流すことで人の厄《やく》、けがれを、形代《かたしろ》としての雛人形に託して送るという信仰による。関東などでは、古くなってこわれた雛人形を、辻のほこらなどに捨てる風習がある。**雛流し**、**雛送り**、**捨雛《すてびな》**ともいう。

淡島《あはしま》の神前にならぶ流し雛えにしたしかむ一期一会の
中村　具嗣

近山に雪うすく来て捨てられし古き雛《ひひな》の顔うら寒き
市川　健次

形代を燃して焰を立てしのみ雛の夜を睦まむ妹はゐず
大西　民子

地球儀の海の蒼さに浮かべたき流し雛賜《た》ぶ春あさき日に
辻下　淑子

六道の辻も春逝く風光り流離の雛の果つるみちのく
馬場あき子

古雛の目もとかそけくなりはててみちのく遅き春をみており
馬場あき子

馬場あき子の二首は、みちのく地方の晩春の捨雛を詠んでいる。

とうけい〔闘鶏《とうけい》〕

雄鶏をたたかわせて観覧することである。春先になると雄鶏は闘志が昂じるため、蹴爪の強いもの同士に蹴り合いをさせる。土けむりをあげて、お互いに血みどろになってたたかい、勝鶏《かちどり》は首を伸ばして、ときを作り、負鶏《まけどり》は鳴くこともしない。宮中では平安時代から陰暦三月三日に行われた。**鶏合せ《とりあわせ》**などともいう。

鶏《にはとり》を闘はしめし緊張も一夜《いちや》あくればこころ茫々
斎藤　茂吉

二羽の鶏闘ひ初むともどもに白き羽赤きとさか持ちつつ
初井しづ枝

もの怖れ速やかなれば鶏《にはとり》ら白き流れのごとく去りゆく
初井しづ枝

敗れしはふたたび立たず闘鶏のはててしんかんと昼の砂の上
森　淑子

いせまいり〔伊勢《いせ》参《まゐ》り〕　伊勢神宮に参拝することである。現在は、初詣をはじめとして季節を問わないが、昔は農閑期や春の季節がもっとも多く、今日でも行楽によい春が盛んである。江戸時代には若い男女が親や村にかくれて行った抜《ぬけ》参り、六十一年目にめぐってくる御蔭参《おかげまい》りが盛んであった。**伊勢講《いせこう》**をつくって行くことが多い。

わが友がお伊勢まゐりの月講に加はり行きて途中雪にあふ　岡　麓

伊勢まゐりのみやげに貰ふ着色《いろ》独楽の二つは二人の孫が奪はむ　岡　麓

しじみうり〔蜆《しじみ》売《う》り〕　淡水産のマシジミ、河口近くや潮入りの湖にすむヤマトシジミ、琵琶湖および瀬田川にすむセタシジミがあり、そのうち、セタシジミはもっとも美味で、三月から四月がシュンである。昔は早朝に各家の勝手口まで売り歩く人がいた。また道端に店をひろげて枡《ます》売りをしていた。なお、マシジミは寒中、ヤマトシジミは夏の土用のころがシュンとなる。

自転車に蜆を売りにくるこえの奈呉の漁師とわかるだみ声　深山　栄

道ばたに媼がひさぐ黄の蜆ほめて買ひけり雪に濡るるを　安立スハル

蜆売りを呼びとめおきて二階を降り茶の間を抜けて路地を駈けゆく　安立スハル

売りに来し蜆さえざえと濡れをるを窓より買へり梅雨降りやまず　安立スハル

夕映のくれなゐ踏みて入りゆきし街角昏《くら》き蜆を売れり　富小路禎子

海の濡れもちて売られているかごの蜆ざわざわ動きいる見ゆ　浜田　康敬

深山栄の歌の「奈呉」は奈呉《なご》の浦。富山県高岡市北部伏木港から新湊市にかけての地で、今の放生津潟は『万葉集』の奈呉の江の残り（歌枕）である。なお、この項の例歌は春の季節に限定せずに収載した。

しじみじる〔蜆汁《しじみじる》〕　味噌仕立てにして賞味する。シジミは一晩水に浸して泥を吐かせ、米をとぐように殻の汚れをもみ落とし、水でよく洗う。鍋の水の中にシジミを入れて煮立ててから汁をこし取り、これに味噌を溶いて、再び火にかける。その際、再び煮立たせないことが肝要である。刻みネギや粉山椒を薬味にして食する。肉は淡泊な味であるが、汁に独特の味が出る。肝臓の薬になるといわれる。

蜆汁殻を口より捨つるとき妻と今日あり共に古りつつ　千代　国一

蜆汁二日啜りて砂を噛み蜆ら住みいる砂を思うも　石井　利明

円空のうすら笑みはも旅の夜の蜆みそ汁のなかにも充ちる　日高　堯子

日高堯子の歌の「円空」は江戸前期の僧で、中部地方を中心に北海道から近畿に遍歴し、多数の粗削りの木彫仏像を残した。円空仏とも呼ぶ木彫仏像の顔には笑みが漂う。

にゅうがくしけん〔入学試験《にふがくしけん》〕

二月から三月は入学試験の季節である。**入試**、**受験**、**試験**、**口頭試問**などともいう。また、**卒業試験**や**就職試験**もこのころに行われる。

試験うくる子の親なれば来《きた》りけり春のうれひといふにやあらむ　中島　哀浪

中学に自《し》が子を入るる時の来て落着かぬ友よ我も然りき　半田　良平

門の前の日向の石に腰をおろし待ちかねて居り受験生の母　植松　寿樹

受験写真をうつし来し子と膳につきぬまだいとけなし飯くふ顔の　橋本　徳寿

けふの試問の失敗を意識しつつ応ふるらし子の声細きを黙《もだ》をりきくも　栗原　潔子

入学試験合格の日の空のいろこのごろにして眼には冴えつつ　明石　海人

直《ぢか》足袋に雪踏みわけて戻り来《こ》しをさな児《ご》あはれ試験受からず　吉野　秀雄

二人子《ふたりこ》の落ちし一人は早く起きてひとり予備校の試験受けに行く　柴生田　稔

校庭の春まだ早き木々の間《ま》に受験の子らの佇《た》つ影寒し　木俣　修

降る雪に小傘かざして受験にと出でゆく太郎を門《かど》に見送る　窪田章一郎

ひそかなる声は受験を祈るらし若者は野の観音をがむ　田谷　鋭

縁談のなき長男と受験まつ次男がともにテレビに笑ふ　上田三四二

就職の試験に落ちてなみだするいはけなきものわが前に立つ　玉城　徹

なおのこるテストを待ちて寒そうに芝に散りゆく制服の群《むれ》　岡井　隆

可愛ゆき子わが受持ちの少年は受験に瘦する春来といふに　馬場あき子

受験期の凹凸多きこころかと対へばたちまち涙走らす　高嶋　健一

栗原潔子の歌は、口頭試問の子と同席させられたときを詠んだもの。

おみずとり〔御《お》水《みづ》取《と》り〕

奈良東大寺二月堂で行われる修二会《しゅにえ》の中の行事である。三月十三日午前二時、二月堂のほとりにある若狭井《わかさい》に満ちる清水を汲み上げて加持し、香水とする儀式である。この間、僧が大松明《おおたいまつ》を振りかざしながら石段を駆けのぼり、高い二月堂の回廊に打ち据える。大松明はえんえんと炎えさかり、火の粉が舞い落ちる。その火の粉を浴びると厄除けになるというので、堂下のおびただしい群衆が大松明に向かって殺到する。

修二会は三月一日から十四日まで行われ、精進潔斎を終えた僧が一日夜から二月堂に参籠し、十二日の籠《かご》松明、十三日の御水取りなどを修する。**二月堂の**行《ぎょう》、**お松明**などともいう。もとは陰暦二月に修した。

大仏の鐘が鳴りお松明はじまりぬ梅ひとときに咲き出づるらめ　前川佐美雄

二月堂水取りの行《ぎやう》もなかば経しと海雲和上お茶を立てます　前川佐美雄

如月《きさらぎ》よりやよひにつのる大和恋ひ夢に星夜の火の粉をあびつ　片山　恒美

五体投地の行あらあらしうち伏すは刃に伏すとおもふばかりに　上田三四二

投地する僧わかければ身のうちの嘆きをくだくごとく身を抛《う》つ　上田三四二

礼堂《らいだう》に懺法《せんぼふ》すすむ初夜の闇表衣《しやうえ》の女人いづこにひそむ　上田三四二

若狭井に香水《かうずい》を汲むとおりてゆく練行衆のさむき沓

音　上田三四二

身の疲れは心のつかれ幻聴のごとくにきけば夜ごもりの声　上田三四二

上田三四二の五首は「二月堂参籠」の題がある。祈願ある者は堂内に参籠して参観できる。三首目は女人の参籠が禁じられているのを詠んでいる。

おたいまつ〔御松明《おたいまつ》〕

三月十五日夜、京都嵯峨五台山清凉寺釈迦堂で行われる涅槃会《ねはんえ》の行事である。本堂涅槃図前の念仏が済み、夜になってから三基の大松明を燃やして、釈尊の茶毘の様子を再現するという。長さ八メートルほどの大松明の燃える景は壮観である。三基のうち両端が早《わ》稲《せ》と中稲《なかて》、中央が晩稲《おくて》とされ、その燃える具合によりその年の稲の豊作を占う風習がある。この日には嵯峨狂言が上演される。柱《はしら》松明（柱炬火）ともいう。短歌では例歌を上げられなかったが、俳句に「青春の豊作も乞うお松明　丸岡忍」がある。

さいぎょうき〔西行忌《さいぎやうき》〕

陰暦二月十五日が西行法師の忌日である。

西行法師は文治六年（一一九〇）二月十六日に河内国弘川寺で入寂したが「願はくは花の下《もと》にて春死なむそのきさらぎの望月のころ」の歌により、前日の涅槃の日（陰暦二月十五日）を忌日とする。西行は平安末から鎌倉初期の歌僧。鳥羽上皇に仕えて北面の武士。二十三歳で僧となり、七十三歳で没するまで各地を旅し、述懐歌に優れ、『新古今和歌集』には最多歌数九十四首が採られている。家集『山家《さんか》集』。

一生《ひとよ》歌詠み安けく死ねばいささかも悔いなかりしや法師西行　安田章生

ねはんえ〔涅槃会《ねはんゑ》〕

陰暦二月十五日の釈迦入滅の日に各寺院で行われる法《ほう》会《え》である。現在は三月十五日に行われている。各寺院では涅槃図をかかげ、遺教《ゆいきょう》経を読経し、釈尊の遺徳を奉讃して追慕する。涅槃図は、臨終の釈迦が沙羅双樹の下で頭を北に、面を西に、右脇を下にして臥し、周りには弟子をはじめ、菩薩・天竜・鬼畜などが泣き悲しむ様子が描かれている。この日には法会に供えられた涅槃餅が撒かれたり、配られたりする。

涅槃会をまかりて来れば雪つめる山の彼方は夕焼のすも　斎藤茂吉

涅槃会の何孵すべき少女らか青鷺の脚濡れて往くな
る　　塚本　邦雄

しゅんぶんのひ〔春分《しゅんぶん》の日《ひ》〕

三月二十一日ごろ。自然をたたえ生物をいつくしむ日として祝日となっている。**春の彼岸の中日**に当たり、昼夜の長さがほぼひとしくなる。

お彼岸のやすみは妻の膝まくら白髪《しらが》千本抜かせて日
暮れぬ　　筏井　嘉一

春分の日のねむごろにあたたかき光をあびて木草そ
よげり　　石黒　清介

野にあそぶ彼岸中日媼きて語りつくせぬは戦《いくさ》よと
言ふ　　清原　令子

ひがんえ〔彼岸会《ひがんゑ》〕

春の彼岸の七日の間にお寺参りやお墓参りをすることである。寺院では彼岸のおつとめ、説経などがある。平安初期から朝廷で行われ、江戸時代には庶民の間に年中行事として広まった。家々では彼岸団子やおはぎを作って、先祖の供養をする。**彼岸参り**ともいう。

彼岸会のかねしきるなり春あさき空のくもりのやゝ
寒くして　　四賀　光子

阿伽桶を下げし紳士が行きずりに会釈たまへり彼岸
会の寺　　四賀　光子

新墓の土につくしの頭みゆ摘まんとかがみ思ひかへ
しぬ　　四賀　光子

お彼岸の読経中継の声ながれ生きてゐるにはよい日
和なり　　筏井　嘉一

ウヰスキーを墓にも注ぎ吾も飲み春日うすづく頃と
はなりぬ　　宮　柊二

落魄は一気にくるか彼岸詣《まうで》ひとり来りて鐘二つ打
つ　　紺野　幸子

操業の無事を祈りて丸めたる団子を流す彼岸の海に
　　高橋　百代

紺野幸子の歌の「落魄は一気にくるか」は、夫の急死などに遭遇したのだろう。高橋百代の歌は、現在は定置網漁を業とする地方の風習を詠んでいる。

しじゅんせつ〔四旬節《しじゅんせつ》〕

キリスト教で、復活祭前の四十日間をいう。**四旬祭**、**悲の節**ともいう。四旬節の最後の一週間を**受難週**という。

凍《し》みゆるぶ夕べの垣に金雀枝《えにしだ》は何かみずみずし四旬節待つ　　前田　透

きたまどひらく〔北窓開《きたまどひら》く〕

冬の間、寒風を防ぐために閉め切ってあった北側の窓をあけることである。何か月ぶりかで明るい外光が入って晴れやかになる。また、寒い隙間風などが入るのを防ぐため、窓や戸の隙間に貼った目張りもはぐ。彼岸ごろの暖かい日をまって行う。

形見いだくもののごとくに雪を曳く山あり北の窓を開かむ　　生方たつゑ

春の露あらはに置きぬ北窓に吾の見てゐる庭草《にはくさ》のうへ　　佐藤佐太郎

声に呼びその北窓の星をいう春の一夜の雪やまむとて　　近藤　芳美

はるのろ〔春《はる》の炉《ろ》〕

春になると、囲炉裏の上に畳や蓋をかぶせて炉をふさぐ。それを、ふさがないままある炉をいう。**炉の名残り**ともいうが、寒い地方では、春の炉を朝夕や雨の日などに焚くことがある。**春の暖炉**ともいう。茶の湯の炉は、ふさいだあと、風炉《ふろ》を用いる。

春の炉の灰のふくらみに火はこもり我《あ》は眠るもよ妻のふところに　　島木　赤彦

いまだ炉も塞がで家にこもりゐぬ火を吾妹子と思ふものから　　吉井　勇

はるのこたつ〔春《はる》の炬燵《こたつ》〕

春になっても使う炬燵のことである。

余寒の日が続く間は、しまいかねた炬燵で過ごすことが多い。または片付けられないまま、使われることもなく置かれていることもある。

もの忘れせしがに独り寄る炬燵春告げて雷の音奔る夜を　　西村　慈

はるのひおけ〔春《はる》の火桶《ひをけ》〕

火桶や火鉢で暖を取ることが少なくなったが、ふつう火桶などは、春が来てもすぐには片付けない。花冷えのころまでは火の気が恋しくなるからである。とくに桐の木などをくりぬいた丸い火桶には温もりが感じられる。**春の火鉢**ともいう。

春ゆふべ眼に白らけゆく燠《おき》の色のもの柔《やは》きかなや火桶かい撫《な》づ　　北原　白秋

きじうち〔雉《きじ》打《う》ち〕

雉は日本にだけいる鳥で、近年減っているが、肉が美味で猟鳥として知られている。春の季節には、緑黒色横縞の長く美しい尾をもつ雄が、ケッケーンと鋭く高鳴きして雌を呼ぶ。非常に敏捷であるが飛翔力が弱く、草むらなどを走る方が得意で、雉打ちは、物に驚いて飛び出した際に狙う。

雉は「焼野の雉《きぎす》、夜の鶴」といわれ、巣のある野を焼かれるとわが身を捨てて子を救おうとするので、親が子を思う愛情の深さにたとえられる。

猟銃音ののちややありて雉啼けり弱者の連帯のごとき感情　石川不二子

たがやす〔耕《たがや》す〕

春を迎えて、種蒔きや植付けをするため、田畑の土をすき返してやわらかくすることである。畝《うね》作りも含まれる。鋤鍬をふるって働く人を**耕人**《こうじん》という。昔は牛馬を使ったが、今は耕耘《こううん》機などの機械による。**耕**《たがや》**し**、**春耕**《しゅんこう》ともいう。

亡き妻が耕やさせ病む胃にて食《と》うべたる山畑つものことしも成り初む　五島　茂

わがつくる畝まがりつつ乾きゆく土にわらひてなぐさみがたし　斎藤　史

真つ昼の野の単調を切りてゆく汽車をよすがにいちにち耕す　太田青丘

いくたびか馬首返しゆく耕耘の最《さ》なか恋しき馬の過《こし》去《かた》　安永蕗子

牛追ひて摩羅もあらはに耕すを希臘瓶絵たのしくぞ見る　玉城　徹

耕しつつ瀬戸物のかけら見つけたる妻は鍬止め懐に入れる　小西久二郎

松の苗圃のあひだに桔梗をつくりたりかくこまやかに人は耕す　石川不二子

五島茂の歌の「山畑《やまはた》つもの」は、山の畑の収穫物。玉城徹の歌は、ギリシアの瓶に描かれている耕人を詠んでいる。摩羅は男性の性器。

たうち〔田打《たうち》〕

春先、田の土を鍬で打ち返すこと。今は耕耘機でやる。**田を打つ**、**田を返す**、**田を鋤**《す》**く**、**田起し**、**春田打**などともいう。

荒小田《あらをだ》をかへす若人《わかうど》ちからある強きかひなに春の日は照る　佐佐木信綱

蓮華草咲くそこかしこ鋤かぬ田のありけり手不足といふ　岡　麓

垣越しによきしめりよと云ふ声のうれしくぞきこゆ田を鋤けるらし　北原　白秋

ぐんぐんと田打をしたれ顳顬《こめかみ》は非常に早く動きけるかも　結城哀草果

舅《ちち》きほひ耕《す》き墾《た》れたる田はここかわが眼に沁《し》みてひとつ菜の花　筏井　嘉一

島なかの春の深田を耡《うな》ひしか装束《さうぞく》重く人は畦ゆく　田谷　鋭

アカハタを売るわれを夏蝶越えゆけり母は故郷の田を打ちてゐむ　寺山　修司

はたうち〔畑打《はたうち》〕

春の彼岸前後は種を蒔く季節のため、畑の土を掘り返し、その準備にいそがしくなる。**畑打つ**、**畑返す**、**畑鋤く**などともいう。

自《し》がくらふものはみづから作らめと妻にもいひて土うちにけり　前田　夕暮

あかつきの月の下びに山畑をうなひてあればこころ清らなり　前田　夕暮

山焼の煙ながれて黄に濁る日のさびしさよ畑打ちをれば　中島　哀浪

森のかげおほに暮れしを畑打ちや手もと小ぐらくなほ畑を打つ　古泉　千樫

播く種のありて冬土打ちかえす正直の土というはまことか　馬場あき子

東京に学ぶわれのため伐られたるかの山が見ゆ畑打ちをれば　小野興二郎

黙々と畑打つ男をとらえつつなんにも言わぬ太陽があり　出頭　寛一

おほかたの死は忘れられ陽の中に鋤きほぐさるる土の豊饒　竹安　隆代

たねもの〔種物《たねもの》〕

野菜や草花類の種子である。冬の間、紙袋に納めたり軒先に吊るしたりして保存したもの、種苗店や花屋の店頭に美しい**種袋**に入って売っているものなどがある。昔は春先に**種市**《たねいち》が開かれたり、**種売り**が町村を歩いたりして売った。**花種**《はなだね》、**花の種**、**物種**《ものだね》などともいう。

いささかの土をうれしみ何《なに》かまかむと赤き袋の種子《たね》を買来《かひき》つ　土屋　文明

雪消えてやがて種市もひらかれむ壁のごと白き雲わきしかば　生方たつゑ

春いまだ寒き国原をめぐると云ふ種子行商に昼餉ふるまふ　山本　友一

約束のイースター島の花の種子つひに貰へどそのまま播かず　中野　菊夫

この山を越えて物の種子売りに行くと語りし人よたえて逢はざり　鶴田　正義

箱ならべ幾種類かの種を売る或種は埃のごとく盛りあぐ　清水　房雄

温むる土を持たねば花の種袋に鳴り合ふさびしきゆふべ　中城ふみ子

明日われに何がめぐるとしらねども播かざりしゆえ花種しまう　馬場あき子

ひなげしの種子一袋買ひ足して感傷は亡き父とわれの幼年　石川不二子

地下水道をいま通りゆく暗き水のなかにまぎれて叫ぶ種子あり　寺山　修司

たねまく〔種蒔《たねま》く〕

夏から秋に咲く草花の種子を鉢や花壇に蒔くこと。また、牛蒡《ごぼう》などの野菜の種子もこのころに蒔く。**花種蒔く**、**牛蒡蒔く**、**人参蒔く**、**物種蒔く**、**播種《はしゅ》**などという。なお、四月ごろ、種籾を苗代にまくのは**籾蒔く**、**種下《お》ろし**という。

いたづきの癒ゆる日知らにさ庭べに秋草花の種を蒔かしむ　正岡　子規

ゆきずりにとへば牛蒡の種蒔くと畠の人のおもあげもせず　岡　麓

花の種蒔きをはりてはなつかしくそのうるほへる庭の土見つ　窪田　空穂

物の種子土に埋《う》めて静心《しづこころ》時を待つ子をよしと見るかも　宇都野　研

すがしかる朝の日光《ひかげ》をこほしみて祈りこころに種子播く吾は　前田　夕暮

瓜南瓜もろこしの種子播きしかば野鼠いでて食ひあらしけり　前田　夕暮

かつこうかつこうけふこそさやに聞きにしか種播き急ぐ蝦夷《えぞ》の新墾地《にひばり》　小田　観蛍

空地《あきち》利用に播くは何ぞと思ふだにただならぬ世に在《あ》り馴《な》れむとす　半田　良平

にんじんは明日蒔けばよし帰らむよ東一華《あづまいちげ》の花も閉ざしぬ　土屋　文明

草花の種をわが蒔くめんめんと日は降りそゝぎ静かなるかも　松倉　米吉

微粒の種子扁平三角形の種子羽《はね》のある種子蒔き終りけり　山下　陸奥

病む母のみとりにまぎれ時過ぎぬ草花の種子も蒔きおくれにし　植松　寿樹

上弦の月熟れたればもののいのち春の種子らを明日蒔かんとす　山田　あき

人間にかかはらぬゆゑ単純の楽しみとして花の種をまく　佐藤　志満

うねたてて緋芥子の種子をこぼしゆくこのひとすぢの帰依のかなしさ　安永　蕗子

くるしみて棄てし故郷に種子播きて胎蔵界のふかきしづもり　前　登志夫

山畑に種播くわれの静けさを天つ日移る、死者熟れゆかず　前　登志夫

ラルースのことばを愛す「わたくしはあらゆる風に載りて種蒔く」　篠　弘

食ひ飽かぬ蕨を採らむ暇なく播種期に入りし十町歩あり　石川不二子

わが影のなかに蒔きゆくにんじんの親しき種子は地をみつめおり　寺山　修司

一粒の向日葵《ひまわり》の種まきしのみに荒野をわれの処女地と呼びき　寺山　修司

にんじんの種子蒔く子供、絵の中の一粒の種子宙にとどまる　佐佐木幸綱

土掘るはひかりを掘るにあらざれば母の手汚れて種子を播きゐつ　米川千嘉子

正岡子規の歌の「いたづき」は病気、やまい。動詞「いたつく」の名詞形である。小田観蛍の歌は北海道の開墾地のため、種蒔きが初夏に行われることがわかる。半田良平の歌は食糧事情悪化ゆえ、昭和十六年に政府が出した食糧増産政策に関したもの。前登志夫の一首目「胎蔵界《たいぞうかい》」は密教で説く両部・両界の一つ。胎蔵は母胎をいい、一切を含有することにたとえる。その表象を蓮華としている。篠弘の歌の「ラルース」はフランスの文法学者（一八一七〜七五）。ラルース書店創立、教科書類を出版、教育刷新に努め、各種百科事

典を編集・出版した。

なえどこ〔苗床《なへどこ》〕　野菜、草花、樹木などの苗を育てる場所である。冷床と温床とあり、冷床は日当たり、風通しのよい露路に直接に設ける。温床は藁、落葉、堆肥などを埋め込んで板や藁でかこって保温し、上に油障子、ガラス障子、ビニール障子でおおう。朝顔の種など空箱を利用して蒔いたのも苗床（冷床）であるが、一般に春先のまだ寒い季節に蒔いて、夏収穫するトマト・ナス・ウリ類などの苗を育てる温床をさす。**種床《たねどこ》、播床《まきどこ》、苗圃《びょうほ》、苗障子**などともいう。なお稲の場合は**苗代《なわしろ》**という。

竹林《ちくりん》のひなたに囲《かこ》ふ苗床に芋の芽あかく萌えいでにけり　古泉　千樫

干しためし木の芽草の葉踏み込んでみずほの国の苗床を作る　山崎　方代

山崎方代の歌の「踏み込んで」は苗床の土の温度をあげるため、落葉などを足で踏み込むこと。

いもうう〔芋植《いもう》う〕　里芋、八つ頭《がしら》などは、ふつう三、四月ごろから種芋《たね》の植え付けをはじめる。

山畑の春の斜面に芋植うるわが労働や花鳥《はなとり》の奥　前　登志夫

たねいも〔種芋《たねいも》（藷・薯）〕　春、植え付けたり、苗を育てたりするため、貯蔵しておいた里芋や八つ頭、馬鈴薯、甘藷である。芋類は穴の中に埋め、藷類はかますなどに入れて貯蔵する。春先には芽が出はじめる。**芋の芽、藷の芽**などともいう。

むらさきの藷の芽ひろひゆでて食ふ単調なる味を今宵も妻と　中野　菊夫

右の歌は甘藷の余分な芽を削り、茹でて食べた太平洋戦争後の食糧難を詠んだもの。

ばれいしょうう〔馬鈴薯植《ばれいしょう》う〕　ジャガイモは二〜四月ごろ種薯の植え付けをする。薯は芽の出ているのを見てから幾つかに切り、切口に灰をまぶして病菌を防ぐ。

みなぎらふ春の光に土くだく細かくくだく馬鈴薯植ゑんため　土屋　文明

馬鈴薯の種を植ゑむと手触れゆく土の一いろ寂しきばかり　初井しづ枝

人の死をこともなく聴きひつそりと馬鈴薯の種子土に埋めゆく　前　登志夫

きくのなえ〔菊《きく》の苗《なへ》〕

春、菊の根株から出た新芽を根分けしたり、または挿芽《きしめ》にしたりして、菊の苗は仕立てられる。根分けした苗は小さな鉢などに植えるが、挿芽は苗床で根が出るまで育ててから移植する。**菊根分け、菊分かつ、菊の芽、春の菊作り**などともいう。

うつしうゑし菊の若苗ねがはくは白き花のみさけよとぞおもふ　落合　直文

根分せる菊のさ苗のうねうねに花ちりしきて春の雨ふる　伊藤左千夫

根分けせし昨日の菊に今日の雨このまま手をば入れでさしおかむ　服部　躬治

菊の根を土にいけ了へあがりたる部屋あかるくて諦めに似る　宮　柊二

来む春の菊作りなどふといひて口つぐむ老母の心は知れり　北沢　郁子

落合直文の歌は、菊に苗札を立てておいても年を越した株は拡がり、必ずしもその通りに咲かない菊苗作りの苦労が詠まれている。

はぎねわけ〔萩根分《はぎねわ》け〕

秋に刈った萩の古株は、春には新芽が出てくる。その古株を掘り起こして根分けし、移植することである。

根わけして萩ひとかぶをもてきたる友とかたりぬ雨の夕ぐれ　落合　直文

ねわけ〔根分《ねわ》け〕

多年草や宿根草の草花は、冬は葉や茎は枯れるが根は生きていて、春に芽を出す。根が張りすぎると枯れたりするため、芽を分けて移し植えるのである。スミレ、さくら草、花菖蒲など。**根を分つ**ともいう。

なま白き宿根草の根をわかち曇けざむき午後は昏れたり　石川不二子

きゅうこんうう〔球根植《きうこんう》う〕

春に植える球根は、ダリア、カンナ、百合、グラジオラスなどがある。秋に植える球根も多い。

土深く植うる球根いさゝかはいたつく妻への感懐として　太田　青丘

このめ〔木《こ》の芽《め》〕

春に芽吹く木々の芽である。**きのめ**ともいう。とくに山椒の芽は香気があり、薬味として料理に珍重される。**木《き》の芽和《めあ》え**、**木《き》の芽《め》味噌**、**木《き》の芽《め》漬**、**木《き》の芽《め》田楽**などにも用いられる。

鞍馬寺木の芽を添へて賜はりぬ朝がれひにも夕がれひにも　与謝野晶子

木《こ》の芽摘みて豆腐の料理《れうり》君のしぬわびしかりにし山の宿かな　若山　牧水

舌に刺す木の芽の味も嘆きつつ食《を》せばはかなく思ほゆるかも　大熊長次郎

どこやらの生垣《いけがき》の芽といひゐしが味噌あへに放つ妻のおもひは　加藤　将之

こんろには山椒の芽が煮えてをり小綬計のこゑと木苺のはな　畑　和子

与謝野晶子の歌の「朝がれひ」「夕がれひ」は、朝餉、夕餉である。

うこぎめし〔五加木飯《うこぎめし》・五加飯《うこぎめし》〕

山野に自生し、生垣にもされる二メートルほどの落葉低木。その若芽を摘み、飯に炊きこんだものが、五加木飯である。他に和えもの、浸しもの、お茶も作られる。若芽を噛むとほろにがい味がする。

枸杞《くこ》もがも五加木もがもと待ちつけしたきまぜ飯をわれに食はしめ　岡　麓

かへり来て思ひぞおこす五加《うこぎ》の芽飯にたき食ふ頃なることを　山本　友一

岡麓の「枸杞もがも五加木もがも」は枸杞があったらなあ、五加木があったらなあ。「待ちつけし」はその時を待っていた。

枸杞《くこ》は野原や路傍などに自生するナス科の落葉低木。春の若芽を摘み、**枸杞飯**、和えもの、浸しもの、お茶も作られる。俳句に「枸杞飯やわれに養生訓はなく山口青邨」がある。養生訓は江戸中期の貝原益軒が著した書で、養生の心得が具体的に述べてある。

さんさい〔山菜《さんさい》〕

野山に自生する植物で食べられるものをいう。とくに春に萌え出る新芽や若芽には独特の風味がある。たらの芽、山うど、蕨《わらび》、ぜんまいなどを生《な》まで食べたり、和えもの、浸しもの、酢の物、天ぷらなどに料理する。

年の夜いわしのかしらさすといふたらの木の芽をゆでてくひけり　　正岡　子規

あづさゆみ春ふけがたになりぬればみじかき蕨朝《あさ》な朝《さ》な食ふ　　斎藤　茂吉

虎杖《いたどり》のわかきをひと夜塩に漬けてあくる朝食ふ熱き飯《めし》にそへ　　若山　牧水

すかんぽの茎の味こそ忘られねいとけなき日のもののかなしみ　　吉井　勇

正岡子規の歌「たらの木」はウコギ科の落葉低木。直立する幹には棘があり、柊《ひいらぎ》の枝の代わりに焼いたイワシの頭を挿して魔除けに用いた。新芽を天ぷら、和えもの、焼いて味噌で和えて食べると香味がある。斎藤茂吉の歌の「蕨《わらび》」はウラボシ科の多年性シダ類。早春萌え出る若芽をアク抜きして和えもの、煮もの、漬物、蕨飯にして賞味する。若山牧水の「虎杖《いたどり》」はタデ科の一メートルほどの野草。若芽を和えもの、浸しもの、漬物にし、若い茎の皮をむいて生まで食べると酸味があり、子供の好物である。吉井勇の「すかんぽ」もタデ科で五～六十センチの野草。虎杖と同様に料理し、若い茎はすっぽくて昔の子供がよく生までかじった。

めざし〔目刺《めざし》〕　イワシなどに薄く塩をふり、数尾ずつ目に串をさし、生ま干しにしたもの。あごに刺すとあご刺、頰に刺すと頰刺になる。冬から春にかけてがシュンである。俳句に「失せてゆく目刺のにがみ酒ふくむ　高浜虚子」がある。

留守居しつつ屋根に鰯の目刺を干し曇りていれしまたならべはじむ　　橋本　徳寿

簀に乾して幾百枚かならべたる乾鰯《ほしか》は銀の畳のごとし　　岡部　文夫

岡部文夫の歌の「乾鰯」は脂《あぶら》をしぼったあとのイワシを天日に干したもの、肥料にされる。漁村の景。

ひだら〔干鱈《ひだら》・乾鱈《ひだら》〕　タラの身をおろして、薄く塩をふって干したもの。おろしかたにより、棒鱈、開き鱈、掛け鱈に分けられる。火にあぶって身を裂き、ほぐして酒のさかな、お茶漬にして食べたり、料理に用いる。俳句に「干鱈あぶりてほろほろと酒の酔にゐる　村上鬼城」「塩の香のまづ立つ干鱈あぶりけり　草間時彦」がある。

春ながらひかりの寒の簀《す》の上に背中を裂《わ》りて鱈を乾

したる　岡部　文夫

冬の日のうとき寒さや藁に吊る乾鱈の影も大きかりけり　岡部　文夫

岡部文夫の二首目、乾物屋か自宅の台所に吊るされた干鱈を詠んだもの。干鱈は日本の昔からの保存食の一つであった。

ほしがれい〔**干鰈**《ほしがれひ》・**乾鰈**《ほしがれひ》〕　カレイの内臓を取り除き、天日で干したもの。骨が透けるぐらいに干し上げてあり、軽く火にあぶって食べる。あっさりした味が酒のさかななどに向く。またカレイの稚魚を干した瀬戸内海のデビラカレイは、叩いて焼くと骨ごと食べられ、さっぱりとした味である。他に子持ちカレイを塩水で蒸してから陰干しにした蒸《むし》鰈がある。火であぶって箸でほぐすと、身が簡単にとれる。淡泊で上品な風味が喜ばれる。**柳鰈**とも呼ぶ。

春夜寒し乾鰈《ひがれひ》のはだの光れるを手にかいさぐり堪《こら》へ方《がた》なき　坪野　哲久

干鰈を吊しし家の記憶のみ一夜泊りて広島を発つ　中野　菊夫

さしき〔**挿木**《さしき》〕　木の枝を切り取り、挿床《さしどこ》で根付かせ、新しい株を育てることをいう。挿す部分を**挿穂**《さしほ》という。木によって時期が異なるが、春の彼岸から八十八夜までがよいという。俳句に「捨《すて》やらで柳さしけり雨のひま　蕪村」がある。

日本の三月三日なり柿の木に柿の挿木をして又たとう　山崎　方代

山崎方代の歌の「柿の木に柿の挿木をして」は**接木**《つぎき》の一方法の挿接《さしつぎ》のことである。接木の一般的な方法は**接穂**《つぎほ》を台木に接《つ》ぎ合わせる切接《きりつぎ》であるが、この挿接は、台木に作った挿し込み穴に、発根した挿穂を挿し込んで癒着させる方法である。**接木**は果樹の栽培に盛んに行われ、春の彼岸前後が作業期である。俳句に「しののめの紅さしのぼる接穂かな　成田千空」がある。

せんてい〔**剪定**《せんてい》〕　芽吹き前の三月ごろ、果樹の徒長した枝を切ることである。林檎・梨・葡萄・桃などに行い、通風や日当たりをよくして生育や結実を均等にする。

背のびして桃の剪定にもはらなり春は脹らむもの多からむ　岩波香代子

りんご園に枝伐る音はこもりつつ朝まだきより降る春の雪　三国　玲子

徒長枝を剪り払ひたる果樹園の空明るきにわが涙湧く　板宮　清治

三国玲子の歌の「朝まだき」は早朝。

なえぎうう〔苗木植う《なへぎう》〕 苗床で育った若木を移植することである。果樹や花木などを観賞用に植える。また、杉や檜などの植林にもいう。一般に春植えが多いが、桃や梨などは秋植えである。俳句に「生れ来る子よ汝がために朴を植う　野見山朱鳥」がある。

トゲナシアカシアの苗木植ゑるといふ青年土岐は陶土の禿山つづく　四賀　光子

禿山となりたる郷《くに》土を悲しまず青年は春の土に苗植う　四賀　光子

養殖の牡蠣うまかれと海びとは川の源に木を植うるとぞ　前　登志夫

うえきいち〔植木市《うゑきいち》〕 春は庭木を植える好季節のため、公園広場や縁日などに植木市が立つ。苗木や鉢物などには**苗札**が立てられる。**苗木市**ともいう。俳句に「苗札を聖句つぶやく如く詠む　上田五千石」がある。

わが病君こまごまと見給ひぬ安けさに携へて植木市に入る　土屋　文明

やねがえ〔屋根替《やねがへ》〕 冬のあいだ、風雪によっていたんだ屋根を、春になって修繕したり、新しくふき替えることである。昔は藁や茅の屋根のため、村中総動員して順番にふき替えた。**葺替《ふきかへ》**ともいう。俳句に「屋根替へて雨だれそろひ落つる朝　阿波野青畝」「屋根替の男に梯子《はしご》とどきけり　黒田杏子」がある。

新わらに屋根ふきかへて／天地に／富みたらひたるわが心かな　石榑　千亦

冬のきびしい風雪は、生垣や竹垣、柴垣などもそこなうので、春には垣の手入れも行う。**垣繕《つくろ》う**という。俳句に「老庭師死後その子来て垣繕ふ　安住敦」「人手借りず老のすさびの垣繕ふ　大越越央子」がある。

そつぎょう〔卒業《そつげふ》〕 三月は小学校から大学まで、**卒業式**が行われる。**卒業生**には**卒業証書**が渡され、**卒業歌**がうたわれる。幼稚園、保育園では**卒園**といっている。

余光てる塔めぐりつつ鳩はとぶ卒業の子ら去らむとぞして　　木俣　修

卒業を繰上げられて銃取りしかの日も杳くいまは職を辞す　　井上　只生

大学の池に棲みふる真鯉ひとつしづけきを見て我が卒業す　　高野　公彦

優等に及ばぬ者の努力賞小学卒業のをりよりわれは　　御供　平佶

人生に関はりあらぬ花なるは以降開かぬ卒業証書　　今野　寿美

さんがつのさんさんさびしき陽をあつめ卒業してゆく生徒の背中　　俵　万智

井上只生の歌は太平洋戦争下の昭和十八年（一九四三）、学生（主として法文科系）が徴兵猶予を停止され、雨の降りしきる明治外苑で学徒出陣式を行い、ペンを銃に代えて陸海軍に入隊したことを詠んでいる。

あおきふむ〔青《あを》き踏《ふ》む〕　春、野山などに出て、青草をふんで逍遥《しようよう》することである。中国の故事に習ったといわれる。野遊びというよりも、散歩、そぞろ歩きである。**踏青**《とうせい》、**春の野歩き**ともいう。俳句に「踏青や口ついてでる賢治の詩　成瀬桜桃子」がある。賢治は宮沢賢治。

春の日に青き踏みつつ大井町去る日も近くなりにけるかも　　土屋　文明

のあそび〔野《の》遊《あそ》び〕　若草の萌えるころ、野辺に出て遊ぶことである。**ピクニック**。

野あそびに行かしし母が家苞に折りて来ませるすかんぽの花　　吉植　庄亮

今日ひと日ほしいままなる野あそびにかたじけなくもわれ疲れける　　結城哀草果

わが肩をかはるがはる今宵揉みくるる二人の子らと野に遊びけり　　前川佐美雄

孔子よりわれ仕合はせか春びかりさす丘に一日《ひとひ》子らと遊べる　　前川佐美雄

芹　嫁菜　藜　野蒜の胡麻和えを作りて今日の野あそびに食う　　石黒　清介

野の花を編むわが上に歳月は傘下のかげのごときを置けり　　稲葉　京子

真日向のあかるさあまりにふかければ野遊びの子を声出して呼ぶ　河野　裕子

野あそびの少女らとほり過ぎし道に瀕死の草花《はな》ら散らばりてゐつ　松平　修文

野遊びのわが小家族それぞれの髪うち乱る春のあらしに　久葉　堯

吉植庄亮の歌の「家苞《いへづと》」は土産物。

つみくさ〔摘草《つみくさ》〕

万葉の昔から、春には野や川などに出て摘草を楽しんだ。野草を摘んで食用にしたり、春の草花を摘んで楽しんだりした。**草摘む**ともいう。

摘草のにほひ残れるゆびさきをあらひて居れば野に月の出づ　若山　牧水

背の方に海をききつつうちつれて見しらぬ丘に摘草をする　若山喜志子

摘草に吾子《あこ》つれゆかむ一日《ひとひ》だもおもひまかせず春あわただし　筏井　嘉一

風呂敷に野蕗《のぶき》は余り小田《をだ》の芹提籠《さげこ》にみててこの日暮らしつ　吉野　秀雄

ひとりのわれをいちにちたのします草ばなぞ春の野から摘み来る　前川佐美雄

よもぎつむ〔蓬摘《よもぎつ》む〕

早春の野にいちはやく萌え出る蓬の若葉は香気がある。これを摘んで蓬餅（草餅）を作るため、**餅草摘む**ともいう。天ぷら、浸しものにもする。

みちすがら鉄砲山の笹はらに蓬は摘みて手にあまりたり　古泉　千樫

いざ出でて蓬摘まうよ和草《にこぐさ》の香に立つ摘まば心なごまむ　若山喜志子

餅草を摘みて待つとふ母の手紙給料日すぎて帰らむと思ふ　大西　民子

みどり児の墓は根雪にうもれゐむ遠き河原に餅草を摘む　大西　民子

ほろにがきひとよといはむしののめの霜にこごえしもち草摘めど　飯田　明子

飯田明子の歌の「ひとよ」とは一生のこと。

つくしつむ〔土筆摘《つくしつ》む〕

春、日当たりのよい畦や土手、野原などに筆のような頭をもち、節に袴のような薄皮をつけて、群生する野草である。軸が太くて頭のかたいものを摘み、袴をとって茹でる。卵とじ、つくし飯、和えものにすると、ほろ苦い味がする。**つくづくし摘む**ともいう。

つく〴〵し摘みて帰りぬ煮てや食はんひしほと酢とにひでてや食はん　正岡　子規

つく〴〵し故郷の野に摘みし事を思ひ出でにけり異国にして　正岡　子規

女らの割籠たづさへつく〴〵し摘みにと出る春したのしも　正岡　子規

正岡子規の歌の一首目「ひしほと酢とにひでて」は酢味噌和えにすること。

せりつむ〔芹摘《せりつ》む〕

田や川などの湿地に自生する芹は春の七草の一つである。春先の萌えはじめの香りの高いものを摘んで、ごま和え、汁物、鍋物にする。

始春《はつはる》のけさの驕りと摘みあげぬ落葉にひそむ庭の若芹　若松　汐子

野の風に搏《う》たれつつ摘む。霜に灼けてあかがねいろの葉をもてる芹　杜沢光一郎

摘みし芹さかだて水に振りたればつよき韻律のさざなみあふる　玉井　清弘

わらびがり〔蕨狩《わらびがり》〕

春に地中から生える蕨は、先が丸く渦巻き、小児の拳《こぶし》のようなので蕨手の名がある。**蕨採る**ともいう。たくさん摘んだ蕨は、**干蕨**にして貯蔵する。

干し蕨むしろにさらす山坂ゆかへり見遠き天の橋立　長塚　節

消息を待てば口惜しもいざ家を出でてかの野に蕨採らなむ　原　阿佐緒

うらがなしき草の香ぞする逝く春の山に蕨を採りて持てれば　佐藤佐太郎

長塚節の歌の「山坂ゆ」は山坂より。

せいぼづき〔聖母月《せいぼづき》〕

キリスト教で、天使ガブリエルがマリアにキリストの受胎を告げたことを、聖母告知《こくち》、聖告といい、一八五四年にその月日を三月二十五日と決定した。そのため、三月を聖母月とよび、カトリック教会では三月二十五日を**聖母御告祭《おつげさい》**、**聖母祭**、**告知祭**とよんで、マリアをたたえ祝福する祈りを捧げる。

悪友のひるねの臍に一つぶの葡萄を塡めて去る　聖母月　塚本　邦雄

聖母月　新生児室に哺乳壜・ガーゼもふうはり煮沸されゐる　　　立野　朱実

しゅんとう〔春闘《しゅんとう》〕

春季闘争の略である。労働組合が賃上げなどの要求を出して、全国的規模で一斉に行う共同闘争で、昭和三十年（一九六〇）以来毎年三月末ごろからくりひろげられた。昭和四十九年（一九七四）以後は国民春闘と呼んだ。

春闘のストも終りて安らげばベズロードニイが来るエレンブルグが来る　　　持田　勝穂

宣伝カーゆるく走れば春闘を市民に告ぐるわが声ひびく　　　岩片　わか

日常の悔などなけん春闘に解雇されたる若き声鋭し　　　島田　修二

失業の不安に萎縮してゆけといふばかりにて春闘の日々　　　水野　昌雄

持田勝穂の歌の「エレンブルグ」は、もとソ連の小説家。『雪どけ』などで知られる。

四月

春

四月　春

しがつばか〔四月《しぐわつ》馬鹿《ばか》〕

四月一日の午前中に、軽いうそをついて人をかついでも許されるという風習である。**エープリル・フール**といい、もともと欧米の習慣である。**万愚節《ばんぐせつ》**(All Fools' Day) ともいう。大正時代に伝わった。

狡猾に嘘いふ人間《ひと》の重ねし嘘　エープリル・フールよ辛夷《こぶし》花　頂天　　鮎貝久仁子

四月馬鹿　莫迦を愛してルドンの絵〈花〉に禁色の花々群るる　　塚本　邦雄

退職のけふの佳き日の万愚節大福餅を家づとに購ふ　　島田　修二

塚本邦雄の歌の「ルドン」はフランスの画家・版画家。象徴派詩人たちと交友、幻想的神秘的作風である。

にゅうがく〔入学《にふがく》〕

四月はじめには、小学校から大学まで**入学式**が行われる。真新しい制帽、制服、ランドセルの小学校の**新入生**は、格別の緊張の中に喜びがあふれて、かわいらしい。幼稚園や保育園などでは**入園**、**入園式**と呼んでいる。

新しき制帽の廂まぶかなれば貌変りて見えにけらずや　　栗原　潔子

「春のうらら」今年また新入学の乙女等の二部合唱清く流れくる窓　　太田　青丘

初陣の日の若武者のごとくあれ入学式に行くを見送る　　小野興二郎

入学期の学園声々さわだつにはにかみやすきひとりひとりは　　佐佐木幸綱

くさもち〔草餅《くさもち》〕

蓬《よもぎ》の若葉を摘んでさっと茹でて、糝粉《しんこ》を水でこねて蒸したものと搗《つ》きまぜた餅である。菱餅、餡《あん》餅、団子などに仕上げる。蓬の香りが口中にひろがって、いかにも早春らしい萌黄色の鄙《ひな》びた餅菓子である。**蓬餅**ともいう。

若よもぎ柔ら芽立《めだち》のいみじき香《か》に立ち来る賜《た》びし草餅　窪田　空穂

老刀自《おいとじ》の心こもれる物なりとよろこびて食ら春の草餅　窪田　空穂

草餅をわが搗《つ》きをれば隣家《となりや》もつきはじめたり音の親しも　中島　哀浪

ひと鉢のくさもちの山に己妻《おのづま》がおきたる花は白桃の花　中島　哀浪

春なればよもぎの餅も食《た》うべよと添へて賜はる言《こと》のよろしさ　明石　海人

草餅をもとめて食《を》すや子は二つ父われ一つの春恃《たの》まるれ　坪野　哲久

家ごもる日は草餅のよもぎむす太安万侶の妹のごとしも　飯田　明子

桃の夜のはじめに母と呼びし子へ天平いろの草餅献る　飯田　明子

草つみて餅につく夜は母と吾れ子供の如く厨に動く　馬場あき子

すり鉢の小さきをいひいひ母がつくよもぎ団子の匂ひひろがる　馬場あき子

母が作り我れが食べにし草餅のくさいろ帯びて春の河ゆく　高野　公彦

窪田空穂の一首目「いみじき香」は甚だしい香。二首目「老刀自」は老婦人。坪野哲久の「春恃まるれ」は春がたのみに思えることだ。飯田明子の一首目「太安万侶《おおのやすまろ》」は奈良時代に元明天皇の命をうけ、稗《ひえ》田阿礼《だのあれ》の誦する神話などを筆記して『古事記』を撰進した。蓬などを摘む風習は既に奈良時代にあり、『万葉集』にも詠まれている。同じく二首目「桃の夜」は桃の節句（雛祭）のこと。「天平《てんぴょう》いろ」は天平（奈良時代後期）の文化のような古典的な色。「献る」は神仏などに物をたてまつることである。なお江戸時代、陰暦三月三日の桃の節句を、草餅の節句とも呼んだ。

わらびもち〔蕨餅《わらびもち》〕

蕨粉《わらびこ》に、もち米の粉を加えて作った餅で、黄粉《きなこ》をつけて食べる。ひんやりとして素朴な味がする。奈良名物の一つでもある。蕨粉は、八～九月ごろ蕨の根を採り、干し上げて砕いて作る。俳句に「かたはらに鹿の来てゐるわらび餅　日野草城」がある。

「敵前逃亡ス」とつたへたり蕨餅食ひつつこの英雄

を愛《かな》しむ　　塚本　邦雄

また、このころ賞味する餅菓子に、**鶯餅**がある。餡をくるんだ餅の両端をとがらせて、青黄粉を全体にまぶしてあり、形も色もウグイスに似ている。食べるとき注意しないと黄粉にむせることがある。俳句に「手にはたくうぐひす餅のみどりの粉　高浜年尾」「鶯餅の持重《もちおも》りする柔らかさ　篠原温亭」がある。

さくらもち〔桜餅《さくらもち》〕

塩漬の桜の葉に包まれた、半月形または俵形の餡入りの餅菓子である。皮はもち米を搗いて薄くしたものと、小麦粉のものとがあり、桜色に染めてある。東京向島の長命寺の桜餅は江戸時代より有名で、ここの皮は色が染めてなく、たくさんの桜の葉にくるまれている。桜の葉は大島桜などを用いる。花どきにさきがけていただく桜餅は、たおやかな桜の葉の香りがしていかにも春らしい。

遊びつかれ夕日流らふる掾台《えんだい》にてさくら餅を食《は》めば何かさびしも　　木下　利玄

桜餅売れる店よりあかりさす大川の堤われはすぎゆく　　五味　保義

ししむらの隈隈《くまぐま》さむく桜餅のかおりつよきを食うべていたり　　伊藤　一彦

また、同じ塩漬の桜の葉にくるまれた**道明寺《どうみょうじ》桜餅**もある。道明寺とは、もち米を蒸して乾かして粉にひいたもの。それを皮に用いた京風のものである。さらにこの道明寺で作った皮に餡を包み、小判形にして、椿の葉二枚で挟んだ**椿餅**がある。『源氏物語』若菜の巻上に「つばいもちひ」が出ているほど古い餅菓子である。「戻り来て常着の親し椿餅　有馬籌子」

みやこおどり〔都踊《みやこをどり》〕

毎年四月一日から三十日まで、京都祇園の芸妓の甲部《こうぶ》歌舞会が、祇園花見小路の歌舞練場で催される。その舞踊公演である。明治五年（一八七二）第一回京都博覧会よりはじめられた。「都踊はヨーイヤサ」の置唄《おきうた》で芸妓が登場し、春夏秋冬の情景を絵巻物のようにくり広げる。

にぎやかに都踊りの幕下《お》りしのち寂しさ誰に語らむ　　吉井　勇

こよひこそいざ見にゆかむ東山花の灯かげのみやこ踊を　　長谷川銀作

同じく四月一日より二十日ごろまで、東京新橋の芸妓組合が新橋演舞場で、**東踊**《あずま》の舞踊公演を行う。大正十四年（一九二五）にはじまり、太平洋戦争中に中断し、昭和二三年（一九四八）に復活した。今は五月の末に三日間行う。「東踊はねて銀座のタイ衣裳　安井信朗」

はるのひ〔春《はる》の灯《ひ》〕

暖かくなった春の宵の灯火には、どことなく艶めいた華やかさがある。春雨に濡れる夜の灯火には、ほのぼのとした情緒が感じられる。**春灯**《しゅんとう》、**春ともし**ともいう。

春の夜のともしび消してねむるときひとりの名を母に告げたり　土岐　善麿

春の灯を低くともして黄いろなるわが身を視るはよくよくあはれ　斎藤　史

地下房に待ついくたりを想ふ故濡るる春灯数へ来しかな　安永　蕗子

わがために命の燃ゆる人もあれ不逞の思ひ誘ふ春の灯　中城ふみ子

春灯を低くともして寄るうから凶事いづくに華やぎてゐむ　高嶋　健一

その心定めしままに播けとある一章の上に春灯ともる　百々登美子

はなみ〔花見《はなみ》〕

桜の花を見ることで、**観桜**《かんおう》、**桜狩**《さくらがり》、**花巡り**《はなめぐり》などともいう。花はソメイヨシノ、シダレザクラ、山桜、八重桜などあり、花の名所には**花の幕**が張られ、**花人**（花見客）で賑わう。花の下には**花むしろ**を広げて、**花の宴**が開かれる。**夜桜見物**の人、**花見酒**に酔って浮かれる人、人出や春の陽気にあてられて**花疲れ**する人など、花見は日本人のもっとも愛好する春の行事である。**花の茶屋**、**花の宿**などとも用いる。

春雨のあたたかき夜を奥の間に子らを集めて花見約《やく》すも　伊藤左千夫

紫の幕ひきまはし笛つづみかなづる舟に花見るやたれ　伊藤左千夫

椎の木の老木《おいき》のかげの掛《かけ》茶屋にくれゆく花のいろを惜《を》しめり　岡　麓

春の夜《よる》老ひにし女《ひと》の化粧して花にあゆむをあはれと眺めし　窪田　空穂

ひさびさに母にかしづきこの寺の花見に来《く》れば思ふことなし　北原　白秋

ねもごろに打ち見仰げばさくらの花つめたく額《ぬか》に散り沁みにけり　岡本かの子

桜の翁の園に真近くなりたれど今日は見やりてきびすを返す　土屋　文明

命永かるまじきおもひをわれ秘めて信濃高遠の花に今日在り　吉野　秀雄

一代の豪華とや言はむそのかみの醍醐の花見うらともしくも　前川佐美雄

ぞろぞろと従ひ行けば花見なりやけくその如く楽しきならむ　前川佐美雄

海苔巻を花燿《て》る苑《その》に惜しみ食むけふのおごりよ妻と子と率て　木俣　修

草に散る桜の花を追ふ吾子よわれもおぼれて春日照る苑　木俣　修

杉の下ながく来たりて桜さく山のみ寺の含浄のとき　二宮　冬鳥

盛りの花見しが不幸のはじめかと天《あめ》昏き日の青葉に対《むか》ひ　塚本　邦雄

さびしさに耐へつつわれの来しゆゑに満山明るこの花ふぶき　上田三四二

ちりみだるる夕山桜いひがたき未練は花のしたかげあゆむ　上田三四二

げにわれら気体のやうになりにしと桜あかりの夕べを歩む　三国　玲子

さくらばな見てきたる眼をうすずみの死より甦《かへ》りしごとくみひらく　雨宮　雅子

桜狂ひなりし亡き父わがまなこ貸して今年の桜花を見せむ　稲葉　京子

夜桜の燈にかがやきて咲けるもと行きつつ他界の桜花とまぎる　玉井　清弘

夜ざくらを見つつ思ほゆ人の世に暗くただ一つある〈非常口〉　高野　公彦

夕桜見て来し人らわらわらと泳ぐがごとく闇を出で来る　河野　裕子

前川佐美雄の一首目「醍醐の花見」は慶長三年（一五九八）三月十五日、豊臣秀吉が京都の醍醐寺の三宝院で催した花見の宴。参会者数百人にのぼったといわれる。

はなごろも〔花衣《はなごろも》〕

花見に着る晴着である。今は、花見に着ていく以外に、花どきの美しい衣服にもいう。元禄時代の花見小袖は意匠が凝らされ、美術品に近いものが多かったという。そして着るだけでなく、花の宴には木の枝にかけわたして幕にしたという。

俳句に「花衣脱ぎもかへずに芝居かな　高浜虚子」「花衣畳む庇に雨到る　渡辺未灰」「花衣ぬぐやまつはる紐いろいろ　杉田久女」などがある。

花ごろも二人かづきて舞ふてだに亡母《はは》招《しやう》じたき野の彩霞《あやがすみ》　相馬　御風

花ごろも舞ふ袖いかにかろくとも野に鶯の夢さまさざれ　相馬　御風

はなかがり〔花篝《はなかがり》〕

夜桜を見るために焚く篝火である。**花雪洞**《はなぼんぼり》のこともいう。夜桜に趣きを添えるために設ける。

城あとの夜ざくら見をり古ざくら暗きぼんぼりの灯のかげに立つ　前川佐美雄

花篝消えんとしつつ残り火が時に炎となりて花見す　多賀　陽美

さくらゆ〔桜湯《さくらゆ》〕

八重桜の半開きの花や蕾を、梅酢と塩で漬け込み、漬いてから陰干しにして保存したものが**桜漬**、**花漬**である。これを器に入れて熱湯をそそぐと、馥郁とした香りがして、花びらが薄紅色に開く。これが桜湯で、お祝いの席などで用いられる。

気がくるうほどさびしき桜湯や　唇にちいさき花は寄りたり　村木　道彦

〈女は大地〉かかる矜恃のつまらなさ昼桜湯はさやさやと澄み　米川千嘉子

しおひがり〔潮干狩《しほひがり》〕

干潮のとき、干潟をあさって貝などをとって遊ぶことである。春の大潮（陰暦三月三日頃）がもっともよい時期となり、浅蜊《あさり》や蛤《はまぐり》を掘る。また、遠く潮の引いた磯辺に出て、とった漁介類を調理して遊ぶ**磯遊び**も楽しい。

浅蜊掘るわが手のさきに満ち来《く》なり大村湾の波ひたひたり　中島　哀浪

貝掘りて帰り行く人ら鳥の如し鴉下りゐる干潟にむかふ　高安　国世

寄る波の砂にひろがる白泡は磯釣人をその中に置く　　葛原　繁

あさりうり〔浅蜊売り《あさりう》〕

浅蜊は二～四月ごろが旬である。昔は、早朝売り歩いたり、夕刻道路傍に店をひろげて売っていた。十～十一月ごろも盛期である。砂をよく吐かせ、味噌汁、酒蒸しなどにすると美味である。

此のごろは浅蜊浅蜊と呼ぶ声もすずしく朝の嗽《うが》ひせりけり　　長塚　節

霾ごめに浅蜊をはかる桝音《ますおと》のはかり納めし音聴きにけり　　鐸木　孝

つぼやき〔壺焼《つぼやき》〕

海底の岩にすむ栄螺《さざえ》は、舟から箱眼鏡でのぞいて鉾《ほこ》で突いたり、海女が潜ったりしてとる。旬は春で、壺焼、刺身などにして食味する。観光海岸近くでは網に入れた栄螺を売り、また屋台では潮の香を漂わせて壺焼を売る。壺焼は殻ごと蒸し焼きにし、酒・しょう油で味付けしたものがうまく、野趣がある。

壺焼のさゞえの煮汁こと〲く吸ひたるあとの殻はならべり　　金子　薫園

ちかよりて吾がみつつゐる舗道には昼光《ひるひかり》差し栄螺を売れり　　岡部　文夫

小さなる栄螺の壺焼きを食ひながら待てり淡路の人形浄瑠璃　　服部　忠志

はなまつり〔花祭《はなまつり》〕

四月八日。釈迦の誕生を祝って寺々で行う法会（**灌仏《かんぶつ》会《え》・仏生会《ぶっしょうえ》**）である。本堂の前には春の花で飾られた四本柱の小さな**花御堂《はなみどう》**が置かれ、その中には浴仏盆という水盤に、右手を上げた誕生仏の小さな像が安置されている。参詣者は小びしゃくで**甘茶**を釈迦像に注ぎ、また甘茶の接待を受ける。**降誕会**、**釈尊降誕祭**ともいう。

ひむがしに陽炎立ちて楽しみの今日の八日ぞはや明けにける　　伊藤左千夫

かぎろひの空に花降り風かをり御仏まつる日とはなり来も　　伊藤左千夫

み仏の生《あ》れましの日と玉蓮《たまはちす》をさな朱《あけ》の葉池に浮くらし　　斎藤　茂吉

摩耶《まや》の乳長閑《ちちのど》にふふますいとけなき仏の息もききぬべき日か　　北原　白秋

花祭過ぎて今日降る雪厚し吾子一歳の誕生日今日
石川不二子

北原白秋の歌の「摩耶」は釈迦の母。悉達多《しったるた》（釈迦の幼名）を生み、七日目に死去したといわれる。

はなしずめまつり〔鎮花祭《はなしづめまつり》〕

鎮花祭《ちんか》とも呼び、古く崇神天皇のときに始まるといわれ、平安時代に盛んになった。落花のころには疫病がはやるため、これを鎮める行疫神《ぎょうやくしん》の大神《おおみわ》・狭井《さい》の二神を祭った行事である。四月五日に奈良春日神社の摂社水谷神社で、四月十八日に桜井市大神神社で行われた。俳句に「鎮花祭我句《わがく》の力短くも　岡野知十」がある。

われに棲み激つ危きもののためひとりの夜は鎮花《はなしずめ》祭《まつり》
武川　忠一

じゅなんしゅう〔受難週《じゅなんしゅう》〕

キリスト教で、イエスの復活の日の前日までの一週間をいう。キリストの受難と十字架上の死が記念される。**受難節**、**聖週間**ともいう。また、受難週の中の金曜日を**聖金曜日**、**受難日**、**グッド・フライデー**という。

受難のイエスの相《すがた》女々《めめ》しくありこの派の人はかく描くにか
宇都野　研

受難週母が洗ひし長沓の底ひかり　われら彼処《かしこ》に還る
塚本　邦雄

受難節すぎてみどりの木のしげみ羽あるものらこゑに呼びあふ
雨宮　雅子

受難節淡く曇れり温室の「旅人の木」のかたはらに来つ
雨宮　雅子

宇都野研の歌はキリストが十字架にかえられた絵画を詠んだもの。絵画の他にも有名な受難劇がある。

ふっかつさい〔復活祭《ふっかつさい》〕

キリストは受難後三日目に蘇った。その復活を記念する祝日である。春分《しゅんぶん》後、最初の満月の後の日曜日に行うので、その日は三月二十二日から四月二十五日までの間にやってくる。**イースター**ともいう。ちょうど春到来の季節なので、キリスト教徒はイースター・カードを交換したり、**染め卵**を飾ったりして喜び祝う。

復活祭の日のよろこびに、／もろもろの山ひかり／天《あめ》明るみにけり。
石原　純

復活祭迎ふ春にしてこの国のときなき嵐夜ごと夜ごとに　近藤　芳美

復活のよろこびを待ち夜半につづくいのりの中に妻は吾に添ふ　近藤　芳美

騒がしき町に来てゐる孤児たちの耳にも深しイースターボンネット　安永　蕗子

復活祭に往け　汝《な》がために縞蛇のたまごとおそるべき藍の天　塚本　邦雄

復活祭《イースター》まづ男の死より始まるといもうとが完膚なきまで粧《けは》ふ　塚本　邦雄

復活祭吾にはじめて来むとして心をひらく日が続きをり　河野　愛子

一本の羽根を帽子に飾りゆくささやかなれど我が復活祭　中城ふみ子

日あたりて貧しきドアぞこつこつと復活祭の卵を打つは　寺山　修司

イエスより若く逝きたる戦場の父らに復活節は来らず　東　淳子

身のめぐりディジタル化せりこの夕べ復活祭の玉子吊られる　岡田　智行

安永蕗の「イースターボンネット」はイースターにかぶる帽子。

はななづけ〔花菜漬《はななづけ》〕

蕾のままのアブラナを塩漬けまたは糠《ぬか》味噌漬けにしたもの。蕾が少し黄ばんで、春の季節が感じられる。京都の名産の漬物の一つで、**菜の花漬**ともいう。俳句に「幸《さひはい》はしづかに来り花菜漬　小坂順子」がある。また、アブラナを茹でてから、からし和えにしても美味である。

今何を考えている菜の花のからし和えにも気づかないほど　俵　万智

かざぐるま〔風車《かざぐるま》〕

色のついたセルロイドなどを、車輪形に羽根のように作り、柄をつけたもの。手にして走ると風の力で羽根が回る玩具である。縁日などで藁づとにさして、春に多く売られた。古名**ちごぐるま**。

手にとりて喜び見つる風車めぐりやすきは月日なりけり　佐佐木信綱

病める子の枕べにゐてわがうごかすこの風車よくも廻らぬ　松村　英一

祝福はありにけむかも岸に寄る芥のなかの紅きちごぐるま　河野　愛子

産む力《ちから》われにありたる遠き日に回りゐたりし赤き風ぐるま　雨宮　雅子

われはもと無辜の子なればからからと回る風ぐるま春たちけらし　石田比呂志

日を夜をめぐれよめぐれ風車　母はにしかぜ父はきたかぜ　武下奈々子

石田比呂志の歌の「無辜《むこ》の子」は罪のない子。

ふうせん〔風船《ふうせん》〕

ゴム風船と紙風船がある。ゴム風船は、空気や水素ガスを入れてふくらまし、糸などをつけて、空に飛ばすもの。紙風船は、五色の紙を貼り合わせて息を吹いてふくらまし、手で高く突いて遊ぶ。明るい春にふさわしい。**風船玉**、**風船売り**ともいう。**気球**もいう。

日の暮を風船売の残りもの風船玉の夕明《ゆふあかり》かな　新井　洸

細き糸に引きて弄ぶ風船の軽き抵抗を幼子は知る　初井しづ枝

風船のしぼむとき笛が鳴り出でぬ美しと思ふ子の風船は　前川佐美雄

風船玉をたくさん腹にのんだやうで身体のかるい五月の旅なり　前川佐美雄

晴れし街に歩みとどめし　いづこにかあまたの風船に水素を詰めゐる　葛原　妙子

空《そら》の風船の影を掌《て》の上にのせながら走りゆきつつ行《ゆく》方《へ》も知らぬ　斉藤　史

白き風船三十階を這いのぼり今ゆるやかに夕空に消ゆ　高安　国世

翳のなき倖せなどはつまらなし魚の腸に似し風船がとぶ　中城ふみ子

ゆくりなく放たれし風船が雲に近づきながらかがやく　尾崎左永子

観念に満ちし地上を放たれて風船が空の青に紛れゆく　島田　修二

風船を手にして子等が群がれば絞首台あとなどと思えず　水野　昌雄

立上る糸の先端よんどころなく風船が止りいるなり　石田比呂志

床上の子と風船をつきあそぶほほづき色のゴム風船

を　石川不二子

いま視野にある風船の消える時われは淋しくなるやも知れず　平井　弘

紙風船手になじみくる吹き入れし息のかすかな重さを載せて　永田　和宏

シャボンだま〔シャボン玉《だま》〕

石けん水などの水滴を、麦藁やストローなどの細い管の口につけ、もう一方の口から静かに吹くと、水玉が次々と生まれ、日光に映じて美しい色彩を帯びて飛ぶ遊びである。延宝五年（一六七七）頃、初めて江戸でシャボン玉屋が行商し、流行した。**石鹸《しゃぼん》玉**、**しゃぼん玉**とも書く。

管先《くださき》をはなれむとして石鹸玉あなくるくると膨らみやまず　中島　哀浪

石鹸玉越えむとしたる柴垣のひと葉に触れしたまゆらに無し　中島　哀浪

シャボン玉街に流るるかくまでに跡をとどめぬ風の産卵　高安　国世

手に持ちしパンダの玩具がシャボン玉しきりに吐くを男売りをり　儀　幾造

童《こ》が吹きしこまかきシャボン玉の群しまし確かに風にのりゆく　田谷　鋭

ぶらんこ

公園などで、**ブランコ**を前後に漕いで遊ぶのは、春の陽気にふさわしい。**ゆさわり**、**ゆさぶり**、**ふらここ**、**鞦韆《しゅうせん》**、**半仙戯《はんせんぎ》**ともいう。半仙戯は、なかば仙人のような気分になる遊びであるからという。

春の日の夕べさすがに風ありて芝生にゆらぐ鞦韆《ゆさはり》のかげ　佐佐木信綱

鞦韆《しうせん》のあがりさがりに白くみゆるむかうの花ばたけの朝のだりやなり　土岐　美麿

亡《な》き子来て袖ひるがへしこぐとおもふ月白き夜の庭のブランコ　五島美代子

ぶらんこにのりてうたへる子なるらしゆりゆく時か遠く聞ゆる　頴田島一二郎

春の野にとぶ蝶蝶《てふてふ》のかろらなるこころなり鞦韆《ぶらんこ》に乗つてゐるなり　前川佐美雄

山の高さに揺りて呉れろと云ふ童等《こら》と鞦韆《ぶらんこ》にのりゐて日が暮れにけり　福田　栄一

声々の別れて行きし公園にまだゆれている白きぶら

んこ

月の夜といへども濁世ゆるやかに誰が漕ぎいだす鞦韆の音　川口　常孝

いとけなく神隠しよりかへりきて鞦韆《しうせん》のある空忘らえず　安永　蕗子

幼子を常に拒める吾を待ち夜の園に静止のぶらんこが垂る　前　登志夫

絶え間なく漕がれ続けてきしみ鳴る日常といふ脆きぶらんこ　富小路禎子

風に揺るる鞦韆《しゅうせん》ひとつ傷つきしほどは傷つけ来しと思えり　富小路禎子

ゆくりなく漕ぐ鞦韆を高く漕ぐま昼の星の睡り覚まさな　山埜井喜美枝

ぶらんこをきしませ漕ぎし日も還れ幼く清き憂鬱かへれ　森　淑子

くつしたの白消えがてに　公園のブランコにゐる女学生ふたり　石川不二子

花闌けて陽あたる庭に幼年のわがかなしみの鞦韆たるる　小池　光

鞦韆《しうせん》の四つさがれば待ちうけてゐるごとき地のくぼみも四つ　田浦　孝子

昏睡の湖に漕ぐぶらんこのちいさな靴が鼻先にきて　今野　寿美

ぶらんこにうす青き風見ておりぬ風と呼ばねば見えぬ何かを　加藤　治郎

俵　万智

ボートレース

ボートを漕いで速さを争う競技である。明治時代に東京向島が発祥地となり、花盛りの頃に大学や社会人の対抗レースが行われた。関東では隅田川や埼玉の戸田、関西では琵琶湖、瀬田川が有名である。**ボート競漕《きょうそう》**、**競漕**ともいう。

艇すべると底ぢからあげしわがおらび全艇和して心おちつく　加藤　将之

えんそく〔遠足《えんそく》〕

うららかな春、学校などで野山や海浜、郊外などに日帰りの行楽をしに行くことである。

遠足の小学生徒有頂天に大手ふり〳〵往来とほる　木下　利玄

おのづから足なみそろふ遠足の生徒らの顔みな元気あり　筏井　嘉一

へんろ〔遍路《へんろ》〕　平安初期の僧空海（弘法大師）の修行の遺跡である四国八十八か所の霊場などを巡拝すること、また、その人をいう。手《てっ》甲《こう》、脚絆《きゃはん》、草鞋《わらじ》で、さんや袋をかけ、数珠と鈴とを持ち、菅笠をかぶり、金剛杖をつく姿が正装である。菜の花や青麦などに彩られた遍路道《みち》をたどる札所巡りは、春の四国の風物詩である。**四国巡り**、**遍路宿**などともいう。

白峰にのぼる遍路の鈴の音行き過ぎてより久しく鳴れり　松村　英一

おそ春の琴平みちの桑畑に遍路の鈴をきくゆふべかな　長谷川銀作

遍路路《ぢ》を照らして音もなく青き空海《くうかい》の空、一遍のそら　高野　公彦

高野公彦の歌の「一遍《いっぺん》」は遊行上人と称し、踊念仏を民衆に勧め、諸国を遊行した鎌倉中期の僧。

はるのひがさ〔春《はる》の日傘《ひがさ》〕　春にさす日傘である。夏の日傘ほどの実用はないので、おしゃれな気分がただよう。絵や模様のあるものは絵日傘と呼ぶ。**春のパラソル**ともいう。

絵日傘をかなたの岸の草になげわたる小川よ春の水ぬるき　与謝野晶子

デパートの売場ひとところ風の来てひらける春のパラソルを揺る　初井しづ枝

はるのふく〔春《はる》の服《ふく》〕　春の季節に着る軽やかな衣装のことである。正月の晴着である春着のことではない。**春服《はるふく》**、**春服《しゅんぷく》**、**春装**ともいう。

街路樹の芽ぶきととのふ下道に春服を着て人らあゆめり　中島　栄一

着古せし春服ぬぎて新しき買ひ求むとき過去は波立つ　大野　誠夫

花飾る売場をめぐる幼子の春服ひとつ求めむと来て　大野　誠夫

ロミオ洋品店春服の青年像下半身無し＊＊＊さらば青春　塚本　邦雄

純潔なボタンに春服の背を飾りわれに相似の少女は歩め　中城ふみ子

揺られゐる軀幹よりいたく精妙にその春服の胸揺れ

てをり　上田三四二

はるのがいとう〔春の外套《ぐわいたう》〕 春の風や埃などを防ぐため、洋服の上に着るコート。**春のコート**ともいう。

落ちながら消えさる雪をとめて行く今朝《けさ》着かへたる春の外套　尾上　柴舟

百貨店につとめをりつつ春外套買ふときもなく今に過ぎにき　小暮　政次

風よどむ山かげの道に来しときに春のコオトの衿ひらきたり　斎藤　史

あさね〔朝寝《あさね》〕 春は寝心地がよく、熟睡しても朝の床に未練が残る。古語**朝寝《あさい》**。また、快い春の気候に知らず知らず、うたた寝をしたり、夜が明けたのに寝過ごすことが多い。**春眠し**、**春眠《しゆんみん》**、**春睡《しゆんすい》**、**春の眠《ねむ》り**。

朝寝して新聞読む間《ま》なかりしを／負債のごとく／今日も感ずる。　石川　啄木

ま向ひの屋根ゆく猫が見下してまだ寝をるかといふ顔したり　前川佐美雄

みぶねんぶつ〔壬生念仏《みぶねんぶつ》〕 四月二十一日から二十九日まで、京都の壬生寺で行う大念仏会である。本堂の大念仏堂では、壬生狂言が銅羅、太鼓、横笛のガンデンデン、ガンデンデンの囃子にのり、無言に演じられる。

壬生寺に大念仏の始まれり屯所跡なる老人ホーム　内川　幸雄

おおみねいり〔大峰入《おほみねいり》〕 四月から八月にかけて、奈良県吉野郡十津川の大峰に登山参詣する行事である。大峰は修験者の修行した根本霊場。登山者は白衣、白脚絆、草鞋姿、二年目から兜布《ときん》、鈴懸の山伏姿となる。熊野から入るのを順の峰入、吉野から入るのを逆の峰入という。現在は逆の峰入を主として夏季に行う。**人峰参り**。

桜すでに散りすぎし山の路にして大峰詣《まゐり》の行者《ぎやうじや》に行きあふ　小泉　苳三

たねえらび〔種選《たねえら》び〕 春の彼岸前後、苗代にまく種籾を塩水に漬けるなどして、選別することである。浮くような種は除かれる。大豆や小豆などの種物をよりわけることもいう。

種選《え》るなどともいう。

明日蒔く籾種の発芽確むる八十八夜の夕あたたかし　山崎　正男

指をもて選《すぐ》りたる種子十万粒芽ばえれば声をあげて妻呼ぶ　時田　則雄

たねひたし〔種浸《たねひた》し〕

種籾を苗代にまく前に、発芽をうながすため、池や井戸、くみ水などに浸しておくことである。**種籾漬ける**ともいう。種籾を入れて保存する俵を**種俵**といい、種籾を浸す池や井戸を**種池**《たねいけ》、**種井**《たない》などという。

仕舞湯に垢を落してたしかめて袋の稲の種子を漬ける　山崎　方代

仕舞湯に漬け込んでおきし種籾がにっこり笑って出を待っている　山崎　方代

種俵開《あ》くるあしたのうれしさの雨しとどなるときは近づく　岡井　隆

種籾を浸漬したる桶水に日がさしかすかの塵動きゐる　板宮　清治

光る種子ひとつをしづめ日溜りにわれは眠れる水壺《すいこ》となれり　小島ゆかり

岡井隆の歌は蕪村「夜もすがら音なき雨や種俵」を取り入れて詠んだのであろう。小島ゆかりの歌は妊娠した女性を詠んでいる。

なわしろ〔苗代《なはしろ》〕

稲の苗を育てる田である。雀などに種籾を食いあらされないように網を張ったり、竿の先に威《おど》しの紙片などをつけて立てたりする。やがて田には青々と丈のそろった苗が育つ。**苗田**、**苗代田**ともいう。近年は家ごとに作らず、農協などでまとめて苗を仕立てるようである。

苗代の籾を守ると張る網も山ふかく来て心うつもの　田谷　鋭

みなくちまつり〔水口祭《みなくちまつり》〕

苗代に種を下ろしたときに、水が豊かであることを祈り、苗代田の水口に（田水を引く口）ツツジなどの枝をさし、焼米を包んだものや御神酒などを供えて、田の神を祭る行事である。**種祭**、**みと祭**、**苗代祭**ともいう。

かすかなる水口まつり終りたる青田は梅雨の晴間のひかり　板宮　清治

ちゃつみ〔茶摘《ちゃつみ》〕

茶摘は八十八夜前後がもっとも盛んである。茶摘女が茶摘笠をかぶり、紺絣の仕事着に赤いたすきを掛け、茶摘唄をうたいつつ茶を摘む光景は情緒が溢れ、なつかしいものである。最近は京都、静岡や埼玉県狭山の茶どころでは、手摘みを蒸して、焙《あぶ》りながら手揉《も》みをした一番茶の試飲・即売会を盛んに行っている。

茶つみうたかすかにひゞく岡のへに桐の花ちり風ぬるく吹く　尾上　柴舟

まかがよふ光のなかにわがうから今日は相寄り茶を摘みにけり　古泉　千樫

久久にかへり来て見るふるさとは今ぞ茶の芽の摘みざかりなる　長谷川銀作

幼などちよく来て聴きし茶つみ唄けふぞきてきくその茶畑に　長谷川銀作

一番茶はなほ手に摘むとききつつ行く雨に埃のしづまりし道を　吉田　正俊

雨雲の空にひろごる動きあり人は茶の葉を摘みいそぎけり　長沢　美津

作業終へて抱へ帰りゆく籠のうちなまの茶の葉の匂ひがあまし　石川不二子

こがい〔蚕飼《こがひ》〕

養蚕《ようさん》のことである。カイコは春蚕《はるご》、夏蚕、秋蚕とあり、春に飼う春蚕が代表的である。春蚕は四月中旬に孵化し、盛んに桑の葉を食べて、六センチ位の蒼白い虫に成長する。その間、桑の葉を絶やさず与えなければならないので、夜も眠れない。

ゆふぐらき蚕飼の部屋に、／桑の葉の／匂ひをふかく嗅ぐも。わびしく。　石原　純

今夜《こよひ》こそ夜《よ》のありたけを眠らめとねむりこがるる蚕飼づかれに　結城哀草果

桑の香《か》にいねられなくにさ夜《よ》ふけて蚕棚《かひこだな》より蚕《こ》の落つる音　藤沢　古実

霜ふりて蚕飼たのみなし一年《ひととせ》のたつきの料《しろ》をいかにかはせむ　生方たつゑ

蚕飼する家並びゐて越路人《こしぢびと》の訛《なまり》もれくる真昼のひそけさ　生方たつゑ

生方たつゑの一首目は、晩霜により桑の葉が全滅し、カイコを飼うのがおぼつかなくなった歌である。

あぜぬり〔畦塗《あぜぬり》〕

田植前、田の土を鋤《すき》などで畦に壁のように塗りつける作業である。低く拡がった畦を正して、田水が漏れるのを防ぐ。**畔塗《くろぬ》る**、**塗畦**ともいう。

雨ひと日春あたたかみいち早も水を止《と》むると堅田《かただ》畔《くろ》塗る　古泉　千樫

小山田の畔塗りしかば畔のべの水のにごりに春くぐもれり　古泉　千樫

男きて畔塗る春の小山田に鳴かぬ鴉の歩みさびしも　橋田　東声

春寒き小田《をだ》の朝道われ行けば畔塗人《びと》が焚く煙見ゆ　結城哀草果

五月

春・夏

五月　春・夏

ゴールデン・ウィーク

四月末から五月初めの休日の多い週間をいう。四月二十九日は緑の日、五月三日は憲法記念日、五月五日は子供の日、いずれも祝日である。**黄金週間《おうごんしゅうかん》**、**連休**などともいう。

しやきしやきと東京弁にて語り合ふ相手を得たる黄金連休　築地　正子

歯もて剝ぐ酢の玉冠のなまぐさきうつつ黄金週間畢《おは》る　塚本　邦雄

連休の二日こもれるこころには退《ひ》きてありたしこの長閑《のどけ》さに　上田三四二

休日のつらなる五月国旗より鯉のぼり多し日本のそら　高野　公彦

沖の雲きれぎれに飛ぶ外房へ翼ひろげて連休が来る　小守　有里

メーデー

五月一日。国際的な労働者の祭典である。一八八六年アメリカ労働者の八時間労働要求の示威運動が起源で、一八九〇年から世界各地で挙行され、日本では大正九年（一九二〇）に第一回が東京上野公園で行われた。昭和十一年（一九三六）以後禁止されたが、昭和二十一年（一九四六）復活した。**労働祭**、**五月祭**、**メーデー歌**、**労働歌**、**メーデー旗《き》**などともいう。

平穏にメーデー終るといふみだしの奥なるものをよみとらんとす　四賀　光子

五月祭より十日を経たり糸杉のいのちめらめらと炎《も》えたつさまに　山田　あき

雨しぶく五月一日の朝にしてにぎり飯持ちて比佐子いでゆく　五味　保義

原色の赤、黄、チューブより押し出して青年は描《か》く五月祭ポスター　真鍋美恵子

メーデーの遠き歌ごゑわが内部の柔らかきところが聞いてゐる　香川　進

メーデーの歌まなびつつくりかへす昼灯《とも》りたる工場

の中　　扇畑　忠雄

けふの日を働きなげくメーデーにかかはりもなき機構をにくむ　　小名木綱夫

赤々と塗る橋梁の街暗く今日メーデーの若きむらがり　　近藤　芳美

曝れし旗はためき止まぬ今日一日人は静かなるメーデーと告ぐ　　近藤　芳美

労働歌とどろき過ぎし道のはたあかざの薄き葉はそよぎをり　　大野　誠夫

示威の列歌ふ後尾の去りゆきしあとの人ごみよりどなく行く　　千代　国一

返り見て若葉をあふる風の中この長き隊列は米を求むる　　葛原　繁

泥みづに雨そそぎふる'76メーデーの叫喚のただなかにあり　　片山　貞美

五月祭の汗の青年　病むわれは火のごとき孤独もちてへだたる　　塚本　邦雄

白だすきわれと同じくいで立ちしメーデーの日の老いし教員　　馬場あき子

教へ子も吾れもふたたびたたかはぬ誓ひ新たに旗ひるがへす　　馬場あき子

大野誠夫の歌の「あかざ……そよぎをり」は、敗戦後の食糧難で雑草のアカザの葉も食べつくした後の、いくらか余裕の出た時代があらわれている。馬場あき子の一首目の「白だすき」には〝教え子を再び戦場に送るな〟のスローガンが書かれてあり、教師が戦中の軍国主義教育を強く反省した時代が詠まれている。

はかたどんたく〔**博多**《はかた》**どんたく**〕　五月三日と四日。博多で行われる港祭の行事である。松囃子を組み、稚児、仮装行列、手踊などが市内を練り歩く。どんたくは休息日の意。松囃子は町衆などが組を作り、美しく装って歌い舞うことで、古くは藩主に対する年賀の行事であった。引例歌を上げられなかったが、俳句に「どんたく囃子玄海に灯を探せどなし　橋本多佳子」「どんたくは囃しながらにあるくなり　橋本鶏二」がある。**どんたく**ともいう。

ぼたんみ〔**牡丹見**《ぼたんみ》〕　牡丹の花を見に行くことである。五月初めごろが見ごろで、奈良の長谷寺や当麻《たいま》寺、福島県須賀川市の牡丹園などが人出で賑わう。**牡丹の花見**。

双塔の霞のなかにもとめつつ当麻に来つれ牡丹の花見に　前川佐美雄

大和なる長谷のみ寺に来て立ちぬわが少女見よ万《まん》の牡丹花《ぼたんくわ》　前川佐美雄

百八間の登り廊下に汗あえて佳《よ》きひとと見る左右《さう》の牡丹花　前川佐美雄

緋の毛氈《かも》に盌《もひ》をささげて茶喫《の》むとき百千の牡丹咲き盛りたり　前川佐美雄

閻王が吐きし緋牡丹咲き盛り見し罪見ぬ罪まぎれがたしも　川口美根子

川口美根子の歌の「閻王《えんおう》が吐きし」は、緋牡丹の花が閻魔王の口から吐く焔のようだと比喩したもの。

ころもがえ〔衣《ころも》更《が》へ・更衣《ころもがへ》〕

季節の変化によって衣服を着がえることであるが、冬から春にかけて着た厚手のものを、すがすがしい初夏の衣服に着かえることを特別にさしていう。平安時代以降には年五回行われ、江戸時代より年二回となり、衣類のみでなく調度類なども取りかえた。現在、学校の制服などは五〜六月までに多く行われている。**更衣《こうい》**などともいう。

病める身ははかなきものよ人よりも二十日おくれて衣がへせり　落合直文

天《あま》が下、青葉しにけり人みなは衣更《きぬ》へにけり、新《あらた》なる日よ　金子薫園

山国のひゆるは夏になりてなほ着物も更《か》へず七月八日　岡麓

服替へて膚清しけれ麦の穂のかがやく径を買ものに出づ　三国玲子

この星のをみないつせいに更衣《かうい》なす幻なれど色すさまじき　水原紫苑

あわせ〔袷《あはせ》〕

裏地のついた着物である。江戸時代には、陰暦四月一日から五月四日までの初夏と、九月一日から八日までの初秋に着る習慣があった。しかし今は、秋から春先まで着ている（秋袷という）。**素《す》袷**は襦袢なしで直接素肌に着ること、**初《はつ》袷**はその年はじめて袷を着ること、**絹《きぬ》袷**は絹地の袷。また袷のことを**綿抜《わたぬき》**ともいう。

遠国に病みてこやれる人のために袷を送るころとなりにし　島木赤彦

百合いけてけさ六月の素袷の襟にもつるゝさわやけき風　太田　水穂

秋早き信濃の里の初袷野菊の中に君立つらむか　窪田　空穂

垢すこし付きて痿《な》へたる絹物の袷の襟こそなまめかしけり　岡本かの子

袷には下着重ねよとうるさく言ふ者もなくなりぬ素直に着よう　土屋　文明

窪田空穂の歌は、初袷と野菊の花で山国の気候がすがすがしく詠まれている。

セル

セルは、サージのような薄手の毛織物で、オランダ語セルジからセルと呼ぶようになったという。経《たて》・緯《よこ》とも細かい梳毛糸《そもうし》で平織し、和服地にしたもので、初夏に着るように、単衣《ひとえ》に仕立てる。肌触りの快いのが特徴で女性に好まれた。戦後、化繊に代えられた。

亡き友が形見分ちしセルの着物一枚を寒くなるまで着つくしぬ　土屋　文明

吾が妻のけふ着しセルに見覚えあれどしばらく思ひ出されず　吉田　正俊

ナフタリンの匂へるセルの着物きて夕べの街にかご下げていづ　馬場あき子

しょうぶふく〔菖蒲葺《しやうぶふ》く〕

五月五日の節句の祝いに、前の日の四日の夜、菖蒲に蓬《よもぎ》を添えて軒に挿す風習をいう。邪気を払い、火災をまぬかれるとの言い伝えによる。地方により楝《おうち》（センダンの古名）やカツミ（マコモの別名）なども用いた。**軒菖蒲**、**蓬菖蒲葺く**などともいう。

藁屋根の庇《ひさし》にふきし家家の蓬菖蒲は魔除《まよけ》なりとて　岡　麓

菖蒲葺く今日のあさけに家は出づわかき命をいとほしみつつ　古泉　千樫

草鞋はきてまなこをあげぬ古家の軒の菖蒲に露は光れり　古泉　千樫

たんごのせっく〔端午《たんご》の節句〕

五月五日。江戸時代以降、男の子の節句とされ、甲冑・武者人形などを飾り、庭前に幟《のぼり》旗や鯉のぼりを立てて、男の子の成長を祝う。第二次大戦後、**こどもの日**として祝日になった。古来、邪気を払うための菖蒲の日であったが、菖蒲と尚武の音通により、男子を祝う武家の行事となった。**端午**、**五月節句**《ごがつ》、**初節句**などともいう。

をちこちに鯉のふきぬき吹きかへす五月五日は近づきにけり　　正岡　子規

風呂場より走り出て来し二童子の二つちんぽこ端午の節句　　佐佐木幸綱

むしゃにんぎょう〔武者人形《むしやにんぎやう》〕

端午の節句に飾る武者姿の人形である。八幡太郎、義経などの武将のほかに、桃太郎、金太郎、また、鎧《よろい》冑《かぶと》、太刀弓、座敷幟なども飾る。**五月人形**《ごがつ》などという。

五月雛《ごぐわつびな》わづか並べて売る店の晴《はれ》がましさよ田舎町にて　　半田　良平

のぼり〔幟《のぼり》〕

端午の節句に、男の子の出世《しゆつせ》を祝って立てる幟旗である。戸外に立てるのを外幟《そと》、室内に飾るものを内幟《うち》、座敷幟という。**五月幟**《さつき》、**初幟**などともいう。

蕨折り岡越えくれば家ありて武者絵ののぼり風にはためく　　太田　水穂

家々にさつき幟のひるがへりしかしてひとり吾が去りゆくも　　古泉　千樫

こいのぼり〔鯉幟《こひのぼり》〕

端午の節句にたてる鯉をかたどった幟である。鯉は出世魚であり、鯉の滝のぼりにちなんで取り入れられた。真鯉と緋鯉と色分けしてある。今は内幟より外幟が盛んで、吹流しと共に五月の空を高い幟竿に泳ぐ。**五月**《さつき》**鯉**《ごい》ともいう。

人の家の鯉のぼりを見せむとて嬰児《みどりご》抱《いだ》き外に出でたり　　岡　麓

子をもちて鯉ののぼりをたてにけりふるきならひに幸《さち》を祝《ほ》がむため　　平福　百穂

鯉ののぼりを吹きなびかする風疾《はや》しはためき向ふ大き鯉のくち　　平福　百穂

両岸の街には今朝《けふ》は鯉幟みなかみ遠くあまた見えつも　　新井　洸

鯉のぼり黒紗《こくしや》の幅《はば》をひるがへす中空にして陽はかゞやけり　　岡本かの子

この庭に風がもて来る凪深し空に向きて大き鯉幟の口　　穂積　忠

畳まれし鯉のぼりの眼球の巨いなる扁平をふと雨夜におもひし　葛原　妙子

平成の五月《さつき》の空に吹き流す緋鯉真鯉に臓《はらわた》の無し　石田比呂志

子らあれば高だか泳ぐ鯉幟雪原の空に光やさしく　清原日出夫

鯉のぼりほうとふくらみくたと降るこの緩慢なる力見よとぞ　川野　里子

やぐるま〔矢車《やぐるま》〕　幟竿の先端に取り付ける風車である。金色の矢羽根を放射状に並べたもので、風により軽快な音をたてて回る。

風はやく五月の空をとほるなりせはしくめぐる矢車の音　平福　百穂

思ひ出でし如く矢車のめぐる空わが丘の空に夜の藍満ちて　田谷　鋭

団地のみ移り住み子には買はざりき街遠く五月の矢車ひかる　池田　純義

きりもなくほぐれゆきしは何の糸醒めしうつつに矢車が鳴る　大西　民子

くくくくと雨空に鳴る矢車や父のいのちの過ぎむあかつき　岡井　隆

紙ひとえ思いひとえにゆきちがいたり　矢車のめぐる　からから　平井　弘

はるか廻る成層圏のみずぐるま矢車をくらき風過ぎにけり　永田　和宏

ちまき〔粽《ちまき》〕　端午の節句に食べる祝餅である。もち米、うるち米《まい》の粉、葛粉をまぜ、よく練ったものを長円錐形に固め、笹や真菰《まこも》などの葉で巻き、藺草《いぐさ》で結んで蒸す。

今年生《ことしふ》の新笹清く瑞葉《みづは》切り巻ける粽はうべもかぐはし　伊藤左千夫

笹の香《か》に思ひ出ゆかしふるさとゆおくりこしたる粽食《を》しつつ　平福　百穂

たどりこしこの奥谷《おくだに》に家ありて売れる粽はまだあたたかし　斎藤　茂吉

藺草にて巻ける粽を解くまにも真菰は匂ふそのさみどりを　碇　登志雄

伊藤左千夫の歌の「うべも」は誠に。本当に。

かしわもち〔柏餅《かしはもち》〕　柏の葉でくるんだ餅菓子。端午の節句の供物とする。

しん粉餅を円い扁平状の皮にし、小豆餡や味噌餡を入れて二つに折り、柏の葉に包んで蒸す。葉の移り香を賞でいただく。柏は新芽が出るまで古い葉が落ちないため、家系が絶えないという縁起から用いられた。

白妙のもちひを包むかしは葉の香をなつかしみくへど飽かぬかも　正岡　子規

かしは葉の若葉の色をなつかしみここだくひけり腹ふくるるに　正岡　子規

みどり子のおいするゐいはふかしは餅われもくひけり病癒ゆがに　正岡　子規

色深き葉広がしはの葉を広みもちひぞつゝむいにしへゆ今に　正岡　子規

椎の葉にもりにし昔おもほへてかしはのもちひ見ればなつかし　正岡　子規

剥くからに柏の餅の香に匂ふ頬赤童《ほあかわらべ》のこの日かの日は　明石　海人

窓近くつばめ飛びかふ五月ばれ厨にをりてかしは餅つくる　三苫　京子

正岡子規の五首目の上の句は『万葉集』の「草枕旅にしあれば椎の葉に盛る……」という古代の食生活の習慣をさす。明石海人の歌の「剥《む》くからに」は葉をはがすと同時に。

しょうぶゆ〔菖蒲湯《しやうぶゆ》〕

五月五日の節句に、菖蒲の葉を入れて沸かす風呂である。邪気を払うという。

村里の田圃にのびし菖蒲ぐさ山の温泉《いでゆ》にけふは浮かしむ　結城哀草果

菖蒲湯の匂ふを少女いとひ言ふ湯漕に共に浸りゐるとき　初井しづ枝

菖蒲湯に煮えし菖蒲の束抱きて少年、父となるまでの生　塚本　邦雄

たれかきのふ恋に死せりき人は人われはさみどりの菖蒲湯に酔ふ　塚本　邦雄

ひと束ねなる湯菖蒲のひしひしとまだ出てはだめまだ出てはだめ　平井　弘

ふかぶかと沈むる胸に寄る菖蒲葉の父を知らず父とならぬ夜の湯　田村　広志

うしみつのころほひちかく菖蒲湯に愚者われらうかぶ帽子かむりて　小池　光

くすりがり〔薬狩《くすりがり》〕

五月五日の節句に、山野に出て薬草を摘むことである。『万葉集』に「かきつばた衣にすりつけますらをの着襲狩する月は来にけり」とあるように、古代から狩の衣服を整えて、山野に薬草を採る行事があった。その着襲《きそい》が競《きそ》って採集しあう競狩《きそいがり》となり、五月五日を薬狩を行う**薬の日**とした。**薬草摘み**、**百草《ひやくそう》摘み**などともいう。

われの重荷となるを怖るる母と知る薬草も摘みためて居給ふ　大西　民子

しんちゃ〔新茶《しんちゃ》〕

茶の新芽を摘んで作った、その年の新しい茶である。香気がことに高く、あまい味わいが口にただよう。昔から八十八夜の日に摘んだ茶が極上とされている。**走り茶**ともいう。新茶に対して前の年の茶は**古茶《こちゃ》**という。香り、風味の新鮮さには欠けるが、こくがあると好む人もあり、また、古茶新茶を対比して味わう人もある。

伊那谷の新茶もらひて飲みしかばかつての行《ゆき》を思ひいでつも　岡　麓

摘みたての今年の茶なり呑む前に心ほぐるるあさみどり　長沢　美津

ほととぎす鳴く声ききつつ新茶のむ賜ひし人の呼ぶかと思へり　大塚布見子

まゆにる〔繭《まゆ》煮《に》る〕

春蚕《はるこ》の作った繭を煮て、生《き》糸《いと》を取ることである。糸取鍋の中で煮立てた繭から引いた糸の端を、何本か合わせて手繰り寄せて、一本の生糸に紡《つむ》いでいく。作業は女性が行った。

杉立つ峰俄かにくもり雨きたる繭煮る村の屋根雫すも　木下　利玄

繭煮ゆる匂《にほひ》ただよふ朝明《あさあ》けをさびしさに堪へず妻が辺に来つ　結城哀草果

ははのひ〔母《はは》の日《ひ》〕

五月の第二日曜日。この日、母に感謝し、母をいたわり、母をたたえようと定めた運動は、一九〇八年アメリカに起こった。日本では昭和二十四年（一九四九）頃より一般に広まり、年々盛んになっている。その日は、母のいる人は赤、母のいない人は白のカーネーションを胸に飾る。短歌では母の命日を母の日として詠むことが多い。

母の日はたちまち昏れて水中の鼠がねずみとりごとうごく　　塚本　邦雄

ひっそりと暗きほかげで夜なべする母の日も母は常のごとくに　　岸上　大作

母の日の午後万引の母ありてさみしき君の売場の騒、躁　　天辰しのり

ごがつばしょ〔五《ご》月《ぐわつ》場《ば》所《しよ》〕

毎年五月に興行する大相撲本場所の一つである。五月の第二日曜から第四日曜まで十五日間、東京で行う。現在は一年に六場所あるが、かつては一月の春場所、五月の夏場所、と年二場所、十日間ずつの興行であった。

子を連れて夏場所へゆく事もなく駒形茂兵衛をまた観にゆかむ　　大野　誠夫

そらまめの緑つやめくふくらみを賞で味はふを五月場所とふ　　中村　純一

中村純一の歌は、五月場所の桟敷席には、お茶屋が茹でた新鮮なそらまめを必ずサービスする風習を詠んでいる。

なえうり〔苗《なへ》売《う》り〕

茄子や胡瓜、朝顔、糸瓜などの苗は、初夏に荷をかついで、呼び声高く売り歩いた。今は縁日の夜店などにわずか見られ、一般に園芸店などで売っている。

夕顔の苗売りに来し雨上り植ゑんとぞ思ふ夕顔の苗　　正岡　子規

苗うりのこゑはよろしも朝床にめざめてきけばことによろしも　　橋田　東声

町かどの露店に苗を売る人が裸《はだか》火《ともし》をいぢりつつ居り　　長沢　美津

町角の露店に苗を買ふ人がうづくまりつつ場を占めにけり　　長沢　美津

なえうう〔苗《なへ》植《う》う〕

初夏は、茄子や胡瓜、トマト、瓜類などの苗を、畑などに移し植える時期である。

おのおのが持つ性根《しやうこん》を遂げさすと植ゑならべたり茄子トマト薯《いも》　　窪田　空穂

夕顔の苗を植ゑつつ身の背後あざむかれゐるごとき静けさ　　大西　民子

たきぎのう〔**薪能**《たきぎのう》〕　五月十一、十二日に奈良の興福寺南大門の前庭で、篝火を焚いて能が演じられる。近年これにならい、諸社寺などで薪能と名付け、夜間に野外能を行っている。鎌倉では十月に行う。

遠く来てむかう夜の海、鎌倉の……薪能あす　明日は修羅たれ　　下村　光男

ねりくよう〔**練供養**《ねりくやう》〕　迎接会《げいせつえ》、来迎会《らいごうえ》の俗称である。衆生を極楽に導くため来迎する二十五菩薩に仮装し、橋の上を練り歩く法会である。平安中期の僧源信の創始といい、五月十四日に奈良県当麻《たいま》寺の中将姫の忌日に修するものが最も有名である。中将姫は伝説上の人物といわれ、一説に継母のため大和の雲雀山に捨てられ、無常を観じて当麻寺に籠り、法如と号、蓮茎の糸で観無量寿経に基づいた阿弥陀浄土変相図（浄土曼荼羅）を織ったといい、寺には鎌倉時代より当麻曼荼羅として伝わる。その中将姫が二十五菩薩の来迎をみて極楽往生したという伝説により、忌日には稚児や奏楽などをまじえて行列する。

練り供養ちかづく寺の庭にゐて遊ぶ寺の子のそぶりはなやぐ　　岡野　弘彦

あおいまつり〔**葵祭**《あふひまつり》〕　五月十五日。京都下鴨神社および上賀茂神社の祭礼である。当日は葵の葉で牛車《ぎつしや》や桟敷の御簾《みす》、祭人の冠などを飾り、民家も戸ごとに懸けたため葵祭という。斎王代、勅使らが行列して御所から下鴨・上賀茂とめぐる。走馬の儀が有名である。古くは陰暦四月の中の酉《とり》の日に行われた。**賀茂祭**。**北祭**ともいう。

ふさやかに緋《ひ》の帯負《お》へる子と行きぬ祭見る日の下加《しもか》茂《も》の橋　　与謝野　寛

祭の日葵橋《あふひばし》ゆく花がさのなかにも似たる人を見ざりき　　与謝野晶子

人人と葵祭の終るとて都へいなず鞍馬へのぼる　　与謝野晶子

まなかひの葵《あふひ》うるさみ首ふれる祭の馬がこぽこぽとほる　　木下　利玄

もろともに葵祭を見にゆかむ薄約束《うすやくそく》の君なりしかな　　吉井　勇

加茂まつり葵かつらのみどり葉を御簾や衣冠にかざ

す優雅《みやび》さ　赤尾　鈴子

なつまつり〔夏祭《なつまつり》〕

夏季に、みそぎ浄めて病魔や罪穢をはらい、清福を祈請するため、各神社で行う祭である。神輿《みこし》の渡御《とぎょ》、山《だ》車《し》の巡行がある。五月十五日の東京千代田区神田明神の**神田祭**《かんだ》、五月の第三日曜日の東京台東区浅草神社（古くは三社権現）の**三社祭**《さんじゃ》、六月に行う東京千代田区日枝神社の**山王祭**《さんのう》は、東京の三大祭として有名である。また、五月の第三日曜日の京都嵯峨車折《くるまざき》神社の**三船祭**《みふね》、五月三日の滋賀県米原町筑摩《つくま》神社の**筑摩祭**、六月一日の京都貴船神社の**貴船祭**など、五～七月には各地で祭礼が行われる。

瓜見ゆる宵の畑路いつしかに祭賑ふ市に来にけり　窪田　空穂

夏祭わつしよわつしよとかつぎゆく街の神輿が遠くきこゆる　北原　白秋

大空に雲は光れり夏祭のみこしをかつぐ声のきこゆる　四賀　光子

山峡《やまかひ》の青葉くらきに金色《こんじき》の神輿《みこし》ちひさく通りすぎたり　植松　寿樹

みこし担《か》く若者のこゑ峡《かひ》ごもり聞《きこ》ゆるごとに遠ざかり居り　植松　寿樹

入りみだれもみあふ神輿のゆゝしさを二階の窓にもたれて眺むる　松倉　米吉

軒提灯のあらまし消えてならびたる夏の祭のをはりのひそけさ　松倉　米吉

何事もなかりし如く神輿《おみこし》過ぎしびれに似たる波のときめき　五島　茂

わがビルの裾にしづまり出を待てる神輿美しひそまりかへる　五島　茂

夏祭御輿に競《きほ》ふ心意気を代々承《う》け継《つ》ぎて今もあはれなり　筏井　嘉一

御輿かつぐ男もみあひ犇《ひし》めきあふ力のにほひ街に蒸《む》れ騰《あが》る　筏井　嘉一

もみもみて果てむ力が盛《も》りかへり御輿大揺れに揺れあがり傾《かし》ぐ　筏井　嘉一

梅雨の夜に花火をあげし二つ三つまだ勢《いきほ》はぬ早き夏まつり　前川佐美雄

鉦太鼓雲にひびきて大河のほとりの町に夏祭くる　水谷　一楓

冥みたる田中の道を海に向く群見ゆ御輿の黄金を囲みて　田谷　鋭

祭屋台の傍《そひ》ゆくとき不意に楽高まりあはれ日本の笛・太鼓　田谷　鋭

母の名に祭りの寄附も済ませきて夏の終りの雨を聴きをり　川合千鶴子

祭提灯軒に並びて何か楽し山の間の小さきこの町　大橋　栄一

嚙めばかすかな海ほおずきの頰そめてお前が笑う今日は祭　佐佐木幸綱

祭礼《まつり》とて濃き口髭をたくはへし建《たける》の裔《すゑ》を探しにゆかむ　塘　健

けいば〔競馬《けいば》〕

古式競馬を競べ馬《くらべうま》といい、五月五日に京都上賀茂神社で行う**賀茂の競べ馬**は有名である。近代競馬は文久二年（一八六二）横浜で外国人により行われたのが始まりで、現在は四季を通じて各地で行われているが、昭和七年（一九三二）に開始された日本ダービーは、五月最終日曜日に東京府中で開催されている。

競馬レースの傍すぐるバスに傾くまで窓覗く人ら低く私語せり　初井しづ枝

その音の無きは淋しく競馬見え観衆も見ゆバスに我ゐて　初井しづ枝

げあんご〔夏安居《げあんご》〕

陰暦四月十六日から七月十五日まで一夏《いちげ》九十日間を、僧が遊行をしないで一室に籠り、また集会し、修行することが夏安居である。**安居、雨《う》安居、夏行《げぎょう》、夏籠《げごもり》**ともいう。この期間中、飲酒肉食を断つことを**夏断《げだち》**という。また、夏安居中、経文を書写することを**夏書《げがき》**、仏に毎日花を供えることを**夏花《げばな》**といい、そのものを指してもいう。俗家《ぞっか》もこれを行う風習がある。禅宗では冬にも安居を行う。

山といへば五山のひとつ臨済のこの大き寺の夏《げ》に籠る我は　北原　白秋

今朝いよよ一夏《いちげ》の安居明けなむか朱の膳に空のいろも冷えぬる　北原　白秋

この友が何に克たんと百日の夏行の膝ぞ崖に向ひて　四賀　光子

雨すぎて高野《かうや》は涼し昼も夜もつゞくる会に吾はただ眠る　土屋　文明

夏安居に斎藤茂吉来《きた》りけりあげつらふこゑ山にひびかふ　高田　浪吉

涼しとも思はずありし夏安居の寺をいづれば日が照りつけぬ　鹿児島寿蔵

精進の五日修めてなほ遂げむ大峯越は思ひはるかなり　鹿児島寿蔵

心いたく弱りてあればこの朝の夏行太鼓の音にもをののく　前川佐美雄

安居会に変りし君を見つるよりうとく過ぎゐしことも術《すべ》なし　柴生田　稔

色あせし舌の喘ぎはみすまじきこころつつしみ夏《げ》にこもりける　坪野　哲久

単純に鮮明に咲きつぐ百日草をわれの夏行の庭に満たしむ　太田　青丘

この夏安居またも喪にゐる友思へば常なき音にたぎつ山川　紺野　幸子

せいごがつ〔聖五月《せいごぐわつ》〕

キリスト教で、五月は聖母マリアの生まれ月ということから、聖五月、**マリアの月**、**聖母月**という。また、五月はキリストの昇天を記念する**昇天祭**が行われる。昇天日は復活祭後四十日目の木曜日に行う。

疾風に殴《う》ちあふ花と男なるあはれを嘉《よみ》すべし　聖五月　塚本　邦雄

たけのこめし〔筍飯《たけのこめし》〕

五月は竹の子が旬である。掘りたてほどうまく、朝掘りがもっともよい。煮物、和えもの、吸いものに用いるが、筍飯が風味がある。細かく刻んで煮しめた竹の子を炊き込む筍飯と、酢飯に混ぜる**筍鮓《すし》**とがある。

くろがねの人屋をいでし君のために筍鮓をつけてうたげす　正岡　子規

流動食つづきて久しきこのゆふべ筍飯を食ひたくおもふ　中島　栄一

父母にとほく住みつつ妻の炊く筍飯もとしどしのこと　千代　国一

正岡子規の歌には「鼠骨《そこつ》の出獄を祝す」の前書がある。

初夏には、**豆飯《まめめし》**も喜ばれる。グリーンピースを薄い塩味で炊きこんだ豆ご飯で、青味が若葉の季節にふさわしい色彩である。俳句に「豆飯や娘夫婦を客として安住敦」がある。

はつがつお〔初鰹《はつがつを》〕

カツオは夏から秋にかけて黒潮にのり東上し、初夏のころ、走りのカツオが釣れる。江戸時代にはそれを初鰹といって珍重、賞味した。俳句に「芝浦や初松魚《はつかつを》より夜が明くる　一茶」「籠の目に潮《うしほ》こぼるるはつ鰹　葉拾」がある。

あきらかに地球の裏の海戦をわれはたのしむ初鰹食ひ　　小池　光

やまめつり〔山女釣《やまめつ》り〕

五月のヤマメはアユよりもうまいといわれている。冷たい山間清流に棲んでおり、また敏感な魚で、人影が近づくと姿を隠してしまう。串にさして塩焼きにしたり、**山女飯**にして賞味する。俳句に「大粒の雨が肘《ひじ》打つ山女釣　飯田龍太」がある。

釣りあげし山女魚のまなこ母の眼に似てうるめるをかなしと思ひき　　岡野　弘彦

少年の胸ときめきやまずいつまでも山女魚はをどる魚籠《びく》の底にて　　岡野　弘彦

ながらび〔菜殻火《ながらび》〕

初夏にアブラナの種子を採取したあとの菜殻は、一か所に集められて火を放ち、焼き払われる。その火を菜殻火という。菜種の産地では菜殻火が天を焦がしてごうごうと燃え立つ。**菜殻焚く**、**菜種殻焚く**ともいう。

布良《めら》の浜から布《め》かる女が水を出て妻木何焚く菜種殻焚く　　長塚　節

菜殻束骨に火を閉づ　闇をゆくこのひそけさも恃みがたしも　　山中智恵子

菜殻火もえ　いくその時継がむわがこころつたなくて押す楽鐘器《カリヨン》　　山中智恵子

むぎぶえ〔麦笛《むぎぶえ》〕

初夏、青々と育った麦に穂が出そろう。麦笛は、その柔らかい茎の一節を取って節近くを少し割って吹いたり、また、茎の先の方を取って噛んでから吹いたりする。子供が黒《くろ》穂（病穂）の茎で作り、よく吹いた。

麦のくき口にふくみて吹きをればふと鳴りいでし心うれしさ　　窪田　空穂

はつ夏の雲あをそらのをちかたに湧きいづる昼　麦の笛吹く　　若山　牧水

径《みち》らねるだんだん畠を学童ら麦笛ふきて帰りきたれり
筏井 嘉一

麦笛のひびきはかなり遠くにて昼の鼠はただわれと逢ふ
加藤 将之

くさぶえ〔草笛《くさぶえ》〕

草の葉などを唇につけて鳴らす遊びである。息の強弱により、哀調を帯びたメロディーが演奏できる。

夢の野にいつしか得たる草小笛《くさをぶえ》ふきつつ来しに身はやせにけり
相馬 御風

列りて三人の子等が吹き立つる草笛つくる吾はいそがし
土屋 文明

帰り来て子等が吹きなす草笛は街のとよみの中にさみしき
土屋 文明

ひとすぢのこの草笛に漂泊の吾をきかむとひたすらに吹く
平井 乙麿

草の笛吹くを切なく聞きており告白以前の愛とは何ぞ
寺山 修司

草笛を吹きゐる友の澄む息がわがため弾みて吐かれむ日あれ
春日井 建

さにつらふ風の少女を紫雲英田《れんげだ》に置きてさびしき父の草笛
武下奈々子

武下奈々子の歌の「さにつらふ」は枕詞。少女に掛けている。

むぎかり〔麦刈《むぎかり》〕

黄熟した麦を刈ることである。立春から百二十日目前後に刈るとよい、と昔から言われてきた。

あたたかき安房の外浦は麦刈ると枇杷もいろづくなべて早けむ
長塚 節

たそがれの沼尻《ぬじり》の水に雲うつり麦刈る鎌の音《ね》もきこえ来る
若山 牧水

つゆふくむ天つ日朱《あか》し熟麦を刈る一日あれ死者のかたはら
前 登志夫

ああ鎌に指傷つけて流す血は刈りゆく麦の流さざりし血
伊藤 一彦

月光に濡れてとどろくコンバイン小麦十町歩穫り終はりたり
時田 則雄

むぎこき〔麦扱《むぎこ》き〕

刈り取った麦の穂を落とす作業である。昔は鉄などに歯のついた、櫛に似た道具を使った。その後、麦扱き機を回しながら、一束ずつ麦の穂を扱いだ。

香《かう》ばしく寂しき夏やせかせかと早や山里は麦扱きの音　　北原　白秋

むぎうち〔麦打《むぎうち》〕

扱き落とした麦の穂を打ち、実を落とす作業である。**殻竿**《からさお》で万遍なく音を立てて打ちつづけるので、麦埃が盛んに立った。麦の収穫は遅くも梅雨までに終わらせなければならない慌ただしい作業である。今は、刈り取りからすべて機械化されている。

連枷《からさを》のとどろとどろとほこり立て麦うつ庭の日ぐるまの花　　長塚　節

殻竿の唄補陀落《ふだらく》に似てかなし南海道の麦秋《むぎあき》を行く　　川田　順

川田順の歌の「殻竿の唄」は、殻竿で麦打ちをするときの労働歌である。

六月

夏

六 月 夏

いちごミルク〔**苺《いちご》ミルク**〕　イチゴはハウス栽培により、クリスマスのころから大粒の西洋種が盛んに出回るが、五〜六月が露路ものの旬である。砂糖とミルクで味わうイチゴミルクはもっともポピュラーである。ヨーグルト、赤ワインなどと組み合わせても楽しい。

今は末に近しとぞいふ苺をば匙もてつぶす真白き皿に　窪田　空穂

乳《ちち》の中になかば沈みしくれなゐの苺を見つつ食はむとぞする　斎藤　茂吉

あゆつり〔**鮎釣《あゆつり》**〕　六月一日は相模川をはじめとして大部分の川で鮎釣が解禁となる。前夜より押し寄せた太公望たちは翌朝いっせいに糸を垂れる。囮《おとり》鮎を泳がせて縄張意識の強い習性を利用する友釣《ともづり》、羽毛などで蚊に似せた疑似鈎《ぎじばり》を用いる蚊針（毛針）釣などがある。

珪藻を食べて成長する鮎は身に香気があり、姿も清新で夏の川魚の王ともいわれる。近年は放流が盛んである。塩焼、味噌焼（魚田）、フライ、雑炊にして賞味する。また、岐阜高山の鮎の姿鮨、吉野のつるべ鮎などの押しずしも有名である。

みなかみ遠き稲妻のあり鮎を釣る夕べの川瀬やや濁《にご》り来つ　谷　邦夫

石の上《へ》に置けば走らず鮎の目のはやも翳るや青葉さやぎて　小中　英之

塩焼のつぎに魚田《ぎょでん》の鮎を食ひ水を眺めて飽くとせなくに　半田　良平

ふるさとといふ山間《あい》に宿りして二瀬の鮎を二た夜いただく　野北　和義

うかい〔**鵜飼《うかひ》**〕　夏、篝火を焚いて鮎を寄せ、飼い馴らした鵜を使ってとる漁である。

岐阜県長良川の鵜飼は有名で毎年五月十一日の**鵜飼開き**から十月十五日まで、満月時と増水時を除いて毎夜**鵜舟**が出る。**鵜かがり**（**鵜飼火**）の火の粉が飛び散る舳先《へさき》に立ち、古風な烏帽子・装束姿の**鵜匠**《うしょう》が巧みな縄さばきで一〜二羽操り、舟の中央には中鵜づかいが四羽操って鮎をとるさまは見事である。

月よみのいまだ入らねば鵜飼らも舟出さぬらしさ夜ふけぬれど　伊藤左千夫

鵜かごおきて水を眺むる鵜つかひの踏みしだきたる撫子の花　佐佐木信綱

すさまじくみだれて水にちる火の子鵜の執念《しゅうねん》の青き首みゆ　太田　水穂

鵜飼船篝こぼしぬ大きなる花の蕋などくづるるごとく　与謝野晶子

美濃のくに長良《ながら》の川の鵜を見むとけふぞ来にける古き遊ぞ　斎藤　茂吉

手縄《てなは》控へ鵜匠《うじやう》ゆたかに捌きつつ且つかがり足し鵜の魚吐かす　吉野　秀雄

月の出に鵜飼の篝火《かがり》暗くなるその炎《ほ》あかりにみし鳥の貌　高橋　幸子

よづり〔**夜釣**《よづり》〕　夏の夜、川などで魚をとることである。涼みがてらに釣を楽しむ人、生業にいそしむ人もいる。**夜網打つ**ともいう。

ほのじろき瀬霧のなかを灯《ひ》が動く夜釣の人の岩移りかも　川田　順

川隈の群葦うごき目すかせば夜網打つ人まさに歩みゐる　橋田　東声

水際《みぎは》べの夜釣りの灯《ともし》あかるきがかくれあらはる起き伏す波に　松村　英一

さかな漁《と》る夜振火《よぶりび》遠くさかのぼり翡翠《かはせみ》色の慾情は来む　前　登志夫

渡らざる橋を心にもつことも夜釣の岸を焚けばはかなし　馬場あき子

前登志夫の歌の「**夜振火**」は、暗い夜に松明《たいまつ》やカンテラ、懐中電灯などをともしてそれを打ち振り、明りを慕って寄ってくる魚をとる火。

かつおつり〔**鰹釣**《かつをつり》〕　春から秋にかけて、沖縄南方より土佐沖・伊豆沖・金華山沖へとカツオの回遊を追う**鰹船**は、イワシの生き餌を撒いて竿で一本釣りにする。漁獲の最盛期の夏には、一船に十数人が舷に並び、勇壮活潑に釣り上げる。

年わかの追分上手《おひわけじやうず》この夏も載せて来よかし鰹釣る船　与謝野鉄幹

鰹船となりの浜につきぬとかアデわがせこは帰り来まさぬ　服部　躬治

与謝野鉄幹の歌の「年わかの追分上手」は、追分節のうまい若者のこと。越後追分、松前追分、江差追分が知られ、声を長く引いて歌う、悲哀を帯びた民謡。服部躬治の歌の「アデ」は安房（千葉県南部房州）の方言で、何故の意。なぜなんだろうか、わが背子《せこ》(夫)は戻ってこないが。

ごりりょうり〔鮴料理《ごりれうり》〕　ゴリは清流に棲む淡水魚で、金沢ではカジカ、琵琶湖ではヨシノボリ、高知ではチチブをさしていう。金沢の犀川の鮴料理は有名で、味噌仕立ての鮴汁はその代表である。その他に天ぷら、から揚げ、茶漬などにして賞味する。金沢・京都には鮴料理を出す料亭がある。

ごり料理蕗のひと葉をちらしたる蒔絵の蓋《ふた》のなかの吸物　太田　水穂

ごり料理をりしも河は夕立のさゝにごりしてやがて霽《は》れたり　太田　水穂

まめまく〔豆蒔く《まめま》〕　「豆蒔き郭公に稗の蒔き筒《ど》鳥《ど》」と昔からいわれ、カッコウが里近く来て鳴くころは豆蒔きの好期、ツツドリの鳴くころは稗蒔きの好期と教えた。昔は自家用味噌などの大豆は田畑の畦に栽培することが多く、それを畦豆と呼んだ。

豆播けば野鼠の群殺到し一夜のうちに喰らひつくしけり　前田　夕暮

かんしょうう〔甘藷植《かんしよう》う〕　麦を刈ったあとなどに、苗床で育てた甘藷の苗蔓を三十センチ位に切り、斜めに挿して植えることである。**甘藷植《いもう》う**、**藷挿《いもさ》す**などという。

日の照りの強きをうれへ子が植ゑし藷苗《いもなへ》の上に藁おくその妻　窪田　空穂

甘藷苗《かんしよなへ》切りたる指のくろき脂扱《やにこ》きおとしつつこころなじまず　谷　鼎

きざし来る胸の痛みを否むごと藷植ゑつづく畝にかがみて　高安　国世

しろかく〔代掻《しろか》く〕　田植の準備として、鋤き起こした田に水を張り、土塊を砕いて田をならす作業である。昔は牛馬に代掻き鍬などを引かせて行った。**田掻く**、**代掻馬**《しろかき》（牛）、**田掻馬**《たがき》（牛）。

代掻きてもはらなるわれたまさかにうち仰ぎ見る青き大空　吉植　庄亮

ひた赤し落ちて行く日はひた赤し代掻馬は首ふりすすむ　結城哀草果

田掻きする馬に逆らふ苗代水《しろみづ》のまだら濁りはひろがりにけり　生方たつゑ

葉桜となりし木下に代掻の泥にまみれし機械を置けり　板宮　清治

たみずはる〔**田水張る**《たみづはる》〕　代掻きの終わった整田《せいでん》に水を張ることである。水が張られて田植ができるばかりになった田を代田《しろた》という。

山焼くる火を怖ぢつつもふりさけて田に水引くと夜の畦わたる　結城哀草果

なえくばり〔**苗配り**《なへくばり》〕　苗代で育った稲の苗を代田に移し植えるため、**早苗取り**が行われ、**苗籠**に入れられて苗が運ばれることである。**苗配り**は、田植をする人に**早苗束**を放ったり、あらかじめ、水をたたえた田面に、早苗束を投げておいたりする。

わが子をばいくさにやりて里の爺《をぢ》がむすめと二人早苗とるなり　落合　直文

少女等に放りてくばる苗束の苗のちぎれは手に青青し　吉植　庄亮

たうえ〔**田植**《たうゑ》〕　田植は一般に六月初めから中ごろにかけて行われるが、最近では五月ごろ植付機で行う地方が多い。田植を始めることを**早苗開き**、**田植始め**という。紺絣に、紺の手甲脚絆、菅笠に赤だすき姿の**早乙女**が出そろって、**田植唄**をうたいながら植付ける田植風景、または**田舟**にのって植付ける苛酷な労働などは、ほとんど見られなくなった。

新嫁のつゝましげなる田植唄たのもすゞしき朝風ぞふく　佐佐木信綱

あやめ咲く門田《かどた》の畔《あぜ》にぬれながら田植唄きくつばめやわれや　相馬　御風

蜂《すがる》なすやはらまろ尻の早乙女のたゆらたゆらと紅き腰紐　吉植　庄亮

苗さばきすずしき母の植ゑぶりのやや嫉《ねた》きかなや共に植ゑつつ　鐸木　孝

肋《あばら》まで没《い》るに泳ぎて稲を刺す古への布施《ふせ》の海の水《み》田《た》に　岡部　文夫

田の中に動きてやまず女らが神にひれふす如く苗植ゑる　鈴木　幸輔

我を産みし若かりし母その年の植付けの時を養ひしや否や　鹿住　晋爾

少女二人田を植ゑをりてその顔に明るき水の反映動く　板宮　清治

遠景として筑波嶺は立ち上がり男ひとりが田を植ゑてゆく　三枝　昻之

吉植庄亮の歌の「蜂《すがる》なすやはらまろ尻」は、蜂のようにまるくて柔らかな尻の意。

さなぶり〔早苗饗《さなぶり》〕　田植を終えたお祝いである。一日仕事を休み、手伝いの人を招いて酒肴を出し、赤飯を炊いて祝う。「さのぼり（早上り）」から出た言葉で、田植仕舞いによって田の神が帰るのを送る儀式の意という。よく洗った一握りの早苗の根に御神酒をかけて清め、一升桝の上にのせて神前に供えたりする。**大早苗饗**は村全体の田植が終わったあと、吉日を選んで行う村早苗饗のことである。

さなぶりの今宵の酒に若きどち頰よせあふやまして思ふ子　吉植　庄亮

けふの日の大早《おほさ》苗振《なぶり》は快晴の暮れあし遅き庭に踊れり　吉植　庄亮

ゆうがとう〔誘蛾灯《いうがとう》・誘蛾燈《いうがとう》〕　植田・畑・庭園などに設置し、夜に点灯して蛾《が》などを誘い集まらせ、石油などを浮かせた水で捕殺する仕掛けである。最近は蛍光灯、水銀灯に代わったがそれも農薬の普及により少なくなっている。夜汽車などに見る青白い灯は旅愁を誘った。

富士とほく黒ずみ暮れて早稲穂《わせほ》田の彼方に青き誘蛾燈はある　佐佐木信綱

ねしづもる村をいづれば田の面にほのぼのとして誘蛾燈見ゆ　斎藤　瀏

山荘の庭に蛾を誘ふ裸火のほのほはなびく草を照らして　鹿児島寿蔵

誘蛾燈まぢかに青き一夜寝て用無き朝の詰所に坐る

近藤　芳美

ほたるがり〔蛍狩《ほたるがり》・螢狩《ほたるがり》〕

夏の夜、水辺でホタルを追ったり眺めたりする遊びである。昔は川に蛍舟を出し、蛍見をして興じた。

音立てて夜川の小橋わたりくる童《わらべ》蛍を手につかみゐし　宇都野　研

五月雨の夜の螢こそいみじけれ近づく朱金《しゆこん》遠き緑《りよく》金《こん》　与謝野晶子

ほたる狩／川にゆかむといふ我を／山路にさそふ人にてありき　石川　啄木

明滅のひたすらにして遁がれける螢ひとつを籠の辺に寄す　石本　隆一

与謝野晶子の歌の「いみじけれ」は賛美したものの程度が甚だしいときに用いて、すばらしいの意を表わす。

ほたるかご〔蛍籠《ほたるかご》・螢籠《ほたるかご》〕

ホタルを入れて、軒下や窓辺、庭木の枝に吊り、光の明滅を楽しむ容《い》れ物。竹や木の枠に紗《しや》または細かい網を張った小箱が多い。麦藁を編んで手作りもした。中に霧を吹いた草を入れる。

わらはべが愛《を》しみていねしほたるかご光りてありぬその枕辺に　四賀　光子

この夜や何におどろくくらがりに人のさげたる籠の蛍火　岡部桂一郎

螢籠に死せるほたるはともりつつにほふ　みだることばのはじめ　塚本　邦雄

螢籠宙にともれば眠らなむ幼年の瞼またたくまでを　山中智恵子

ほたるうり〔蛍売《ほたるう》り・螢売《ほたるう》り〕

夜店に、青白い光りが明滅する蛍売りが出ると夏らしくなる。今は珍しい。

病院に妻を見て来《こ》しかへり路《ち》に銀座をゆけば螢売りそむ　佐藤佐太郎

もかりぶね〔藻刈舟《もかりぶね》〕

春に沼、湖、川、濠などに生じた川藻は、夏に繁茂するので、舟路《ふなみち》をつくって舟から棹でからめとったり、柄の長い鎌で刈りとったりする。また、枕詞の「**玉藻刈る**」は沖べ、伊良湖《いらご》、おとめ、舟、池などにかけて用いる。

藻刈舟お堀の水に棹させり風吹くつゆどきの朝　　岡　　麓

さゝ舟に藻を刈る男ひとりなり陽に立つ波のかぎりしられず　　橋田　東声

橋田東声の歌の「さゝ舟」は小さな舟。

たくさとる〔田草《たくさ》取《と》る〕

田植のあとに生じた雑草を除くことである。

ふつう三回位取る。苗が根付いてから十日位に取るのを一番草といい、その後、十日から二週間程度の間隔で土用過ぎまで、二番草、三番草と取り除く。腰を折り曲げ、両手で田の面を掻きまわすようにして、雑草を泥の中に押し込む作業は、つらい労働である。今は**除草機**を用いる。**田草掻く**などともいう。

泥の手をわれは術《すべ》なみ二の腕にしたたる顔の汗をしごき捨つ　　吉植　庄亮

除草《たのくさ》の腰のばしたるたまゆらをふぐりにとどき汗ながれ下《くだ》る　　吉植　庄亮

田草取りて爪いたく減りぬ手はのべて痒《かゆ》さに堪へねど掻かれざりけり　　結城哀草果

四つん這ひ煮ゆる田んぼに田草掻くいく親々のかかるいとなみ　　太田　青丘

郭公は阿呆のごとく啼きつづけわれはひねもす草掻きつづく　　石川不二子

除草機を押す人をりて海よりの風絶え間なし青き稲田に　　板宮　清治

吉植庄亮の一首目「泥の手をわれは術なみ」は、泥の手の私は仕方がないので。

くさとる〔草《くさ》取《と》る〕

草が茂りやすい夏には、くりかえし草を除かねばならない。炎天下の畑や庭で、腰をかがめてむしったり、引き抜いたりする作業は根気のいる仕事である。**草を引く**、**草むしる**、**草摘む**などともいう。

暑き日の夕かたまけて草とると土踏むうれしこの庭にして　　古泉　千樫

いでゝみる道の長手の遠白し草取時は人もとほらず　　小田　観蛍

草をひく萌え出《いで》し土に片手つき片手にて抜く手にあふだけを　　長沢　美津

かがまりて草むしりする姿態より或ひは洩れむ悲しみの声　　安永　蕗子

ときのきねんび〔時《とき》の記念日《きねんび》〕

六月十日。天智天皇が漏刻《ろうこく》（水時計）で時を知らせた日を記念して、大正九年（一九二〇）に定められた。

時の記念日刻光りつついつの日も屍体置場《モルグ》に耳慧き屍体あれ　塚本　邦雄

さんのうまつり〔山王祭《さんわうまつり》〕

六月十五日。東京千代田区の日枝《ひえ》神社の例祭である。古来、**山王祭**、**御用祭**、**天下祭**と呼ばれ、神田祭とともに江戸の二大祭として有名である。

大日枝《おほひえ》の夏のまつりも近づきぬ山車《だし》百台のむかしおもほゆ　吉井　勇

ちちのひ〔父《ちち》の日《ひ》〕

六月の第三日曜日。一九三六年アメリカに起こり、日本では戦後、母の日におくれて、父に感謝する日として普及した。

「父の日」を忘れてありし日の夕べふつふつとしてたぎるものあり　松本千代二

小工場経営に苦しむ子のきたり父の日とネクタイをくれてゆきたり　中野　菊夫

父の日の父なきわれの前にきてゆるりと歩む大かたつむり　影山　一男

はえとり〔蠅取《はへとり》・蠅捕《はへとり》〕

ハエを取ること。また、それに使う道具をいう。

昔、半円形のガラス製蠅捕器があり、底の穴の下に餌を置いて、それに集まったハエが飛び立とうとすると器に閉じ込められるものがあった。その後、**蠅取紙**、**蠅取リボン**をハエの集まる場所に吊るしたり、**蠅叩《たた》き**で打ったりした。また、ハエを防ぐために、**蠅除《よけ》**、**蠅帳《ちょう》**を用いた。

蠅捕器《はへとり》につぎつぎとまるさ蠅らを見つつありしは寂しかりけむ　島木　赤彦

われら母国を愛＊＊＊し味爽《あさ》より生きいきと蠅ひしめける蠅捕リボン　塚本　邦雄

生くる蠅ごと燃えてゆく蠅取紙その火あかりに手相をうつす　寺山　修司

のみとりこ〔蚤取粉《のみとりこ》〕

昔、ノミを駆除するため、寝床などに撒いた粉末状の薬剤である。除虫菊などで作られており、ノミを麻痺させる。

ちまたには蚤とり粉など売りありく浅夜をはやく蚊帳吊らせけり　長塚　節

熟睡《うまい》せる子ろをころがしこの夜半もわが撒《ま》きてをり蚤とり粉《こな》を　中島　哀浪

かや〔蚊帳《かや》〕

蚊を防ぐため、吊り下げて寝床をおおうもの。麻、絽、木綿などで作られ、色は緑、白、ぼかしがある。**枕蚊帳**、**母衣《ほろ》蚊帳**は幼児用のもので吊《つ》り手がない。昔は夏の必需品であった。

伽羅の香をこめしすずしの蚊帳の中に迷ふ螢のあはれなるかな　服部　躬治

杉の香の霧のしめりを吹《ふ》つこみくる大麻蚊帳のなかに眼ざむる　太田　水穂

たらちねの母の釣りたる青蚊帳をすがしといねつたるみたれども　長塚　節

昼蚊帳のなかにこもりて東京の鰻のあたひを暫しおもひき　斎藤　茂吉

寝入りたるわが子の上に釣り垂れて蚊帳のたるみの眼につきにけり　松村　英一

君を待ちて夜を更《ふ》かしけり蚊帳ぬちに一つ二つの蚊の居るらしも　杉浦　翠子

七月の庭のうへ高く洗ひほす蚊帳はましろし恵まれし物　鹿児島寿蔵

勤めより夜更けにかへりざこねせる下の家族の青蚊帳を踏む　山田　あき

をさなごが蚊帳の吊輪を歯にくはへさやめき遊ぶは目にすがすがし　坪野　哲久

血を吸ひて茱萸《ぐみ》のごとくになりし蚊が尻を垂れつつ蚊帳にすがりぬ　岡部　文夫

夜々《よひよひ》のことといへども蚊帳のうち子らは三人となりて眠れる　高安　国世

蚊帳の外に子の小さき足いでて来ぬ答案しらべに夜更し居れば　武川　忠一

淡からぬ眠りのあとの蚊帳たたむ青くふくだむものをふりつつ　安永　蕗子

眠る前のやさしさのなか青蚊帳の麻の匂ひを久しく嗅がず　大西　民子

青蚊帳のなかめざめたる少年に三十年の歳月あはれ　小池　光

青蚊帳に寝《いね》し夜思へばそのかみの夏はさまざまな匂

ひしてをりき　花山多佳子

太田水穂の歌には「御嶽旅泊」の題がある。斎藤茂吉の歌は山形に疎開中の詠である。

かやりび〔蚊遣火《かやりび》〕

蚊を追い払うため、杉の葉や蓬などをいぶす火である。**蚊遣**、**蚊いぶし**などともいう。家庭では**蚊遣香**、**蚊取線香**、**電気蚊取器**を用いる。

打けぶり軒場も見えぬ蚊遣火の中にこもれるわらひ声かな　佐佐木信綱

探しだしともす蚊やり香ほのかにも今宵湿《しめ》れる室《へや》にしくゆる　窪田空穂

寝ね際の闇の中にて匂いくる蚊取線香の小さき赤き火　鈴木美笛

わが妻は牛をいたはる宵々を厩《うまや》の口に蚊遣焚きつつ　結城哀草果

雨の日のゆふべをぐらき縁先に蚊やりのけむりたちまよふなり　長谷川銀作

蚊やり香の煙のままにおもふことのびのびてゆく宵はあさきに　長沢美津

胸やめば素直になりて寝る人のかたへに蚊やりたきてわがをる　馬場あき子

薄明のそこはかとなきあまき香に電気蚊取器はたまた妻子　小池光

くさかり〔草刈《くさかり》〕

牛馬などの飼料や肥料にするため、野や畦の雑草を刈ること。または、その人をいう。朝、草に露が宿るとき刈ると鎌がたちやすい。これを**朝草刈**という。**草刈る**ともいう。

草刈のうたふひな唄おもしろし誰より誰に伝へ来にけむ　佐佐木信綱

雲よむかし初めてこゝの野に立ちて草刈りし人にかくも照りしか　窪田空穂

鎌とぎて夏草を刈る早せる土がしめやかに濡れてゐる間を　水野葉舟

露ながら刈る雑草の切れ味はすぱりすぱりとよく切れにけり　吉植庄亮

夏浅み朝草刈りの童《わらべ》らが素足にからむ犬胡麻の花　北原白秋

菱の花白く浮びて咲ける朝ぬまをめぐりて馬の草刈る　清水ちとせ

尾花沢のをとめは草刈りの手を休《や》めてわが言問《ことと》ひにいたくはにかむ　木俣　修

絶命を超えて生きさし寂しさの青渦に居て人は草刈る　安永　蕗子

草刈りの女を眼もて姦《おか》すまでま昼の部屋のあつき爪立ち　岡井　隆

汗にぬれ草刈りゐたり草の香は幼かりしわが敗戦の香ぞ　板宮　清治

背の青き小鳥は枝を移りながら我が下刈りの周りを去らず　利根川　発

君と子らを得たる腕《かひな》よさはさはと朝の夏草かき抱きて刈る　河野　裕子

北原白秋の歌の「夏浅み」は夏が浅いので。利根川発の歌の「下刈り」は樹木の下草を刈ること。

ほしくさ〔干草《ほしくさ》・乾草《ほしくさ》〕　家畜の飼料とするため、雑草を刈って乾燥したもの。または、刈草を干すこともいう。**草干す**。

たかだかと乾草ぐるま竝《なら》びたり乾くさの香《か》を欲《ほっ》しけるかも　斎藤　茂吉

犬が啼き居り乾草のなかにやはらかく首を突き入れ犬が啼き居り　北原　白秋

乾草の匂ひを嗅げり故郷に母をつき放ち久しく逢はず　坪野　哲久

干草を納屋に収むるゆたけさも甦り来よ壮時《さだ》の仕事に　島田　修二

干し草のつまるサイロの朱の屋根をしづかに雲の輝きて触る　石橋　妙子

見のかぎり白き乾草を集むると濃き雨雲に追はれつつをり　石川不二子

乾草も集めねばならぬ飯も炊かねばならぬもろこし畑には鳥が来る　石川不二子

道ばたに刈りて束ねて干してあり束ねてあればどれも秋草　河野　裕子

かさ〔傘《かさ》〕　梅雨どきは傘を手放せない。**蝙蝠傘《こうもりがさ》**（**蝙蝠**ともいう）、**折りたたみ傘**、**ワンタッチ式傘**などがあり、色も黒から明るいものまであり、形も多様である。英語で**アンブレラ**という。

見おろせば顔見えぬ人らが鈍重に濡るる蝙蝠《かうもり》傘をさしかざしゆく　初井しづ枝

おびただしき蝙蝠を吐き街にしづむ小さき窓にまた

雨は沈む　浜田　到

悲しみと言ふならねどもアンブレラその紅《くれなゐ》の裏返りつつ　高嶋　健一

傘を振り雫はらえば家の奥に父祖たちが低き「おかえり」の声　佐佐木幸綱

蝙蝠傘《こうもり》のしずくながれてゆれるたび翳《かげ》のひろがる地下鉄の床　小高　賢

折りたたみ傘をたたんでゆくように汽車のりかえてふるさとに着く　俵　万智

なつごろも〔夏衣《なつごろも》〕

夏に着る和服である。木綿、絹、麻などいろいろある。夏衣《なつぎぬ》、夏着《なつぎ》ともいう。

いのちありて今年わが着る夏衣すゞしき風をよろこびにけり　太田　水穂

若葉さす町のひかりの夏衣うしろ姿のよく似てをりき　大井　広

病人《やまうど》にかかはりもなし夏衣軽らかに人はあゆみいそげり　吉野　秀雄

暑苦しく花みだれ草木ふしをれど今日君のため黒き絽の着物着る　前川佐美雄

夏衣目に立つほどにみもごりし妻伴ひて夕べあるきぬ　中島　栄一

リルケなど好まざりける晩年の姉に翡翠《かはせみ》のなつごろも　塚本　邦雄

むくろじの森に夏衣忘れきぬ月させば白き笛の音やせん　馬場あき子

夏衣粋紗《すいしゃ》のすそをひるがへしわれは女《め》なれば女坂ゆく　筒井　紅舟

ひとえ〔単衣《ひとへ》〕

裏地をつけない夏の着物。単物《ひとえもの》ともいう。初夏から初秋へかけて着る。

とりいでて肌に冷たきたまゆらはひとへの衣つくづくとうれし　長塚　節

残暑なほ単衣の肌に汗ばめど磯の木蔭に鳴く蜩もなし　土田　耕平

仕上げたる四身《よつみ》の単衣見よといふこのをさな児は生ひたちにけり　橋本　徳寿

白き絣の単衣を着むか藤の花咲けば近づく茂吉追慕の日　扇畑　利枝

橋本徳寿の歌の「四身」は四歳前後から着る子供の

着物。扇畑利枝の歌の「茂吉追慕の日」は五月二十五日の斎藤茂吉の忌日。

なつばおり〔夏羽織《なつばおり》〕　夏の単衣《ひとえ》羽織である。布地により、**麻羽織**、**絽《ろ》羽織**、**紗《しゃ》羽織**などともいう。男物は黒、鉄無地が多く、女物は黒のほか、美しい色合いのものが多い。正装などに着る。

おろおろと忌の夏羽織着て坐るわが後姿《うしろで》もあはれなるべし　木俣　修

なつおび〔夏帯《なつおび》〕　夏に用いる婦人帯。生地が薄くて軽く、幅の狭いものが好まれる。一重には博多、綴織《つづれおり》、西陣御召、紬織《つむぎおり》など、名古屋帯には麻、絽、紗などがある。**単帯《ひとえおび》**、**一重帯**ともいう。

たまたまは絣《かすり》のひとへ帯締めてをとめなりけるつつましさあはれ　長塚　節

夏の帯砂《いさご》のうへにながながと解きてかこちぬ身さへ細ると　吉井　勇

三重《みへ》まはる帯の淋しさ恨めしさ青葉がほそる身に沁み渡る　今井　邦子

吉井勇の歌の「かこちぬ」は嘆き恨んで言った。

なつたび〔夏足袋《なつたび》〕　夏に用いる足袋。絹、麻、キャラコ、木綿などがあり、裏に薄い木綿を用いるものが多い。

夏足袋の汚《よご》れすすがむ母上の痩《や》せしみ足をなでて思へる　生方たつゑ

なつふく〔夏服《なつふく》〕　夏に着る洋服である。麻、木綿など軽い薄手の織物で作られる。婦人の服装はことに明るく、形、色彩ともに豊かになる。**夏シャツ**、**サマーセーター**。

夏服の涼しき良しと母の出すを児は小癪なることいひて著ず　鹿児島寿蔵

あたらしい麻の背広にかしましく袖を通してふり返りたり　山崎　方代

記憶なき酒場のマッチかくしより出でたる黒き夏服を着て　岡部桂一郎

夏シャツに草架つけしまゝ帰るわれに敗者の魅力はなきか　寺山　修司

背を向けてサマーセーター着るきみが着痩せしてゆくまでを見ていつ　吉川　宏志

なつぼうし　〔夏帽子《なつぼうし》〕

夏に用いる帽子である。**麦藁帽子、カンカン帽、パナマ帽**や**登山帽**、学生の**夏帽**などがある。

夏ぼうしかぶりてゆきし吾子の顔しみ〴〵見えて暗き家かな　今井　邦子

かなしみの遠景に今も雪降るに鍔《つば》下げてゆくわが夏帽子　斎藤　史

箪笥一つ真新しきに載りてゐる赤き夏帽子かぶることなく　高安　国世

髪そしてちちのむなしさを知りながら夏帽子目深く歩みゐたりき　河野　愛子

離れ雲いつかつながり大いなる白き帽子の動く夏ぞら　蒔田さくら子

若き人は鍔《つば》鮮しき夏帽をわれは日傘を深くさしをり　稲葉　京子

ころがりしカンカン帽を追うごとくふるさとの道駈けて帰らむ　寺山　修司

初夏の帽子屋きみの夢に来てみずみずし明日を予感する目は　佐佐木幸綱

夏帽子すこしななめにかぶりゐてうつ向くときに眉は長かり　河野　裕子

夏帽子かぶらぬ君に降り来たる古鏡《こきやう》砕片《さいへん》なほもうつし世　水原　紫苑

むぎわらぼう　〔麦藁帽《むぎわらぼう》〕

夏、農作業などや海浜、高原、また街中でもかぶる日除け用のつばの広い帽子。麦藁を真田紐《さなだ》のように編んだ麦藁真田で作る。裸麦・大麦の麦稈《ばっかん》が最良品で、編み方により、菱物・平物・角物・細工物などある。婦人用はリボンが巻いてある。**麦藁帽子**。

枇杷の実をかろくおとせば吾弟《わおと》らが麦藁帽にうけてけるかな　北原　白秋

多摩川のながれのかみにそへる路《みち》麦藁帽のおもき曇り日　若山　牧水

小海線の電車の窓からふんわりと麦藁帽子がころげ降りたり　山崎　方代

青い陽の白い縞目のパピプペポ麦藁帽が石の上にある　加藤　克巳

戦争に失ひしもののひとつにてリボンの長き麦藁帽子　尾崎左永子

わが夏をあこがれのみが駈け去れり麦藁帽子被りて

眠る　寺山 修司

麦藁の帽子に風を集むれば北国の風秋づくはやし　清原日出夫

夏藁帽ふたつ小さく遊ぶ野をてのひらにふかく蔵ひて帰る　小島ゆかり

思い出の一つのようでそのままにしておく麦わら帽子のへこみ　俵 万智

大いなる俗　炎天にこそ生るれ造り花挿す麦藁帽子　紀野 恵

なつのてぶくろ〔夏《なつ》の手《て》袋《ぶくろ》〕

夏の礼装用または装飾用の手袋である。絹、レース、透けて見える網手袋などがある。**夏の手《て》套《ぶくろ》**。

卓の上にたれか忘れゆきし夏の手套暗示めきつつ夜の灯ににほふ　木俣 修

流亡の相《さう》と言はれし中指の渦紋も夏の手袋に秘む　大西 民子

なつざぶとん〔夏《なつ》座《ざ》布《ぶ》団《とん》〕

夏用の座布団である。涼しげな模様を選び、縮《ちぢみ》織《おり》などで小ぶりに薄く作る。**麻座布団**、**藺《い》座布団**ともいう。

独り住むわれの対ひにおく座椅子夏くれば夏の座布団を据う　麻生 松江

なつぶとん〔夏《なつ》蒲《ぶ》団《とん》〕

夏用に綿を薄くし、絹、麻、絽などを用いて、見た目にも涼しげに作られた蒲団。**夏衾《なつぶすま》**ともいう。最近はタオル製などの**夏掛《なつがけ》**を用いることが多い。

祖母《そぼ》も父も貧しきさまに死にゆきぬ吾は夏蒲団着つつ今夜《こよひ》寝る　土屋 文明

なつもの〔夏物《なつもの》〕

夏季に用いるもの。また、夏季に出回る商品。さらに夏着る衣服についてもいう。

わが妻は蚊蟵と蒲団と買ひて来ぬ今日夏物のやすくなれりと　土屋 文明

すだれ〔簾《すだれ》〕

夏、障子や襖を取りはずした室内のへだてにしたり、また日光をさえぎり通風をよくするために垂らすもの。細く割った竹や葭《よし》などを糸で編んで作る。山水や草花などを描いた**絵簾**もある。**青簾**、**竹簾**、**葭簾**、**垂《たれ》簾**、**古簾**ともいう。

すだれ越しに真夏八月の光をば息をしづめて眺め坐り居り　水野　葉舟

わが家を外より見たりすだれ透《す》きてともしび明しわがこもる家　三ヶ島葭子

古簾檐《のき》に釣垂《つりた》れあしびきの山のすずしさを人はたのしむ　吉野　秀雄

夾竹桃やがて花咲くわが狭《さ》庭風の垂簾古く重しも　坪野　哲久

黍の葉にひとときひるの風絶えてミシン踏む簾垂れし家あり　中島　栄一

老いたりとて女は女　夏すだれ　そよろと風のごとく訪ひませ　斎藤　史

厢より重くたれれたる夜の簾逝きたるものは人および刻　岡部桂一郎

季《とき》きぬと去年《こぞ》の簾を開きしが枯れし朝顔の蔓をこぼしぬ　上田三四二

耳長き狐の影絵動かせば簾に月の光はとどく　大崎　瀬都

よしず〔葭簀《よしず》〕

夏の強い日ざしを避けるため、店先に立てかけたり、軒に差し出したり、浜辺の小屋の周りを囲ったりするもの。葭を太い糸で編んで作る。**葭簀張る、葭簀小屋、葭簀茶屋**ともいう。

夕されば裏の葭簀をはたはたと煽《あふ》りし風もいつか落ちけり　北原　白秋

ま陽弾《はぢ》く砂原もややに翳《かげり》させば葭簀ならして潮の風ふく　生方たつゑ

葭簀より雨のしたたる涼しさもわびしさも幼なかりし日のまま　高安　国世

大久保坂すぎ顧みぬ葭簀はりて商ふ人ありし今日は見るなし　清水　房雄

とういす〔籐椅子《とういす》〕

籐の茎などで編んで作った椅子。見た目も涼しく、手ざわりもよい。大形で仰臥できるものを**籐寝椅子**という。廊下、ベランダに置くことが多い。

籐寝椅子取り出でて塵払ひをりこの夏もまたなまけとほさむ　前川佐美雄

小松菜の二葉は庭のいづくにも生ひ妻は籐椅子を願ひやまぬかも　小暮　政次

なごしのはらえ〔**夏越《なごし》の祓《はらへ》**〕　毎年六月晦日に行われる大祓の神事である。神社では参詣人に**茅《ち》の輪**をくぐらせて祓い浄める。夏越は和《なご》しの意で、邪神を和《なご》めるために行う呪術という。**名越《なごし》の祓《はらえ》**、**夏祓《なつはらえ》**、**みなづきのはらえ**などともいう。

あんず煮る夜はひそけくて一対のこだまのための夏越の祓　　山中智恵子

かたしろ〔**形代《かたしろ》**〕　六月晦日の夏越の祓などのとき、川に流すために白紙で作った人形《ひとがた》である。これに自分の名を記して身体を撫でると災いや穢《けがれ》が移るという。撫物《なでもの》、贖物《あがもの》、俑《よう》ともいう。

形代のやがて生身となるまでをいちまいの刃のごとき風吹け　　永井　陽子

七月

夏

七　月　夏

なつやかた〔夏館《なつやかた》〕　緑陰につつまれ、泉水などのある邸宅を想像するが、ふつうの家でも夏らしく装った涼しげな外観の家をいう。**夏の家**。

白き扉ひらく樹の間の夏館髪うすくなりてふたたびも来つ　木俣　修

陽とともに沈む水辺の〈夏の家〉クレエは描きし、対話の家よ　山中智恵子

なつざしき〔夏座敷《なつざしき》〕　襖、障子をはずして、葭簀障子を入れたり、簾を下げたり、風通しよく、見るからに涼しげな、座敷である。

くらやみの夏の座敷に煙草の火二つ見えゐき父と祖父との　花山多佳子

なつのろ〔夏《なつ》の炉《ろ》〕　山小屋や避暑地、また北国では夏も炉をふさがず、雨の降る小寒い日など、必要に応じて炉を焚く。**夏炉《なつろ》**、**夏炉《かろ》**。

火の山の太古のつたへきく夏炉《かろ》に生木《なまき》は爆ぜていぶりつづくる　木俣　修

家古く死は決定《けつぢやう》と夏の炉の灰かきならし何を書くべき　坪野哲久

おうぎ〔扇《あふぎ》〕　**扇子《せんす》**ともいい、涼《りよう》をとるもの。また礼用、**舞扇《まいおうぎ》**などもある。白地のものは**白扇《はくせん》**、絵の描いてあるものは**絵扇《えおうぎ》**、使い古した去年のものは**古扇《ふるおうぎ》**という。

絵扇に君がたましひ歌はあれど糸にのらねばただ諳《そら》によむ　与謝野鉄幹

説法《せつぽう》の大方丈のしづけさに閃めかしたる扇すずしき　太田　水穂

心のみあふれゆき街に扇選ぶ　光る彗星のやうに少年らすぎ　山中智恵子

ある限りの舞扇《あふぎ》開きて灯におけば光は動くわが部屋の中　富小路禎子

古都烏丸三条上ル夕つ方桔梗《きちかう》咲かす扇選びぬ　高橋　幸子

たたまれし扇をひらきゆくやうに自筆年譜を書くはくるしゑ　雨宮　雅子

与謝野鉄幹の歌の「糸にのらねば」は三味線や琴などの糸にのらないので。音曲《おんぎょく》（俗曲）ではないことをいう。太田水穂の歌の「大方丈」は寺院の住職の大きな居室。

うちわ〔**団扇**《うちは》〕　扇は外出のときに携帯するが、団扇は主として家の中で涼をとる。円形が多く、楕円形や方形もある。絵を描いてある**絵団扇**、絹張りの**絹団扇**、渋を引いてある**渋団扇**などある。使い古した去年のものは**古団扇**という。

わがおくる団扇の風に額髪《ひたひがみ》しづかに吹かれ吾児は寝にけり　栗原　潔子

息絶えし汝《なれ》の面《おもて》の蚊を追ふと破れ団扇をわがはためかす　吉野　秀雄

すこしたのしき買物をせり手づくりの団扇みつけて黄と紺と二つ　吉野　昌夫

はなござ〔**花茣蓙**《はなござ》〕　いろいろの色に染めた藺《い》で、山水や草花などの模様を織り出したござ。板の間や縁側などに敷いて用いる。**絵筵**《えむしろ》ともいう。花見に敷くものは**花筵**という。

真昼まも眠る他《ほか》なき失墜に花絵炎えたつ茣蓙売りにくる　安永　蕗子

リヤカーを押しつつ路をまがり来る花茣蓙売の真顔なりけり　安立スハル

ねござ〔**寝茣蓙**《ねござ》〕　暑い夜、蒲団の上に敷いたり、昼寝用に畳の上に敷いたりして寝るござ。**寝筵**ともいう。

少年のころ裸《はだか》にて父のゐしごとく寝蓙《ねござ》のうへに夜涼まむか　早川　幾忠

ハンモック　緑陰の立木や屋内の柱に両端を吊り、目の粗い網を張ったもの。読書や昼寝をすると心地よい。**吊**《つり》（**釣**）**床**《どこ》、**寝網**《ねあみ》ともいう。

釣床やハイネに結ぶよき夢を小《ち》さき葉守の神よのぞくな　尾上　柴舟

めざむれば花は額《ひたひ》に胸に手に誰がいたづらぞ釣床の夢　相馬　御風

尾上柴舟の歌の「ハイネ」はドイツの詩人。訳詩五十篇の『ハイネノ詩』は明治三十四年（一九〇一）に出版された。

ひよけ〔日除《ひよけ》〕　ベランダ、窓、店頭などに取り付けて、夏の強い日ざしをさえぎるもの。**日覆《ひおおい》**ともいう。

日除にと粉袋かけて見たりけりあはれこの貧しさにあくまでふさはし　松倉　米吉

日覆して竝べし植木に水そそぐ午後のしぐさの此処もやさくし　吉田　正俊

窓べには仙人掌《さぼてん》の花日覆のだんだら縞やわが夏帽子　斎藤　史

昼近き空の青さに張られゆく日覆《ひよ》けよわれの欲望あかるし　中城ふみ子

ひがさ〔日傘《ひがさ》〕　夏の暑い日ざしをさえぎるため、婦人が用いる傘。**パラソル**ともいう。絵や模様のあるものは**絵日傘**という。海水浴場の砂浜に挿す大日傘は**ビーチパラソル**、**砂日傘**という。

少女子は日傘畳みて藤棚の藤のしだりをわけ入りにけり　服部　躬治

絵日傘の夕日につゞく四条橋昨日の歌のぬしはいづれぞ　尾上　柴舟

あやめ見に夏パラソルの水をゆく五月ある日の葛飾のみち　太田　水穂

むらさきの日傘すぼめてあがり来し君をし見れば襟あしの汗　川田　順

水色の渦の日傘し宇治川の川そひをゆく二人の女　九条　武子

松の風吹き光り——吹き光り　パラソルをこぼれる明るい顔　五島　茂

萱ひかる丘を越えつつ吾は見きパラソルの下に汗あゆる妻を　五味　保義

パラソルを傾けしとき碧ぞらを雲ながれをればふとほほゑみぬ　前川佐美雄

白い地球儀のかげに海べがあれば少女よ日傘をひろげよ　中野　嘉一

日盛りの道のむかふに華やかに絵日傘売りが荷を置きにけり　佐藤佐太郎

昼の休み来りし汝をともなへり汝の日傘を吾はさげつつ　近藤　芳美

ベッドの上にひとときパラソルを拡げつつ癒ゆる日あれな唯一人の為め　河野　愛子

音に開くパラソルの弧をささやかな砦となして今朝の初夏　持丸　雅子

パラソルのちいさき影のあやうさやうつろう時をひとり歩めり　沖　ななも

はるかなる舞台のひとにパラソルをかざせり野辺もゆめならなくに　水原　紫苑

まへをゆく日傘のをんな羨《とも》しかりあをき蛍のくびすぢをして　辰巳　泰子

服部躬治の歌の「藤のしだり」は藤の花のしだれ。

サングラス

夏の強い太陽光線から目を守るために掛ける色のついた眼鏡。アクセサリーとしても用いる。**日よけ眼鏡**ともいう。

サングラスはずしてわれの真向かえる樹林は青き天をいただく　川口　常孝

サングラスはずして見れば朱の色のほのぼのとして小さき赤富士　川口美根子

サングラスかけゆきし峡の空忘れむとせしことも遥けし　遠役らく子

反戦詩読めばやさしき地下鉄の青年がかけしサングラスまた　佐佐木幸綱

終日を涙のやまぬ目を隠す黒いサングラスひとり遊びの　蒔田　律子

サングラスかけて出づれば透明のわれかもしれず回転扉　吉岡　生夫

隕石を義眼にちりばめいつの日か星となるまで夜のサングラス　大下ユミ子

けむしやく〔毛虫焼《けむしや》く〕

庭木や果樹の葉・茎を食う毛虫には毒のあるものもある。薬を撒布したりして駆除するが、大発生したときには竿の先に油の染みた布きれをつけて、それを火で燃やし、焼き払う。

燐枝《まち》すりぬ赤き毛虫を焼かむとてたゞ何となくくるしきゆふべ　若山　牧水

梅雨どきの木のもと早き夕闇に毛虫焼く火がせつなく赤し　木俣　修

池の辺の椿の新芽につきし毛虫妻の焼き居り朝早くより　小松　三郎

あさがおいち〔朝顔市《あさがほいち》〕　七月六日から八日まで。東京入谷の鬼子母神境内で朝顔市が開かれる。早朝より鉢植の朝顔を売る店が並び、人出で賑わう。明治時代に近在の植木屋が始めたという。

　死は蹣跚《まんさん》とわれのしりへをあゆみけり朝顔市に晝の燈《ひ》ともる　　塚本　邦雄

かたみなる露命はなやぎ仮棚に朝顔ひさぐ市のたつ街　　朝倉　綾子

反抗期近づきし子と我れと行く朝顔市にあさがほ開く　　内山　晶太

　塚本邦雄の歌の「蹣跚」は足もとがよろめいて、ひょろひょろと歩くさま。朝倉綾子の「かたみなる露命はなやぎ」は形見の品のようなはかない命の朝顔の花が華やいで、の意。

ほおずきいち〔鬼灯市《ほほづきいち》〕　七月九日、十日。東京浅草観音（浅草寺）の境内には鉢植のホオズキを並べて売る市が立つ。**酸漿《ほおずき》**市《いち》とも書く。七月十日は浅草観音の**四万六千日**に当たり、この日にお参りすれば四万六千日参詣したと同じ功徳があるといわれ、大勢の参詣人で賑わう。

したしみぬすずみびらきの川花火酸漿市のほほづきの色　　与謝野晶子

浅草の酸漿市も過ぎたりと妹《いも》の言ふことこよひさびしも　　吉井　勇

十朱幸代君が唱えば浅草の鬼燈市の夜は闌けてゆくなり　　山崎　方代

くさや嚙む帰りたきかな東京に四万六千日こおし浅草　　山埜井喜美枝

ほほづきの鉢をかかへるひとの頭《つ》のほどのおもさをたのしむゆふべ　　水城　春房

あさくさは四万六千日さにづらふ異邦の少女も鬼灯あがなひ　　朝倉　綾子

　与謝野晶子の歌「すずみびらきの川花火」は、隅田川の川開きをいう。

ふじもうで〔富士詣《ふじまうで》〕　七月一日が富士山の山**開き**である。近年は登山のために登るが、昔は信仰のために陰暦六月一日から二十一日まで登り、山頂の富士権現社（祭神は浅間大神、木花開耶姫命《このはなのさくやひめのみこと》）に参詣した。今も富士講を組み、白衣を着て鈴を振り、六根清浄を唱えながら登る人々が多い。

富士詣かへり来る日と産土の森賑はしき笑ひ声かな　佐佐木信綱

とざん〔**登山**《とざん》〕

山登りは、古くは山岳信仰によったが、現在はスポーツと趣味をかねた夏山登山、縦走などが多い。登山服に登山帽と登山靴で、リュックサックの装備をして、ピッケルを突いて登る。

槍ケ岳そのいただきの岩にすがり天《あめ》の真中《まなか》に立ちたり我は　窪田　空穂

山刀《なた》ふりて矮樹《わいじゅ》きり払ふうしろよりひたに吾が行く木のくれ闇を　川田　順

匂はしく赤松立てりこの朝の登山のこころなごみ来らしも　古泉　千樫

月山《がっさん》を登りてゆけばくしきかも天津雲原《あまつくもはら》目の下に見ゆ　結城哀草果

吾がのぼる山のなぞへを天霧《あまぎり》のはれゆくなべに峯あらはるる　藤沢　古実

谿々の残れる雪の黄《き》ばみ見ゆすでに夏山富士の高根は　山口　茂吉

昏れゆくや暗める富士の頂に人がともす灯またたきそめぬ　窪田章一郎

鎖場につづく鎖場に鎖つかみつかみて岩を踏まへつつ攀《よ》づ　片山　貞美

なつやまが〔**夏山家**《なつやまが》〕

山の麓や高原の林の中にあり、夏の間だけ住む家。**夏山の家**、**山の家**、**山荘**《さんそう》、**ロッジ**などともいう。

ほととぎす雨山荘を降りめぐる夜もまた次の暁も啼く　与謝野晶子

わが心やや平《たひら》ぎぬ山荘《やまのいへ》の畳を這へる蟻をし見つつ　山口　茂吉

山荘《やまのいへ》の畳に月の出ることも君がへにして心しづけし　佐藤佐太郎

還らざる吾が八年を待ちて居し汝《な》と妹の山荘《ロッジ》は朽ちぬ　前田　透

山口茂吉と佐藤佐太郎の歌の「山荘」は箱根の斎藤茂吉の山荘である。

キャンプ

夏、山や高原、海岸、湖畔などに**テント**を張り、自炊や**キャンプファイア**などをして楽しむこと。**キャンプ場**には夏のあいだ沢山のテントが立つキャンプ村ができる。また、宿泊用の簡易山小屋の**バンガロー**も開かれる。

暗くなりて湖を渡りし若きどちキャンプすらしも火を焚きはじむ　　栗原　潔子

いりくめる入江の奥にキャンプして人は炊ぎの煙あげゐる　　木俣　修

飯盒に煮えゐる飯《いひ》をのぞきをり形成《な》しくる恥に耐へつつ　　田谷　鋭

湖畔生きいきとして新しき墓群のごとし青年ら天幕張れる　　塚本　邦雄

こんちゅうさいしゅう〔昆虫採集《こんちゆうさいしふ》〕

夏、山野などで昆虫を捕えて集めること。**捕虫網《ほちゆうあみ》**、**黐竿《もちざお》**などを使って、蝶や蟬、トンボを追いかけて採取し、飼育したり標本にしたりする。最近はデパートで兜虫や鍬形虫などを売る時代になった。

七月二十六日の夜の灯《ひ》にあつめたる甲虫米搗虫一本背筋雀　　岡部　文夫

もち光るもち竿が草に置かれあり此処に遊びしか少年達は　　田谷　鋭

捕虫網持つ少年が歩みをり埋め立てし海の上の草はら　　河野　愛子

君と浴みし森の夕日がやはらかく捕虫網につつまれて忘られ　　塚本　邦雄

宿題の昆虫採集を手伝ひつつ少年と行けば風に消ゆる蝶　　安立スハル

木の花の匂いのひびき　じりじりとスキバスズメガを狙うその網　　岡井　隆

捕虫網かざしはつなつ幼きがわが歳月のなかを走れり　　雨宮　雅子

日あたりて遠く蟬とる少年が駈けおりわれは何を忘れし　　寺山　修司

捕虫網うすくらがりにわづか伸びとほき池より虫の生れくる　　苔口ゆうり

かたびら〔帷子《かたびら》〕

生絹《すずし》、麻布などで仕立てた夏に着る風通しのよい一重の衣服のこと。**上布《じようふ》**は細い麻糸を平織にした上等な麻布で、薩摩上布、越後上布などが有名である。**芭蕉布**は沖縄・奄美大島特産の芭蕉の繊維で織った淡茶無地または濃茶絣の布。

父が着し薩摩上布のかたびらの紺の色よし古びてなほよき　　水野　葉舟

みずからの身に餞《はなむ》くる能登上布、芭蕉布の類ためらうなかれ　　片山恵美子

うすもの〔羅《うすもの》・薄物《うすもの》〕

紗《しゃ》や絽《ろ》などの透けて見えるような薄織の絹布で作った夏用の一重の衣服のこと。下に着ている白地が透けて気品があり、涼しげである。軽羅《けいら》ともいう。

水にさく花のやうなるうすものに白き帯する浪華の子かな　　与謝野晶子

うすものの裳裾を袖をこぼれては螢みだるるおもだかの池　　相馬　御風

木屋町の夏のゆふぐれうすもの丶たもとにえりにふきしゆふ風　　九条　武子

夏の夜のうす紫のうすもののうすき情《なさけ》の君をわすれず　　吉井　勇

君来まさず宵《よひ》のままなる羅《うすもの》にやや肌寒しこほろぎの声　　岡本かの子

ゆらゆらにゆれて我身のかげらふと夏うすものの布ぎれまとふ　　斎藤　史

暑さにはひた向うべし薄ものを纒いて夏の中国に行く　　片山恵美子

海の伽藍にわれをいざなへ晩涼の軽羅なまなましき老火夫　　塚本　邦雄

疾風に逆ひとべる声の下軽羅を干して軽羅の少女　　相良　宏

あぱーとの窓に軽羅は饐えり酸ゆし小市民的幸福論は　　石田比呂志

ゆかた〔浴衣《ゆかた》〕

夏季または入浴後に着る木綿の単物。白地に藍色で柄を染めたものが多い。湯帷子《ゆかたびら》を略した語で、昔は入浴時や湯上がりに着たが、今は浴衣に下駄ばき姿で外出もする。

川べりに水を眺むるうしろつき、浴衣の白《しろ》の暮れずありけり　　金子　薫園

茶の間《ま》の暗き灯《ほ》かげに水蜜桃《もも》はめば妻が浴衣のまづしきをあはれ　　新井　洸

弟が遺しし浴衣を幾枚も夜中に着更ふ寝汗に濡らして　　窪田章一郎

髪染めし少女いくたり浴衣着て青き花火をかこむ路

地裏　　宮本栄一郎

ハンガーに掛け置くゆかたわれよりも肩いからしてゐて夜の壁　　吉野　昌夫

妻なりし過去もつ肢体に新しき浴衣を存分に絡《から》ませて歩む　　春日真木子

君がまだ知らぬゆかたをきて待たむ風なつかしき夕べなりけり　　馬場あき子

着流しの紺の浴衣の絵模様の白き波濤に濡るると思へ　　西村　尚

浴衣着て紅の帯　少女さぶる子は毒舌を残しゆきたり　　石川不二子

日に干してぬくみの残る父の浴衣夕べ吾が着て君に逢ひたり　　斎藤　彰詰

しのびよる雷鳴あれど金魚絵の浴衣こよひふたり子つつむ　　小池　光

浴衣きてうつくしかりし日のことを忘れず　忘れたしとつたへよ　　吉岡　生夫

しろがすり〔白絣《しろがすり》〕　木綿または絹の白地に、紺や黒の絣模様を配した布地のこと。涼しげに見えるので、夏の衣服に仕立てる。

弟の寝巻に着にし白絣この筒袖を形見とぞ着る　　窪田章一郎

筒袖は、袂《たもと》がなくて全体を筒形に仕立てた袖の衣服。つつっぽ。

あせ〔汗《あせ》〕　夏は気温が高く、とくに日本は湿度も高いので、じっとしていても汗が流れる。**玉の汗**、**玉汗**は額などにかく玉のような汗。**汗《あせ》零《あ》ゆ**は汗がしたたり出る。汗あえて、汗あゆる、とも用いる。**汗みどろ**は全身が汗まみれになること。他にも**汗の香《か》**、**汗ばむ**などとも用いる。

くらき夜や線路工夫の汗あゆる裸《はだか》見えをりカンテラの灯《ひ》に　　宇都野　研

肉太《ししぶと》の君の写真を目守《まも》るとき汗はしとどに出でゐたりけり　　斎藤　茂吉

向日葵の花にかけ干す仕事着のしたたる汗は乾きたるらし　　吉植　庄亮

人妻のすこし汗ばみ乳しぼる硝子杯《コップ》のふちのなつかしきかな　　北原　白秋

滴《したた》り滴《したた》る汗の、／快《こころよ》さよ。／佇《たたず》みて、しばし、拭《ぬぐ》はず。　　土岐　哀果

人間の流すべき汗をながしつくし予備兵われはかなしかりけり　半田　良平

梢曳きて肌着に蒸るる汗の香は毛ものの馬の香を放つなり　中村　柊花

たまさかの旅の一日《いちにち》木の蔭に入りて汗を拭く和服の妻は　松村　英一

にじみ出て汗ねばねばし息づまる草のいきれに蒸されて歩む　植松　寿樹

ひる寝してたまれる汗をふきたれば胸毛はいたく白くなりたり　土屋　文明

炎天のちまたをゆけば全《また》く癒《い》えしわれの額《ひたひ》に玉汗みだる　吉野　秀雄

肝《きも》すゑていまはいふべしと暑き夜ふけ汗にまみれつつ文字つづりゆく　木俣　修

口うつしに犬に食はしめ汗は垂る凡夫偏愛の炎暑ののくらし　坪野　哲久

蕁草《いらくさ》のごとき神経を刈りはらひ汗したたれば　青き千曲川　斎藤　史

あわれ何事もなき赤き月われはオイル・サーディンのごと汗にまみれて　高安　国世

癒えて夏、胸厚くならば少年と直線走路に流さん黄《き》金《ん》の汗　前田　透

噴き出づる汗を小鼻の上に溜め妻よ汝にも新鮮さあり　千代　国一

ひとりゐに何に愕く胸乳のあはひの汗をぬぐひたりしが　森岡　貞香

鉄骨を地に打つ音をくり返し裸体の汗は街に匂わず　武川　忠一

死者なれば君等は若くいつの日も重装の汗したたる兵士　塚本　邦雄

濯ぐ手の甲もて額《ぬか》の汗ぬぐふ主婦といふこの生ぐさきもの　上田三四二

うなじよりしたたる汗は血のごときねばりをもちて背にくだりくる　岡野　弘彦

汗したたる家族のなかにしろがねの凹《くぼ》地となりてかなしゐわれは　岡井　隆

一日を共に働きし馬の背に流れし汗の塩かたまれる　石川不二子

サアカスの牝豹にげだしたる夏をマダムふとれり汗ばみながら　寺山　修司

奴は女くったくのない瞳さえ俺の裸身の汗に裂かれき　佐佐木幸綱

酔えば顔に汗は流るる今すこし良き仕事をして会いたきものを　大島　史洋

汗のシャツ枝に吊してかへりきしわれにふたりの子がぶらさがる　時田　則雄

劣等の感情われに突きつけて汗垂れて少年の噴くごとき黙　米川千嘉子

びっしりと汗の貼りつく半身を見てやりたくて男を待てる　辰巳　泰子

半田良平の歌の「予備兵」は、もと日本の軍隊の予備役《えき》の兵士をいう。現役を終えてから必要に応じて召集される。

ハンカチ

ハンカチーフの略。**ハンケチ**ともいい、汗をぬぐったり、手をふいたりする布。四季を通じて用いるが、夏は汗拭きとして、ことに必要である。**手巾**、**手帛**（絹地）とも書く。

涼みすとこよろぎの磯辺歩きしが妻は手帛をなくして帰る　川田　順

渡されしハンカチを持ちて家を出づいかなる汗を今日は拭くべき　山下　陸奥

かの時のハンケチひそと開き見て雨後に立ちたる虹の香をかぐ　前川佐美雄

ハンカチ幾枚ためて夜更けに洗へるを隣室の女見て通りたり　大西　民子

叔母はわが人生の脇役ならむ手のハンカチに夏陽たまれる　寺山　修司

湯を浴みしときに洗ひしハンカチは満月ちかき夜空にひらく　江口　百代

しろぐつ〔白靴《しろぐつ》〕

夏用の白い靴。皮製、ビニール製、布製があり、足もとを涼しげにするためにはく。

ビニールの白靴はきて雨の日を村に帰らむ少女見送る　大野　誠夫

白き靴沼のほとりに埋もれをり身籠りてゐる靴にあらずや　栗木　京子

ふんすい〔噴水《ふんすい》〕

庭や公園などの池にあり、水がいろいろの形に噴き出る装置。高さや水勢が刻々変化したり、夜間は照明で彩《いろど》るものもある。四季を通じて見られるが、夏はことに清涼感を与える。**吹上げ《ふきあ》**（**噴上《ふきあげ》**）、**噴泉《ふんせん》**ともいう。

ベンチからをんなが立つて行つたので今は噴水のおとが聞こえる　前川佐美雄

放射路のどれもが集まる広場なればまんなかに噴水はまるくひらきぬ　斎藤　史

夏浅き街の噴水の尖端に打ち上げられている鳩一羽　高松　光代

噴水の四筋あかるきに近づけば同じ形に九つのぼる　高安　国世

定形を守るさびしさ屋内の噴水風に乱るる時なし　佐佐木由幾

噴水を霧となびかせ逃げてゆく風の背後のたまらなき青　加藤　克巳

さまざまに生きて身内に溜るもの沙石を揺りて街の噴泉　安永　蕗子

噴上の水かがやきて散る下はいつまでも争はぬ水禽の世界　高木　善胤

わがこころを支へてたかき噴水の水柱は不意にところをかへぬ　上田三四二

明日ありと思はれずゐるわが前に光たばねて噴水あがる　大西　民子

石皿に噴水の水あふれゆけば乳にむせたる記憶の欲しく　春日井　建

噴上《ふきあげ》の筋しろく立つ広場にてつばさ欠けたるひとら憩へり　高野　公彦

僧院にふきたまる蟬見つめ居り噴水にぬれてきたぼくたち　加藤　治郎

ふきい〔噴井《ふきゐ》〕

山近いあたりの水の吹き出ている井戸である。昔、一村の生活用水となり、夏には冷蔵庫代わりになった。**噴井《ふけい》**、**吹井《ふきい》**、**噴井戸**（**吹井戸**）ともいう。

噴井べのあやめの下《もと》のこぼれ水雀飲み居りあふるる水を　北原　白秋

声あげて子の走り入る園のうち遠き噴井の水散りてをり　高安　国世

ベランダ

家屋に沿って外側に張り出した縁。**バルコニー**は洋式建築で、室外へ張り出して作った、屋根のない手すり付きの台。ドイツ語で**バルコン**、訳語で**露台《ろだい》**という。また、**テラス**ともいう。

山しかと我れを抱《いだ》きぬ小河内の鶴の本湯《もとゆ》の丸木の露

台　与謝野晶子

ヴランダに地図をひろげてねむりゐぬコンゴの国はすずしさうなり　前川佐美雄

ヴェランダの早き夕餐《ゆふげ》やあひむかふ汝《な》が黒髪に触《さや》る涼風　木俣　修

バルコンに二人なりにきおのづから会話は或るものを警戒しつつ　近藤　芳美

良心なき保守をいきどほるバルコニーのこゑ少しふるへ風荒く過ぐ　大野　誠夫

ベランダの日かげにゐるは数日前座敷に迷ひ来し小蜥蜴　吉野　昌夫

陽に火照るベランダに寄りて南より吹き来る風に心なびかす　北島瑠璃子

真裸の童子の走るベランダを見上げをり夜を帰るバスの窓　小野興二郎

松カサの年々にして育つさまをわれは楽しむベランダの松に　大島　史洋

近藤芳美の歌は戦時下の陰惨な言論統制の時代を詠んでいる。大野誠夫の歌は戦後の昭和二十六年（一九五一）頃の作である。

すずみ〔涼《すず》み〕

夏、涼しいところを探し求め、暑気を忘れることである。**納涼**《のうりょう》ともいう。水のほとりの**川涼み**、**橋涼み**、**土手涼み**、**磯涼み**、**浜涼み**。風に当たる**縁**《えん》**涼み**、**門**《かど》**涼み**、**夕**《ゆう》**涼み**、**宵**《よい》**涼み**、**夜**《よ》**涼み**。涼み台を設けて**涼み将棋**をしたり、**納涼**《すずみ》**舟**を出したり、川の流れに突き出た川床《ゆか》を設けて**床**《ゆか》**涼み**をしたりする。納涼の催しも多い。**夕涼**《ゆうすず》、**涼む**などともいう。

すずみする四条の橋にやすらひて知らぬ人ともかたりつるかな　落合　直文

夏の日のあつもり塚に涼み居て病気なほさねばいなじとぞ思ふ　正岡　子規

夕涼《ゆふすず》の河岸のたたずみ細《ほそ》々しわがおもふ人のただ白く立つ　伊藤佐千夫

誰れが子かわれにをしへし橋納涼《はしすずみ》十九の夏の浪華風《なにはふう》流《りう》　与謝野晶子

浜涼み都より来し少女らのゆかたゆゆしき夜となりしか　吉井　勇

はしい〔端居《はしゐ》〕

暑さから逃れるため、縁先や縁台などに座り、風鈴の音を楽しみ、団扇を使って涼むこと。湯上がりの夕方、打水をした庭先などを眺める端居は格別である。

衣更へて端居し居れば蝦夷の人の手紙届きぬ花咲くとあり　正岡　子規

湯をいでゝ端居しをればわが顔にかすかに触れてゆく風のあり　太田　水穂

うつくしく悩ましかりし東京の夏もゆくらん夜の端居かな　窪田　空穂

合歓《ねむ》の葉はしぼみはてしを灯《ひ》ともさず端居に見ればすずしき君が目　新井　洸

はしゐするわがふところにかよふ風萩のわか葉はそよぎあふなり　吉植　庄亮

夕顔の咲ききる迄を無言にて見守るまとゐ縁に並びて　太田　青丘

太田青丘の歌の「まとゐ」は円居。大勢が並んですわること。団欒。

うちみず〔打水《うちみづ》〕　夏の真昼や夕方、ほこりをしずめ涼風を呼ぶために、庭先、路路、店先などに水を打つこと。草木の緑が蘇り、すがすがしい気分になる。**水打つ**、**水撒く**、**水遣《や》る**ともいう。

妻の病すこしよろしくなるままに庭の木草に水やりにけり　尾上　柴舟

打水に濡れわたりたる門《かど》にしてすずしく咲かす大き朝顔　窪田　空穂

庭石のくぼみにのこる打水や雀あしひたし羽搏《はばた》きあぶる　宇都野　研

水打てば青鬼灯《あをほほづき》の袋にもしたたりぬらむたそがれにけり　長塚　節

水やり日にあて或《ある》はかげに入れて十鉢《とはち》の花に心つくすも　川田　順

暑き日の夕ぐれどきに客ありて水撒く妻を庭に見にけり　半田　良平

水うちて涼しき庭のゆふまぐれ九谷大杯の骨酒《こつざけ》廻す　鹿児島寿蔵

水打ちて水ほとばしる午過ぎにあわれきりもむごとき性欲　永田　和宏

長塚節の歌の「したたりぬらむ」は、水を打ったのでその水が滴っているだろうの意。鹿児島寿蔵の歌の「九谷大杯」は九谷焼の大きなさかずき。「骨酒」は夕イ、アマダイ、アユなどの骨を焼いて熱燗にした酒に浸したもの。

さんすいしゃ〔**撒水車**《さんすいしゃ》〕 道路・公園などに水を撒きながらゆっくり走る自動車。「さっすいしゃ」が正しい読みかたであるが一般に「さんすいしゃ」という。**散水車**とも書く。**水撒き車**。

街にいでて酒にゑへども何《なに》なれや水撒きぐるまにもをののくこのごろ　斎藤　茂吉

撒水のいち早く消え道白く過ぎし孤独の日に続きをり　島田　修二

満身創痍の散水車月光の交叉点に立ち上りたり　高瀬　一誌

ぎょうずい〔**行水**《ぎやうずい》〕 暑中などに、湯や日向《ひなた》水を入れたたらいに入り、身体の汗を流すこと。庭先や風呂場などでする簡単な湯浴みである。

今年を咲かざりしあやめ行水する盥のへりに青き葉をのす　稲森宗太郎

行水の湯わかす反古に故郷《くに》からの無心の手紙あり焼きすてがたし　坪野　哲久

みずぶろ〔**水風呂**《みづぶろ》〕 沸かしていない、水のままの風呂。汗を流し去るために、前夜の風呂の水をかえないまま、昼に入ることが多い。

麦の香のしみし五体を水風呂に沈めてあれば子が潜りきぬ　時田　則雄

はたとせのむかしなれども水風呂に低く唱へる父といふ謎　小池　光

かみあらう〔**髪洗ふ**《かみあらふ》〕 髪を洗ったあとはさっぱりする。ことに夏は気分がよい。長い黒髪を梳る姿は艶である。**洗い髪**ともいう。

あらひ髪風にふかせて釣殿に蓮見る人やすずしかるらむ　落合　直文

いとせめてすこし心のなやみさへ落つるものかと髪あらひけり　岡本かの子

吾が亡きがらに斯くしとしととあらむ髪思ひて淋し髪洗ひつつ　河野　愛子

いもうとよ髪あらふとき火あぶりのまへのジャンヌ

の黒きかなしみ　　　塚本　邦雄

洗ひ髪吹かれゆく路地に人来ればかまへなき吾が羞《やさ》しき貌す　　富小路禎子

残りたる時間は読めぬうしろ髪身ぶるひてその髪をしあらふ　　斎藤すみ子

白髪を洗ふしづかな音すなり葭切《よしきり》やみし夜の沼より　　寺山　修司

夜学より帰れば母は天窓の光に濡れて髪洗ひゐる　　春日井　建

洗ひ髪の水抜け落つるを楽しみてばつたばつたと居間まで歩く　　河野　裕子

洗い髪濡れて光れるそのままをあなたに倒れてゆくまでの愛　　道浦母都子

目をつむり髪あらふとき闇中にはだいろゆふがほ襞ふかくひらく　　松平　盟子

シャンプーの香をほのぼのとたてながら微分積分子らは解きおり　　俵　万智

落合直文の歌の「釣殿」は泉水に臨んで立てられた寝殿造りの館。塚本邦雄の歌の「ジャンヌ」はフランス一五世紀の女性シャンヌ・ダルク。百年戦争末期、救国の神託を受けたと信じてイギリス軍を撃破してオルレアンを奪還した。のち異端の宣告を受けて焚殺された。俵万智の歌は、朝シャンと称して若ものが、朝からシャンプーを泡立てて髪を洗うのが流行した一九九〇年代の作。

よすすぎ〔夜濯《よすす》ぎ〕

昔は川で洗濯をしたため、暑い日中を避けて、夜に洗濯をした。また洗濯機のない時代の日盛りの頃も、汗になった肌着類をその夜のうちに洗って干した。夜干《よぼ》しともいう。

夜濯ぎのわれ切にして口ずさむ〈ハノイよハノイ石にぞ刻め〉　　山田　あき

疲れつつ月夜にものを濯ぎをり今日の怒りは今宵超えたく　　富小路禎子

危機つねに内側にみゆ濯ぎたる一枚のシャツ夜に干すときに　　水落　博

胎動のしるき妻の身いたはりてたどたどとなす夜濯ぎなども　　橋本　俊明

山田あきの歌はベトナム戦争（一九六〇〜七五）のときの作。

よみせ〔夜店《よみせ》〕 夏の夕方から夜にかけて、路上に屋台《やたい》を張ったり、露店《ろてん》を並べたりして、さまざまな品物を売る店。社寺の縁日などにも立つ。灯用にアセチレンガスを燃したり、裸電球を吊るしたり、どことなく忙しい。**夜の市《いち》**ともいう。

桃柑子《かうじ》芭蕉の実売る磯街の露店《よみせ》の油煙《ゆえん》青海にゆく　若山　牧水

あわただしく夜店ひろぐるところにて白石楠花の苗木を値ぎる　早川　幾忠

たちまちに涙あふれて夜の市《いち》の玩具売場を脱れ来にけり　木俣　修

ひさぐ植木見つつわれ佇つ八月の日射涼しき旭川の街　田谷　鋭

吾が妻もをさなごころに楽しきか一つ一つの夜店をのぞく　寺門　一郎

チラチラとガス燈の灯のなびく宵植木夜店に散るうつぎかな　馬場あき子

若山牧水の歌には前書「下の関にて」がある。

ナイター 照明により夜間試合を行うこと。おもに野球をいう。最近ドーム球場ができたので、夏の夜の風情が失われた。テレビでも中継する。

ナイターに蝶などのとぶ映像を見つつはかなき消遣ひとつ　佐藤佐太郎

ナイターの攻防最中を満月があかがね色にぽつかり浮ぶ　小森真瑳郎

佐藤佐太郎の歌の「消遣《しようけん》」は気ばらし。うれえを消しやること。

うりひやす〔瓜冷《うりひ》やす〕 マクワウリを冷やすことである。盛夏には黄緑色に熟して芳香があり、冷やして食べると甘みがある。**冷やし瓜**ともいう。

土を打つ雨ははげしき音となり瓜を冷やして夜の時を待つ　小暮　政次

きゅうりもみ〔胡瓜《きうり》もみ〕 キュウリを薄く刻んで、軽く塩でもみ、三杯酢などで和えた料理。魚介、若布をあしらってもよい。**瓜揉み**、**揉瓜**ともいう。

ゆふあへの胡瓜もみ瓜　酢《す》にひでゝ、まだしき味を喜びまほる　釈　沼空

厨べに酢にする胡瓜きざみ居る音のしづけさ一しほ

はずむ　吉植　庄亮

採む瓜のにほひうすらに厨辺は秋立つ今日を片かげり来ぬ　明石　海人

釈迢空の歌の「まだしき味」は、まだ充分でない味。「まほる」は食べる。むさぼり食う。

むぎちゃ〔麦茶《むぎちゃ》〕　大麦を殻のまま炒ったものを、煎じ上げて冷やして飲む飲料。コップに氷塊を入れて飲むと涼しげで、また後味もさらりとする。

気象台の時計が見ゆる曲角《まがりかど》施行の麦湯を人のみてをり　小泉　苳三

うつくしき衢に麦茶をのまむちふ君と相乗りくるま走らす　岡野直七郎

望《もち》の月赤くうるむをふといひて後姿《うしろで》麦茶をのみゐるらしき　頴田島一二郎

小泉苳三の歌の「旋行《せぎょう》」は貧しい人や通行人などに物を施すこと。

こおりみず〔氷水《こほりみづ》〕　日盛りの街に、白地に赤い文字で氷と記した幟を見ると、つい立寄りたくなる。店先に葭簀をめぐらし打水などしてあると、角氷を手廻しで削ってガラス器に盛り上げた、氷苺・氷レモン・氷小豆がなつかしい。最近そのような氷店《こおりみせ》はなくなったが、喫茶店で賞味できる。一匙口に入れると汗が引いてゆく涼感は格別である。**かき氷**、**削氷《けずりひ》**、**夏氷**、**氷飲む**ともいう。夏の高校野球が催される甲子園では、**ぶっかき**が名物である。

遠く来しことを忘れてよき友らと足羽《あすは》の山に氷飲みをり　結城哀草果

氷水のみしひととき汗あえて又いりくめる路地に入りゆく　小暮　政次

厳《きび》しかりし夏のなごりのひそかにて氷水をば今日のみにけり　佐藤佐太郎

群がりて氷水をのむ傍《かたへ》より庭木戸をあけ妻の産室が見ゆ　高安　国世

白々の高き氷くづしつつ咽喉《のみど》に落す額よりの汗　生田　友也

アイス・クリーム　冷凍乳菓のこと。**ソフトクリーム**、**アイス・キャンデー**、アイス・クリーム・ソーダ、アイス・クリーム・サンデーなどあり、最近は**アイス**と略していう。**シャーベ**

ットは果汁を凝結したもの。**氷菓子**《こおりがし》、**氷菓**《ひょうが》ともいう。

金《かね》のことにて貶《おとし》めあへる醜さよ持てるアイスキャンデーの雫ふりつつ　鹿児島寿蔵

屋上のベンチに腰かく古びとも桃色の氷菓讃ふべきかな　前川佐美雄

暑き日の汽車とどまりし信越線横川の駅に氷菓をし買ふ　宮　柊二

茶房にて氷菓を啖へどなぐさまず蒸しつつ曇る空を見ずに歩む　大野誠夫

ありなれし街上風景にてリュック負ひアイスクリームを舐め行く少女　礒　幾造

氷菓すくふ匙ひらひらと口に運びしばしのわれを甘やかしたり　中城ふみ子

アイスクリームを食べさせるまでは言ふことをきくかなデパートに来て幼な子は　吉野昌夫

失恋の〈われ〉をしばらく刑に処すアイスクリーム断ちという刑　村木道彦

氷菓の棒くはへて海に向き立てり一億年ほど生きた気がして　山田富士郎

鬱金のアイスクリームといふものを食み細目して見る〈人生の午後〉　米川千嘉子

ラムネ

レモネード（レモン水）がなまってラムネになったという。炭酸水を水で溶かし、砂糖とレモン香料を加えた清涼飲料水である。夜店や茶店などに、口元にガラス玉をはめた、ごつい青緑色の瓶が氷で冷やして売っており、子供に人気のある庶民的な飲みものである。**冷やしラムネ**ともいう。

貧しかる灯光《ほかげ》にひかるラムネ瓶夜戸《よど》にすき見ゆるこの店寝《い》ねぬ　木俣　修

ラムネ売ることに執せる横顔のつひに花火を仰がむとせず　安立スハル

ラムネ蒼し明瓶《あきびん》あまたころがれる露地《ろぢ》より明くるあけぼのもある　岡井　隆

ソーダすい〔ソーダ水《すい》〕

清涼飲料水の一つ。プレーン・ソーダは味のついていないもので、一般にはこれにいろいろのシロップを加える。アイス・クリームを入れたものもある。泡だったソーダ水をストローで吸うときはさわやかである。

プレンソーダの泡のごとき唾液もつひとの傍《かたへ》に昼

限りなし　中城ふみ子

サイダー　清涼飲料水の一つ。炭酸水にリンゴのクエン酸やレモン、ライムと甘味を加えたもの。栓を抜くと泡立って溢れ、コップに注ぐと盛んに泡の音がする。最近はコーラなどが普及しているがサイダーを好む人は多い。**冷やしサイダー**ともいう。

紙コップにサイダー注ぎ飲み合ひぬ岩越ゆる波あはれがりつつ　中島栄一

ビール〔麦酒《ビール》〕　最近は四季を通じて愛飲されるが、冷えたビールの喉ごしの爽快さは、夏の醍醐味である。ビアホール、ビアガーデンで**生ビール**のジョッキを傾ける人が多い。**缶ビール**。

雨のあとの日の照りつよし友とゐて冷やし麦酒をいとゞしく飲む　太田水穂

青葉の谿みづたぎちゆくとどろきをビールに酔ひて汝《なれ》と聞きにし　鹿児島寿蔵

渋谷駅を夜更けて貨車の行く音すかのビヤホール揺れつつあらむ　山口茂吉

原稿が百一枚となる途端我は麦酒を喇叭飲みにす　吉野秀雄

ひといきにぬるき麦酒を呑み干しぬ夜ふけて蒸しあつくなるにやあらむ　柴生田稔

浜木綿の葉むらのかげに缶詰の麦酒を飲むも旅のなぐさぞ　木俣修

鳶いろの父のビールを凝視する少年の心静かにまもる　服部直人

自負せよと言はれつつ麦酒飲みあくるあしたのとりとめもなし　小暮政次

ジョッキビールに酔ひて巷を歩み居り柳の枝を折りてふりつつ　中島栄一

晩夏《おそなつ》のひと日一日《ひとひ》は逝くらむとコップ麦酒を飲みてかへり来《く》　佐藤佐太郎

両国の酒店に人語満つる夜ビールを飲みて友を悼みつ　長沢一作

今宵飲むビールは鉄の味のして凛《さむ》きまで肉のおもひは滾《たぎ》る　小野興二郎

梅雨ぐもり暮れゆく街のいづこにも灯ともる屋上ビアガーデン見ゆ　室積純夫

生ビール買い求めいる君の手をふと見るそしてつくづくと見る　俵万智

あまざけ〔甘酒《あまざけ》〕

麹に米飯または米粥を加えて甘味を出したアルコール分を含まない飲料。家庭でも簡単に一《ひと》夜酒《よざけ》ともいう。現在は寒い冬の夜に沸かして飲むが、もともと夏の飲物である。暑いさかりに熱い甘酒を吹きながら飲むと逆に暑さを忘れるからである。名勝地、名刹の境内などに、名代甘酒と記した旗がなびく店は今もあり、地元で焼いた陶器で出されるとうれしい。

奥の宮の雨の茶店の甘酒を飲みて思ひぬただ過ぎしこと　　福田　栄一

さそはるる火口の縁《へり》を離《さか》りきて甘酒啜るいたくしづかに　　前　登志夫

しょうちゅう〔焼酎《せうちう》〕

玉蜀黍、甘藷、蕎麦、粟、米などを原料として作った、アルコール度の高い蒸留酒である。鹿児島・熊本などのものが名高く、沖縄の泡盛も焼酎である。生《き》、お湯わり、ハイボールなどにして飲む。暑気払いによいという。

あれ庭に蜥蜴《とかげ》あそぶをながめつつ焼酎酌みて端居すわれは　　吉井　勇

いつの時も覚めゐる心憎しみて焼酎の満てるコップをにぎる　　山下　陸奥

焼酎を飲みて安らぐ宵ながら窓の梧桐になく蟬のこゑ　　中島　栄一

「嫁さんになれよ」だなんてカンチューハイ二本で言ってしまっていいの　　俵　万智

れいしゅ〔冷酒《れいしゅ》〕

日本酒は燗をつけて飲むが、暑いときは冷《ひ》やで飲む人が多い。冷酒用の酒でない場合は軽く温めてから冷やすのがよいとされる。氷を入れてオンザロックにして飲む人も多い。冷や酒ともいう。

まちわぶる君が冷酒の盃の空しさに今日は野ばらを浮けぬ　　若山喜志子

秋風の立たば冷酒も酌《く》みがてになるを帰り来惜《こ》しきこのごろ　　若山喜志子

多摩川の清き流れに舟泛けて友と酌む酒の冷やもよろしき　　長谷川銀作

青蘆《あをあし》の光さやけみ饗《よ》ばれゐる冷酒はひびく腹にただちに　　鐸木　孝

冷酒の三合ばかりをわけ飲みて胸衝《つ》くおもひは互ひ

に言はず　　　　　　　　　　　　　木俣　修
四国路の旅の終りの松山の夜の「梅錦」ひやでください　　　　　　　　　　　　　　　　俵　万智
若山喜志子の歌の「浮けぬ」長谷川銀作の歌の「泛けて」は、うかばせる。うかす。うかべる。

ところてん〔心天《ところてん》〕

テングサを煮溶かして、型に流し込んで固めた食品。ところ天突《つ》きで突《つ》き出し、薄めの酢じょう油に辛子、青海苔を添えて食べる。蕪村の句に「ところてん逆《さか》しまに銀河三千尺」がある。

かばん預くる店のをとめにしたしみて目にとまりたるところてん食ふ　　　　　　柴生田　稔

くずもち〔葛餅《くずもち》〕

葛粉を練り上げて火を通し、流し箱に冷やして固めたもの。大ぶりの三角形に切り、蜜をかけ黄粉をまぶして食べる。東京の亀戸天神・池上本門寺、川崎大師などの茶店では製造販売しており、古くから有名である。
また、葛粉の皮に餡を包み、桜の青葉でくるんだ**葛桜（葛饅頭）**も、涼しげな和菓子である。
み墓べに今日はまゐりぬ亀井戸の葛餅買ひて帰り来にけり　　　　　　　　　　古泉　千樫
鯉こくに飽き足りしのち亀戸に葛餅くへば口すがすがし　　　　　　　　　　　　五味　保義
葛菓子は唇にふれキラキラとかつわなわなとふるひき　　　　　　　　　　　　　葛原　妙子
藤棚に射《さ》せる日かげも秋づきしおもひに一人葛餅を食ふ　　　　　　　　　中島　栄一
実朝が難を逃れし屋敷跡白旗なびき葛餅を売る　　　　　　　　　　　　　　　白石　昂

しらたま〔白玉《しらたま》〕

モチ米を原料とした白玉粉を茹でて作った団子、氷水でよく冷やして、小豆餡や砂糖をかけて食べたり、削氷の中に入れて**氷白玉**にして食べる。
一期なる恋も知らぬば涼やかにはみてさびしき氷白玉　　　　　　　　　　　　　馬場あき子
このほか、夏の食品として、**蜜豆《みつまめ》**、**餡蜜《あんみつ》**があり、暑中に食べると疫病を避けるという**茹小豆《ゆであずき》**がある。

むぎこがし〔麦《むぎ》こがし〕

大麦を炒《い》って粉にしたもの。関西では、**はったい**という。そのまま砂糖を混ぜて食べると香ばしい。

また、熱湯で練って食べる。暑気を消し、胃を助ける、と古くより珍重された。

大麦のこがし香《かうば》しくものなつかし子供らとともにむせながら食ふ　水野　葉舟

麦こがし練りて食《た》うべて涙湧く明治の父祖の代《よ》ぐらゐ思へ　前川佐美雄

あさやかに照らす灯《ひ》のもと麦こがし煎る村々もほろびけらしな　岡井　隆

前川佐美雄の歌の「代ぐらゐ」は代位。岡井隆の歌の「あさやかに」は浅らかに。

ひややっこ〔冷奴《ひややつこ》〕　冷やした豆腐を四角に切り、葱・青紫蘇・生姜・鰹節を薬味に添え、生《き》じょう油で食べる。豆腐の冷やしかたがポイントである。**奴豆腐**、**冷豆腐**などともいう。

奴豆腐をわが欲る夕べ門にたちちんちん豆腐を左千は待ちをり　橋本　徳寿

夕めしの冷し豆腐をすする我に青き稲妻しきりに起る　稲森宗太郎

奴豆腐は酒のさかなで近づいて来る戦争の音を聞いている　山崎　方代

すし〔鮨《すし》・鮓《すし》〕　材料や作り方から、飯《いい》ずし、押しずし、箱ずし、握りずし、巻きずし、馴れずし、ちらしずし、蒸しずし、稲荷ずしなどがある。握りずしは新鮮な魚介類を使うため冬季のほうがうま味があるが、古くから伝わる漬け込みずしは夏季がもっとも早く熟《な》れる。**早鮓**《はやすし》は**一夜**《ひとよ》**鮓**といって速成に作ったもの。大津の鮒鮨、吉野の鮎の釣瓶鮨、加賀の蕪《かぶら》鮨など有名である。

狩勝を下りて久しき国の原山女鮓うる駅にとまりぬ　土屋　文明

にぎり鮨われに食はしめうひうひし月照る鋪道にみちびきゆきて　坪野　哲久

ちひさな胸びれをつけし鮓を食ふがらすさわげる風の日に食ふ　葛原　妙子

獺の村びとに早鮓つくりて祝はるる二人を目守《まも》り夜明疲れし　伊藤　保

あらい〔洗《あらひ》・洗膾《あらひ》〕　鯛・すずき・かれい・鯉・鮒・鮎などの活魚を、そぎ造り、糸造りにし、氷水で洗って身をしめた料理。穂紫蘇や青紫蘇を添えて山葵じょうゆ油で食べる。淡水魚は酢味噌か辛子味噌がよい。冷たさと涼感が生命の刺身である。**生《いけ》づくり**（**生《いき》づくり**ともいう）は、活魚の身を切り取って刺身にし、もとの生きた姿に盛りつける料理。

わさびきく鮒の洗に夕飯を食べつつなにか心のこるも　　吉植　庄亮

生づくりの鯉が動くよあはれとぞ外科医の斉田箸をおろさず　　寺田　武

どじょうなべ〔**泥《ど》鰌《ぢやう》鍋《なべ》**〕　浅い土鍋に笹がきごぼうを敷いて、割《さ》き泥鰌を並べ、しょう油味で煮る。最後に卵でとじて、鍋のまま冷めないうちに食べる鍋料理である。筑後柳河の名物であったので**柳川鍋**ともいう。丸泥鰌を味噌汁に仕立てたものが**泥鰌汁**である。

明恵上人小伝よみつつ味噌汁の泥鰌煮立ちて昼になりたり　　山口　茂吉

土鍋より熱き泥鰌を食うべつつ赤き腹子はあはれみもせぬ　　川島喜代詩

どよううなぎ〔**土《ど》用《よう》鰻《うなぎ》**〕　夏負けしないといわれ、夏の土用の丑《うし》の日に、鰻を食べる風習がある。脂肪分が多く、ビタミンAを多量に含む。蒲焼や鰻丼にして、きも吸《すい》、きも焼きと共に食べると最高である。

汗垂れてわれ鰻くふしかすがに吾よりさきに食ふ人のあり　　斎藤　茂吉

土用鰻食ひをり開襟シャツを着て道頓堀に貧《ひん》の顔を見す　　前川佐美雄

蒲焼に酒をたらして食《くら》ふのを至上の善といひし人はも　　岡井　隆

どようしじみ〔**土《ど》用《よう》蜆《しじみ》**〕　蜆は春うまいが、夏の土用にも健康によいといわれ、味噌仕立ての蜆汁を賞味する。

ゆくものは逝きてしづけしこの夕べ土用蜆の汁すひにけり　　古泉　千樫

土用蜆を売りあるくこゑこのねぬる一夜《ひとよ》あけたる大津のまちに　　木俣　修

いつのころ川獺《かはうそ》ゐなくなりたるや土用の蜆すすりつつ　おもふ　　角宮　悦子

せんぷうき〔**扇《せん》風《ぷう》機《き》**〕　昔の扇風機の翼は鉄製で、回転しているとき指を触れると危険だった。今はプラスチック製の涼しい色合いのものが多く、消音装置も施されている。冷房装置のない時代、会社やデパートの天井に四枚の大きな翼が回転した。涼しい風を送る扇風機を好む人は多い。

煽風機身にちかく廻り吾がすするトマトスープを食《さ》匙《じ》より散らしつ　宇都野　研

扇風器まはりてたつるそのうなりたまたま覚めてきけば寂しも　松村　英一

向ふ側の六階の窓べに置いてある煽風器ひとついつも廻りをる　長谷川銀作

スパークはどの病室《へや》なりしわが前に煽風機のつばさふと停《や》みしなり　葛原　妙子

岩国の一膳飯屋の扇風器まわりておるかわれは行かぬを　岡部桂一郎

扇風機かつぎて為事仕舞なる大工と逢へり何がな可笑し　田谷　鋭

はつなつへ煽風機の翼ひらきひと死にたまふべき光線《ひかり》とはなりぬ　浜田　到

れいぼう〔冷房《れいぼう》〕

室内の空気を冷やして涼しくし、また、湿度を除くため、

夏の日に外出から戻り、冷房の利いたところに入るとほっとする。あまり温度を下げると身体に障りを生じる。ことに病気の人にはつらいという。**クーラー、エア・コン、冷房装置。**

クーラーの流れの風に起伏あり眠れるこころゆりおこすなよ　頴田島一二郎

冷房のききたる室《へや》に暫《しば》しして体むづがゆく覚えつつ居り　山口　茂吉

かくれたる愉悦に似つつ冷房の椅子に劇見る古き世の劇　大野　誠夫

冷房のデパートの隅にのがれ来て青白きナイフの一つを買ふ　加藤　克巳

寝ねむとして切りしエアコーンの残響のおどろくばかり意志もつ響　宮　英子

冷房のデパートに売られウマオイ虫習性のままにふりしぼる声　武川　忠一

街なかをわが歩みつつ冷房の風ふきつくるところをすぎぬ　上田三四二

冷房の風動く中にゐねむりぬ敗残よりは心たのしく　玉城　徹

冷房のビルより出れば両腕が不意に重たしぶら下げ歩く　山名　康郎

ああ憂患《うげん》、冷房装置ほそながき風をふき出しながら迫れば　岡井　隆

銀行の冷房のなか機械より取り出す硬貨の筒もつめたし　島田　修二

急速に冷房はいりこの階のへや回りゆくわれを追いくる　篠　弘

ただれつつ文明はあり冷房の代替熱《だいたいねつ》がおほふ夜の街　高野　公彦

ふうりん〔風鈴《ふうりん》〕

夏、軒下や窓などに吊るして、風によって鳴る快い音に涼味を感じる鈴。金属・ガラス・陶器製で、小さな鐘や壺のような形をし、中に短冊のついた舌が下がっている。**風鐸**《ふうたく》は堂塔などの軒の四隅に吊るして飾る青銅製の鐘形の風鈴であるが、一般の風鈴にもいう。昔、巷に屋台を引いた**風鈴売り**がいた。

生物《いきもの》のすぎゆける如もなつかしや吾子《あこ》の風鈴そと鳴りしさへに　若山喜志子

ゆふぐれの風の和ぎたる軒さきに硝子風鈴黄色に光る　鹿児島寿蔵

風鈴の垂れてしづけし戦争に移らん時の静けさに似て　鈴木　幸輔

ヨロン島の貝の風鈴軒に鳴りくれたる人も子ども生みたる　岡部桂一郎

いとけなき日のなべて此処に籠るごと風鈴の屋台咫《し》尺《せき》に佇てり　田谷　鋭

とめどなく夢つぎて見し暁の暗きしじまに風鈴聞こゆ　金子　一秋

風鐸はゆれてすがるのむれあそぶ夏の塔わかく倚りてなげきき　上田三四二

風鈴を添へて売らるるほほづきの実の青涼し一鉢を買ふ　武田　弘之

おくり来し姫路名産火箸型風鈴にして霧をよろこぶ　佐佐木幸綱

田谷鋭の歌の「咫尺」は近い距離。

つりしのぶ〔釣忍《つりしのぶ》〕

シダ植物のシノブグサをわがねたり、井桁《いげた》や舟形に仕立てて、窓や軒につるして、緑の葉を観るもの。涼味を呼ぶために水を滴らせ、風鈴を添えたりする。**軒忍**

ともいう。

傾ける茅《かや》が軒端の釣りしのぶつられながらに秋たちにけり　　服部　躬治

軒しのぶ冬をねむりて芽ぶきたるいのち想へり　人は帰らず　　岸　麻左

きんぎょうり〔金魚売《きんぎょう》り〕

昔は浅い金魚桶を天秤棒でかつぎ、「金魚エー、キンギョ」と売り声を上げて歩く金魚売りがいた。その後ガラスの水槽をリヤカーにのせて引いて歩くようになり、今は熱帯魚などとともに商う**金魚屋**やデパートの**金魚売場**のみである。

若葉さす市の植木の下蔭に金魚あきなふ夏は来にけり　　正岡　子規

金魚屋のこゑ呼ぶ外にあたふたとまた出でてゆく小さき足音　　木俣　修

屋上園は葉ざくらの蔭涼しきに金魚の鉢をならべて売れり　　中島　栄一

金魚屋のきよき触れ声生活はあるときわれのうへに和まし　　滝沢　亘

きんぎょばち〔金魚鉢《きんぎょばち》〕

金魚を室内で飼う透明な鉢で、ふつう卓上に置いて観賞する。丸いガラスの器に金魚を入れて、軒先に吊るのは**金魚玉**《だま》といい、金魚が大きく見える。熱帯魚の**水槽**は照明・酸素装置付きが多い。

夏きたる空は五月《ごぐわつ》の濃き浅黄ゆらりと玉の金魚うごける　　太田　水穂

金魚入《い》れの玻璃器ありやとききしより早七八日経ちたるならむ　　尾山篤二郎

らんちゆうの硝子の鉢を人置きぬ影はおよげり甲板のうへを　　橋本　徳寿

妻子らのすでに眠れる家に帰り鉢の金魚を見て眠りゆく　　石田　玲水

灯のともる硝子の器にまばたきもせぬ魚見るをかなしみけり　　雨宮　雅子

金魚いて水なまぐさき硝子鉢　ふと目が覚めぬ生きて来しなり　　蒔田　律子

すいばん〔水盤《すいばん》〕

陶や鉄、木などで作った、平たい器。水を湛えて花などを活け、盆石などを置く。絹糸草や芋の葉なども水栽培する。**水盆**ともいう。

水盤に子がとりて来て放ちたる鮠は大方石にかくろふ　半田　良平

夜沈みしらじらとしてかへりきつ水盤の葦の茂りにむかふ　中島　栄一

水盤に湛へし水に黒き虻溺るるさまをながく見てゐつ　尾崎左永子

みずあそび〔水遊《みづあそ》び〕　夏、子どもたちが海や川、湖などで遊ぶことである。また、庭先などでビニール製の簡易プールに入り、水を掛け合ったりして戯れること。

わが子なるをぐなをみなご水浴びてむつみあへるは泪ぐましも　島田　修二

みずでっぽう〔水鉄砲《みづでつぱう》〕　水遊びにつかう玩具。ポンプの原理を応用して、水を押し出して飛ばす。竹や木のものは家でも作れる。最近はプラスチック製のものが売られている。

夕せまり何かせつなき子の感じ水鉄砲を雑草《あらくさ》にうつ　坪野　哲久

病みやすき子に購ひ来し水鉄砲ははは吾がまづ火の標的《まと》となる。　田浦　孝子

すいちゅうか〔水中花《すいちゆうくわ》〕　コップなどに水を入れて、その中に造花を入れ、見事に花を開かせる玩具。杯や盃洗に浮かせたものは酒中花。

かかはりなき人らの中に居りたくて、水中花あかき卓に坐りつ　斎藤　史

わが盛夏しづかなれども夜の器《うつは》散ることのなき水中花浮く　大野　誠夫

いつよりか記憶は疲れともなひて白昼あをく水中花浮く　雨宮　雅子

水中花縁に開かせいる姉が独りのときに母の貌する　平井　弘

はなごおり〔花氷《はなごほり》〕　氷柱の中に草花や造花、造魚などを封じこめたもの。冷房や装飾も兼ねて、デパート、劇場、ホテルなどに置く。**氷中花**ともいう。**氷柱**は、氷柱《こほりばしら》ともいい、最近は彫刻したものがパーティなどに置いてある。

白鱗《びやくりん》の三色《さんけ》の鯉の清《さや》けきは氷中花とも澄みて真水《まみづ》に　北原　白秋

北の海の冬の荒びを思うときうらなごましく浮べる花氷　山田　あき

炎熱の音ひとつなきまひるまを亀裂するどく立てり氷柱　久方寿満子

少年期襲雨のごとく過ぎゆくと初夏氷柱の中の笹百合　塚本　邦雄

氷柱の中に花芯のならぶさま首枷の人のごとく痛ましき　春日井　建

れいぞうこ〔冷蔵庫《れいぞうこ》〕　冷蔵庫は一年中用いるので、季節感は薄らいでいるが、やはり夏季がもっとも活用される。**氷庫**。

血のにじみきたれるものをみな入れつ冷蔵庫のかがやく扉《と》の面《おもて》あり　真鍋美恵子

かすかなる顫音起る血清と葡萄を詰めし夜の氷庫より　葛原　妙子

冷蔵庫あければ点る灯あかりに夕焼けてゐる肉も野菜も　浜口　忍翁

冷蔵庫内に霜ふり錘形《すゐけい》の死の睡りもて熟るる苔桃　塚本　邦雄

秋霊はひそと来てをり晨《あした》ひらく冷蔵庫の卵のかげに　小島ゆかり

冷蔵庫ほそくひらきてしやがみこむわれに老後はたしかにあらむ　辰巳　泰子

ひむろ〔氷室《ひむろ》〕　夏の使用にそなえて、天然氷を貯蔵しておく室。または、山かげの穴。

青葭原嵐ひまなし氷室より氷積みたる車は行くも　島木　赤彦

おほやまと氷室の神はをとめごの哭くなみだもて現れけむか　山中智恵子

ぎおんまつり〔祇園祭《ぎをんまつり》〕　京都八坂神社の祭礼である。七月十七日から二十四日まで行われ、十七日の山鉾《やまぼこ》巡行などは有名である。**祇園囃子**の稽古は一日から始まり、二日は山鉾巡行の順を決める吉符《きつぷ》入り、九日は鉾立て、十日は神輿洗い、十一日は稚児社参り、十三日は舁山《かやま》立て、十六日は宵宮、十七日は鉾祭で、鉾の上に稚児を乗せて、長刀鉾を先頭に山鉾山車が行列する。二十四日は還幸祭、二十八日は神輿洗い、二十九日は神事済奉告祭、これですべて終る。鉾は月鉾ほか七基、山は鯉山ほか二十台。今も江戸時代に作られたものが多く、それぞれ豪華に飾られる。**祇園会**《え》ともいう。

祇園会や居丈《ゐだけ》ばかりの天童《てんどう》と拝《をが》みぬ君が弟《をと》なる人を　与謝野　寛

山鉾の宵の飾のにぎはひのなかにわれあり君を見るべく　吉井　勇

京言葉ふさはしこよひ宵宮の祇園ばやしのながれくる町　九条　武子

さそわれて祇園まつりを見に来たり宵山の灯のはなやぎに酔う　赤尾　鈴子

人間のかたちに思ふ神のこともあはれにけふ祇園の宵宮　高橋　幸子

与謝野寛の歌の「居丈」は、すわっているときの身の丈。「天童」は稚児。赤尾鈴子の歌の「宵山」は祇園祭の宵宮。また、町に立てた山鉾をいう。

ひるね〔昼寝《ひるね》〕

夏は寝不足がちになるので、日盛りのころ昼寝する。**昼寝**《ひるい》、**午睡**《ごすい》。昼寝から覚めることは**昼寝覚**《ひるねざめ》、**昼寝覚**《ひるいざめ》。

いぎたなく家の誰彼昼寝《ひるい》する中に真夏のあはれをおぼゆ　金子　薫園

すだれごし人の昼寝にふき入りて草子《さうし》にあそぶいさゝかの風　太田　水穂

昼寝《ひるい》ざめまだうつつなしながめゐてしらしら照りのをとこへしの花　北原　白秋

浅山の尾根下りくれば家五六ひつそりもだせり昼寝どきならむ　栗原　潔子

病む妻の足頸《あしくび》にぎり昼寝する末の子を見れば死なしめがたし　吉野　秀雄

暑き日に午睡し居れば野の池の水に浮く円き葉のうへのゆめ　前川佐美雄

昼寝する己れを夢に見下せり死灰の肌は亡き父に似る　宮　柊二

全身を汗にまぶれて快楽に沈むがごとき午睡むさぼる　野北　和義

夏はよし昼寝の夢の最中にちくりと蜂の灸を受けたり　山崎　方代

ひるねより覚めたる時にしづかなる風がわが面を吹きつつゐたり　石黒　清介

昼寝《ひるい》する子供らの中寝過してとどろく思ひに涎のごひつ　田谷　鋭

午睡するその足裏の乾きいる父さびしくて粗あらと描く　平井　弘

さるすべり咲く残暑の日ばうばうと髪強ばりて午睡より覚む　板宮　清治

昼《ひる》寝《い》覚《ざめ》くるしくゐるにわが窓に憑《ひやう》霊《りやう》のごといちぢく実る　高野　公彦

襞《ひだ》々にためて来し砂昼寝する子が寝返りを打つたびこぼる　竹安　隆代

あまごい〔雨乞《あまご》ひ〕

ひでり続きのとき、農村で神仏に降雨を祈ること。**雨の祈り**、**祈雨《きう》**、**雨乞《あめこ》う**ともいう。雨乞いは地方により特色があるが、多くは太鼓を打ち、蓑や笠をつけて踊る雨乞い踊、また雨乞い唄が民謡として伝わる。ひでりの際、待ちかねた雨が降るのを喜雨《きう》という。

雨乞《ごひ》の寺の鐘鳴りひびくなり白昼《まひる》の如く月てりわたる　岡　麓

雨乞の**修法《しゆはふ》**騒《あらそひ》にあけくれて田作ら己が愚をぞ守れる　吉植　庄亮

真日《まひ》あかく沈む向うの森なかに人騒げるは雨乞へるなり　結城哀草果

白光の日輪一つ掲げ置き雨乞ふと群農跪坐正したり　長峰美和子

吉植庄亮の歌の「修法」は加持祈禱の方法。長峰美和子の歌の「跪坐《きざ》」は、ひざまずいて坐ること。

みずばん〔水番《みづばん》〕

ひでりが続くと、田の灌漑用水を盗むものがいるため、その見張り番をすること。**水見廻り**、**水守《も》る**、**水盗む**ともいう。また、灌漑用水をめぐり、**水争い**、**水喧嘩**も生じた。

ながひでり稲枯れゆけば村内の水あらそひを今朝告げ来《き》る　岡　麓

おのづから出来田に足は向ふなり水見廻りの道すがらだに　吉植　庄亮

はだし〔跣《はだし》・裸足《はだし》〕

素足《すあし》で地上を歩くこと。特に土を踏むと健康によいという。また、素足で下駄をはいたり、畳や板の間などを歩くことなどもいう。

いくたびか叱られながら裸足にて庭におり立つ子はいとけなし　松村　英一

素足にて歩むによろし浜いざごひやひやとして宵湿

りせり　土田 耕平
青潮の底ひに潜《かづ》く海女《あま》の子が素足明るく揺れてさみしや　中村 正爾
素足にて板の間歩く感触に忘れゐしもの蘇りくる　太田 青丘
藁草履素足に穿きてしめりたる黒土を踏むこのわがおごり　山川 京子
住み憂きと蘆刈りなやむ後姿《うしろで》やわれならば必ず裸足にて追ふ　稲葉 京子
豆科の草が打ち返されている土に君を裸足にしたくてならず　平井 弘
夏の陽の下の眩しき眼裏《まなうら》を裸足が熱き砂踏んでくる　佐佐木幸綱
湯上りの素足に触るる畳の目　百済仏の素足の白さ　道浦母都子
サンダルの素足がナポリの坂踏めば甘い音せりふふふふふふ　松平 盟子
樹上より銀杏《いちやう》の花を投げ落とす君の素足の眩しかりけり　栗木 京子
母の部屋かたく閉されて立ちつくす素足に夜の感触いたし　勝部 祐子

稲葉京子の歌の「蘆刈り」は難波の蘆売りにおちぶれた夫が立身して妻を探して再会する、世阿弥作の能。

はだか〔裸《はだか》〕

蒸し暑い炎暑には、裸になってくつろぐことが多い。素《す》裸、真《ま》裸、裸身《らしん》、裸体《らたい》、裸形《らぎやう》などともいう。

くらがりの土間ゆ出で来しすはだかの女の童《わらはべ》のほとのましろさ　吉植 庄亮
ま裸となりつつ暑き午後《ひるすぎ》は山の安居《あんご》に早くゆきたし　土屋 文明
ま裸となりて働く癖つきしわれの体《からだ》に蚊のあと多し　結城哀草果
家族《うから》みな素《す》つぱだかにて西瓜喰ふ畳の上の午後いよよ暑し　筏井 嘉一
青い空気をいつぱいに吐いてる草むらにわれは裸体《はだか》で飛び込んで行く　前川佐美雄
真裸体《まはだか》の父に対《むか》へば高浜に潮《しほ》あみたりし父よ若かりき　坪野 哲久
さまざまに値上《ねあげ》せしものをいきどほり真裸にて吾は寝てしまひぬ　小暮 政次

贄物は削ぎ尽くすべし炎日と灼け土を繋ぐ裸身一茎《いっけい》　田中大治郎

素裸の身は腹這ひてゆふべまでのこる畳のほてりを憎む　千代　国一

雨を浴び結実のときを揺れて立つ向日葵または裸形の男　島田　修二

葱束を水にしづめて晒すとき自《し》が気づかざる裸形はのぞく　辺見じゅん

箪笥作り吾は朝より裸になり仕事場の七つの窓開け放つ　萩原　千也

飛込台はなれて空《くう》にうかびたるそのたまゆらを暗し裸体は　高野　公彦

素裸にされてよろこぶをさな子は母の掌父の掌みな逃れゆく　竹安　隆代

帆を張りし今、おとこらのまはだかへ遥けき陸の香ぞにおいこよ　滝　耕作

農夫すはだかなどと気負へば片雲をまとひて旅に死ねと吾《あ》が妻　塘　健

はだぬぎ〔肌脱《はだぬ》ぎ〕

暑いさかり、上半身の衣服をぬいで、肌をあらわすこと。**肌脱ぐ**ともいう。片方だけぬぐことを**片肌脱ぎ**という。

夏の夜の更けゆくままに心清《すが》し肌を脱ぎつつ書きつぎて居り　島木　赤彦

肌ぬぎて酒酌《く》みをれば夜を深み暗き小窓《こまど》ゆ風通ふなり　吉野　秀雄

ひやけ〔日焼《ひや》け〕

日光の直射を受けて、皮膚が黒みを帯びること。海浜、山などではよく焼ける。**日に焼く**ともいう。

もの縫へるわがかたはらに紙切りてしばしおとなし日にやけし子は　三ヶ島葭子

兄《え》も弟《おと》もひねもす呆《ほ》けし潮あそび日焦童《ひやけわらは》の頃の恋ほしさ　明石　海人

人つどふ駅にゐしかばすこやかに足日焼《ひやけ》せし少女《をとめ》をも見つ　佐藤佐太郎

陽焼せし腕に蝶くるすこやかさたしかにわれはわれを救ひ得る　中城ふみ子

匂ふばかりに夏日に灼《や》けし少女の肩朝の電車に吾は羨《とも》しむ　長沢　一作

日焼顔ふたつ並ぶを見おろせり血をよせあひて眠れ

るごとし　小野興二郎

相抱く壁画を彫りし原人を恋ひつつ焼砂に背を灼きたり　春日井　建

ふなあそび〔舟遊《ふなあそ》び〕

納涼のため、海や川、湖沼などに屋形舟などを出して遊ぶこと。景観を楽しむ川下りも盛んである。

大き荷足川浪立ててすぎゆけばすなはち揺れぬわが舟も酒も　長谷川銀作

たかだかと釣橋のかかりゐる見えてわが舟は今瀞《とろ》に入りたり　中島　栄一

急流をくだりて来しやかの舟の人びと透明のビニールを被《き》て　中野　照子

長谷川銀作の歌の「大き荷足《にあし》」は、大きな貨物舟。

ボート

オールで漕ぐ小舟。短艇。端艇。ゴムボート。池や湖、川などには、カラフルでいろいろの形をした貸ボートが置いてある。

日ざかりは短艇《ボート》動かず水ゆかず潟《かた》はつぶつぶ空は燦《きら》々《きら》　北原　白秋

かがやける湖心にむかふボートより風は少女らの声をはこび来　加藤　克巳

青みどろ浮く泥水もしたわれて都心の堀に貸ボートあり　武川　忠一

ゴムボートに波を楽しむ数人を見ていて次第にゆううつとなる　大島　史洋

煩悩の心のままにのるボート毘沙門沼《びしゃもんぬま》にしばしただよう　新川　克之

さかしまの樹の静けさを泡だてん空漕ぐごとくオールを握る　木村　恵子

ヨット

洋式小帆船。発動機のあるものもある。ヨットハーバーには色とりどりのヨットが集い、海上や湖上には白い三角帆をはらませ、船体を傾けてヨットが滑走する。

夕明り湖上にさして帆たたむが水母《くらげ》に見ゆる平たきヨット　与謝野晶子

夕凪の入江の藍を滑りくるヨットかがやけり松の梢に　太田　青丘

岬鼻のみち降りくればかがやかに帆を張るヨット集結しをり　三国　玲子

パン焦げるまでのみじかきわが夢は夏美と夜のヨット馳らす　寺山　修司

水脈《みを》ひきて走る白帆や今のいまわが肉体を陽がすべりゐる　春日井　建

カヌー

湖沼、川、渓流などを手漕ぎ、または小さなパドルを操って漕ぐ舟。丸木をくりぬいたり、骨組を作って獣皮や樹皮を張ったもの、最近はビニール製もある。

わがカヌーさみしからずや幾たびも他人の夢を川ぎしとして　寺山　修司

およぎ〔泳《およ》ぎ〕

暑くなると、海や川、プールなどで泳ぐ。昔は抜手《ぬきて》、立《たち》泳ぎなどの型があったが、現在はクロール、背泳ぎ、バタフライなどの型でスピードを競う。**遠泳**、**飛込み**、**潜《もぐ》り**なども盛んである。水球やシンクロナイズド・スイミングも親しまれている。

泳ぐ子等岩に憩へり描かれし曹孫二家の水軍のごとし　与謝野晶子

寂しければ両手《もろて》張り切り相模灘を抜手切りゆく飛びゆくばかり　北原　白秋

子供らの遠き游ぎをはげますと教師は舟にて太鼓たゝけり　木下　利玄

夏ははや河の瀬泳ぐ少年の鮎なす肢体《したい》うち勢《きほ》ひつつ　筏井　嘉一

遠泳にめぐり疲れしかの島に光り崩るる白波が見ゆ　明石　海人

クロールに千メートルを泳ぎをへこころよし青葉眼にもゆるなり　岡野　弘彦

川うその身のこなしよりしなやかに水くぐり水くぐり吾れに笑ふ子　馬場あき子

水を蹴って真逆さまに潜りゆく逆しまのわれ未練残すな　佐佐木幸綱

泳ぎより帰りきたりてふかき飢ゑ小鰺の舎利をかめば香はし　高野　公彦

立ち泳ぎ教へられしは杳《はる》かにてそれより眩しき夏にあはぬを　今野　寿美

水面を夫と子の首泳ぎゆくあやつるごとく我は手を振る　栗木　京子

卵胞のおちたる予感ふいにきて夕陽の海をひた泳ぎゆく　勝部　祐子

かいすいよく〔海水浴《かいすいよく》〕

避暑や運動などのために、海浜で潮浴びをすること。**海開き**とともに**海の家**が立ち並び、華やかな水着姿の若人、浮輪などをもった子供連れで賑わう。七月二十日は**海の日**、祝日である。

つゝましく水着の肌に子を抱《だ》きて海をみてゐる母まだ若き　太田　水穂

海に入りて遊ぶ女童《めわらは》寄る波の顔にかかれば声立てて笑ふ　窪田　空穂

砂の上に胡坐《あぐら》かく男股のあひに砂山築きて撫でさすりゐる　窪田　空穂

午前四時蟬よりも夙《と》く起き出でて一番《いちばん》電車に乗り海水浴に行く　前川佐美雄

一日《いちにち》の海水浴に背《せな》の皮むけて足らへるごときをさなら　石川不二子

プール

水泳用のプールは学校や公営のものがあり、私営プールでは水泳教室も開いている。温泉プールや温水プールは冬も開いているが、やはり、夏のプールが最も賑わう。ホテルのプールも一般公開される。また夜間も照明のもとで泳ぎが楽しめる。

野のうへに青いプールが見えるなり彼女はすんなり游ぎゐるべし　前川佐美雄

あふむけに夜のプールを游ぎゐる父、わがうちに苦きもの満ち　塚本　邦雄

手のひらの白さ目立つまで色やけて少年ら今日もプールに並ぶ　馬場あき子

プールの水干されていたり秘かなる今日の怠惰をいづこに棄てむ　平井　弘

銅上げをされて祝われ傍のプールに死体の如投げ込まる　浜田　康敬

夜のプールをすすむクロール、男には一生はつね短かかるべし　佐佐木幸綱

泳ぎ来てプールサイドをつかまへたる輝く腕に思想などいらぬ　松平　盟子

たきあび〔滝浴《たきあ》び〕

涼を求めるため、滝つぼに入り、滝水に打たれること。

滝しぶきあびるこの身ゆ息づきて茅舎の年へ近づきにけり　小中　英之

右の歌の「茅舎」は俳人川端茅舎。昭和十六年（一九四一）没、四十四歳。

はこめがね〔**箱眼鏡**《はこめがね》〕　底がガラス張りの箱で、水面上から水中を透視しながら漁をするのに用いる。**覗《のぞ》き眼鏡**ともいう。

函眼鏡もてさしのぞく海底は岩のあはひに砂しづまれり　柏崎　驍二

みずめがね〔**水眼鏡**《みづめがね》〕　水中で見るために用いる眼鏡。水泳や海女が海水に潜るとき必ず用いる。水の浸入を防ぐようにできている。

病院の帰りを待てる吾が児らに水浴《みづあみ》眼鏡を二つ買ひたり　結城哀草果

ひしょ〔**避暑**《ひしょ》〕　高原や山、海浜などに出かけ、暑さをさけること。短期間の避暑の旅や一夏を**避暑地**の別荘などで過ごす。

A夫人避暑の子供の花火見て蛾に追はれつつ帰りこしかな　与謝野晶子

八月の避暑地の街のゆふまぐれひとりはかなく酒肆《さかみせ》に入る。　吉井　勇

避暑にゆきて留守居ばかりの友が家の庭にさきさかるサルビヤの花　長谷川銀作

なつやすみ〔**夏休み**《なつやすみ》〕　学校や会社などで、夏季に健康管理などの目的により、その業を休むこと。**夏期休暇**、**夏の休み日**、**暑中休暇**、**バカンス**などともいう。夏休みに故郷に帰ることを**帰省**という。

夏休み家恋ひ来れば坂を出て家の森見ゆわが家の森　伊藤左千夫

をさな子は蟬とりあきてとんぼつり夏のやすみ日過ぎにけるかも　岡　麓

夏の休み日の／実験室は寂しかり。／鋼鉄《はがね》のうへの面錆《おもさび》を見る　石原　純

夏休日《なつやすみ》われももらひて十日《とをか》まり汗をながしてなまけてゐたり　斎藤　茂吉

夏休みの絵日記みれば捷一よくぢらのごとく海に泳ぎし　土岐　善麿

暑中休暇すぎて今日《けふ》より子の居《を》らず妻との昼餉《ひるげ》はやく終りぬ　松村　英一

夏休をはらむ頃にゆきにける強き温泉《ゆ》の気にあたりて帰る　土屋　文明

夏休貰ひて行きし看護婦の帰り来たれるをひたなつ

かしむ　結城哀草果

桃色の乳もつ牛の背夕映に輝き少年の帰省終りぬ　太田　絢子

ふわふわと蚊帳はさゆれて夜ふけたり休暇となりし君と吾れとに　馬場あき子

夏期休暇の終りは近し空色に少女描かれていて暦の秋　清原日出夫

賜はりし四十日をわれのみの時間に生きておそれなしとせず　奥村　晃作

かの詩人の名前を一度つぶやきてむっつりと立ち上る暑中休暇の吾は　佐佐木幸綱

かぶと虫飢ゑて死ゆくは朝々の祭礼のごとし子の夏休み　坂井　修一

願望の助動詞ばかり並びおり夏休み前のサークル誌　田中　章義

かきだいがく〔夏期大学《かきだいがく》〕

夏期休暇を利用して、臨時に開設される成人のための公開講義。**夏期講習会**ともいう。**夏期実習**は夏期に実地に学習をすること。

樺太の夏期大学は遠けれど待つ人あれやわれに聴くべく　土岐　善麿

ゼラニウムあか紅《あか》と花の咲く苑《その》に夏期大学の午《ひる》の電《べ》鈴《ル》鳴る　木俣　修

夏期実習にわが受持ちて測定せし牝牛ネリーも群にゐる見ゆ　石川不二子

りんかんがっこう〔林間学校《りんかんがくかう》〕

主として夏期に小・中学校で、健康増進、自主活動などの教育方針により、山や高原で行う集団野外授業。海浜で行う場合、**臨海《りんかい》学校**という。

群《むれ》をなしこれは林間学校の生徒のごとき竹煮草かな　与謝野晶子

部屋籠り笛吹きゐしが降り来たり林間学校のこと唐突に言ふ　大滝　貞一

むしぼし〔虫干《むしぼし》〕

夏の土用の晴天を見はからって、黴《かび》や虫の害などを防ぐため、書籍や衣服などを日に干したり、風にさらしたりすること。**土用干**、**虫払い**、**風入れ**。書画の場合は**曝《ばく》書《しょ》**という。

うすじめる書《ふみ》もちいだしさ庭べの隅《すみ》のひかりに書《ふみ》な

めて干す　斎藤　茂吉

思はざる鴫居に蝉の殻つけり虫干の衣吊さんとする
初井しづ枝

若き〈明治〉はたのしかりしや　袖ひろげ土用干せる母の紋服　斎藤　史

一日の閑暇埋めて夥しき死語あり父がいそしむ曝書
安永　蕗子

縁側に江戸切絵図《えどきりゑづ》をひろげては日に干しをりきわが父上は　小池　光

斎藤茂吉の歌の「なめて干す」は並《な》めて干す。

うめつける〔梅漬《うめつ》ける〕

梅の実を塩漬けにして紫蘇の葉で赤く染めたのが梅干。昔から保存食品、健康食品として食され、現在、健康食ブームで見直されて、自家製にする人が多い。塩漬けにした梅の実は三日ほど日に干す。昼間だけでなく、夜干しにして夜露に当てるのもよい。**梅《うめ》漬《づけ》**、**梅干す**ともいう。また、梅の実に焼酎と氷砂糖を入れたものが梅酒。さわやかな酸味があり、暑気払いに用いる。

梅漬は竹の箸にてかきまぜな木の箸つかへかびふせぐには　岡　麓

あまつ日の強き光にさらしたる梅干の香が臥床《ふしど》に入り来《く》　斎藤　茂吉

とくとくと香にたつ液体そそがれて青く濡れみく壺の梅の果《み》　四賀　光子

なり梅のわづかを漬けて妻は乾すあさより暑き敷石のうへ　松村　英一

白波の有磯ちかづく岩代駅うめ干ほしぬ匂ひ立ち来も　土屋　文明

庭石に妻が干したる梅干に今日も暮れゆく日の光さす　柴生田　稔

焼酎のとろりと梅になじむ日をおもひたのしみ梅漬けにけり　木俣　修

たまたま夫と諍ひき朝あけて青梅をわれは漬けてゐる　石川不二子

岡麓の歌の「かきまぜな」の「な」は禁止の意。土屋文明の歌には「紀勢西線岩代駅」の題がある。

しょきばらい〔暑気払《しょきばら》ひ〕

暑気払《はら》いともいう。

暑さを払いのけるため、何らかの方法を講ずること。**消夏《しょうか》**、**暑気下《くだ》し**、暑さ凌《しの》ぎなどともいう。

薤《らっきょう》は箸に挟んでギシギシと暑さわすれに食らべかりけり　山崎　方代

暑気払ひ否、あざやかに決めたるは一本背負ひつくつく法師　永井　陽子

なつまけ〔夏負《なつま》け〕暑さのために体力が消耗して、食欲がなくなり、身体が衰弱すること。**暑気あたり**、**暑さあたり**、**暑気負け**ともいう。

夏まけの母をいたはり来し山の湯宿にいちにち雲を見てゐる　太田　青丘

うめしゅ〔梅酒《うめしゅ》〕青梅の実で作った果実酒。昔から暑気払いによいとされている。

一夜寝て肩の疲れを癒《いや》さんと古き梅酒を割りて飲みいる　大神善次郎

なつやせ〔夏痩《なつや》せ〕暑さのために夏負けして、身体がやせること。

をみな子のかりそめごとに仇うつと苛だてるひとは夏痩せにけり　岡本かの子

この夏も心にかけて飲む水の身には馴染まずわが痩せにけり　鐸木　孝

夏痩するうつしみさぶし藤の実の皮のはじくをききてわがをり　生方たつゑ

配られてくるカロリー制限の飲食《おんじき》に慣れつつ夏をやせてゆくべし　木俣　修

ウエストのサイズ細りし一夏が過ぎて誰をも愛し得ざりき　三国　玲子

なつかぜ〔夏風邪《なつかぜ》〕夏にひく風邪である。寝冷えなどでかかることが多く、治りにくい。

夏風邪にわれは咳きつつころぶせりうすき毛布の中の暗黒　葛原　妙子

汗あえしあとたはやすく引く風邪に梅雨に入るべしうつらうつとして　近藤　芳美

シーツよぎる青きはたはた夏風邪の家族泡だつごとき眠りに　塚本　邦雄

あせも〔汗疹《あせも》〕**あせぼ**ともいう。夏、小児などの頸や胸、額などにできる発疹。

母が手にむかしせし如く今日ひとり汗疣《あせぼ》を洗ふ桃の

葉を採《も》みて　　植松　寿樹

てんかふん〔天瓜粉《てんくわふん》・天花粉《てんくわふん》〕

キカラスウリの根から採取した白い粉。汗疹《あせも》に効くため、夏、湯上がりの子供の身体に叩いてつける。今は、**汗知らず**、**シッカロール**、**ベビーパウダー**などに変わった。

逃げてゆく子に天瓜粉をまぶしたるもおもひ出づああ時のめぐれり　　森岡　貞香

天花粉散らし駈けゆく幼子の余生といふをいつの日知らむ　　高嶋　健一

こうすい〔香水《かうすい》〕

四季に関係なく香水は用いられるが、夏は汗などが強く匂うため、身だしなみとして用いることが多い。

街に来て香水をふと買ひてみぬ誰にはばからぬよきにほひなり　　前川佐美雄

香水を妻に求めむと思ふのみに心ゆらぎて銀座を行きぬ　　高安　国世

口欠けて香水壜ひそと匂ふさへやさしき不幸は妻を酔はしむ　　浜田　到

スプレイに夏の香水詰めてゐて幾年も見ぬ海がひろがる　　大西　民子

想恋ひし日のごと匂ふ香水の堪へがたきかな我が衰へて　　相良　宏

かわびらき〔川開《かはびら》き〕

川の納涼開始を祝い、水難防止を願う行事。江戸時代、旧暦五月二十八日に隅田川の両国橋の下で花火を上げて行ったのが名高い。現在は七月末の土曜日に行っている。**両国の花火**ともいう。また多摩川など各地の大きな川でも催される。

青玉のしだれ花火のちりかかり消ゆる路上を君よいそがむ　　北原　白秋

養老の滝を見しかば夕べには岐阜に来て長良川の川開きを待つ　　前川佐美雄

復活の花火しだれて両国の夜ぞら華麗に涼は爆ぜしむ　　清水ちとせ

北原白秋の歌には「両国」の題がついている。清水ちとせの歌の「復活の花火」は、昭和三十七年（一九六二）以降中止していた両国の花火が、五十三年（一九七八）に再開したことをいう。

また、七月二十三日から二十五日まで、**相馬野馬追《そうまのまおい》**

祭が行われる。福島県相馬地方の小高・太田・中村の三神社合同の行事で、二十四日に甲冑に身をかためた騎馬武者が三社の神輿を奉じて雲雀ヶ原に集まり、花火と共に打ち上げられた神旗を奪い合う。

七月二十五日は大阪天満宮の天神祭である。**天満《てんま》祭**、**船祭**ともいい、鉾流しの神事、神輿の川渡御《かわとぎょ》が行われる。この祭は京都の祇園祭、東京の神田祭とともに日本三大祭といわれる。

みょうがじる〔茗荷汁《めうがじる》〕

茗荷の子を刻んで汁ものに仕立てた料理。独得の芳香と辛味を賞味する。

茗荷の子汁に刻めば匂ひ立つ朝の清しさ梅雨はれゆくも　馬場あき子

なすづけ〔茄子漬《なすづけ》〕

ナスは漬物として用途が広く、糠漬、塩漬、辛子漬、味噌漬などにして食べる。一夜漬けの鮮やかな紫紺色は食欲をすすめてくれる。

食卓の茄子の漬物むらさきに朝々晴れて百舌鳥《もず》のなく声　太田　水穂

良き物のありよと笑むや稀にして飯《いひ》に添ひたる糠漬の茄子　窪田　空穂

親子そろひ朝ゆふ囲《かこ》む食卓に漬茄子のいろ愛《め》づる夏来ぬ　筏井　嘉一

乱さるる思ひを今朝に継ぐものをさくさくと紫紺の茄子は漬けらる　西村　尚

太田水穂の歌は秋茄子の漬物を詠んでいる。窪田空穂の歌は太平洋戦争中に行われた配給のナスを詠んでいる。西村尚の歌の「断ぐものを」は続けているのに。「ものを」は接続助詞。

八月

夏・秋

八　月　夏・秋

ねぶた

八月三日から七日まで行われる青森市と弘前市のねぶたが有名である。もと東北地方で陰暦七月七日に行った。暑さからくる睡魔払い「眠り流し」の行事が発展したのだという。竹や木を使って紙貼りの武者人形や悪魔、鳥獣などの燈籠を作り、中に灯をともして屋台や車にのせて練り歩く。今は七夕送りの行事として、青森市では**金魚ねぶた**、弘前市では扇状の**扇燈籠**《おぎどろ》を用いて灯を点じる。弘前市では**ねぷた**といっている。**佞武多**《ねぶた》、**ねぶた祭**ともいう。

七夕の佞武多燈籠とよみくる町のしもては赤らかに映ゆ　　鹿児島寿蔵

北国のそらあかるきにわれは見し夜空の悪魔《デモン》ねぷたうごくを　　葛原　妙子

笛太鼓とどろかせ来る大佞武多燈籠の関羽《かんう》髪逆立てて　　太田　青丘

ねぶた囃子《ばやし》遠退きにつつ家路への跳人《はねと》の鈴の音いたく侘しも　　鎌田　純一

太田青丘の歌の「関羽」は三国の蜀漢の武将。容貌魁偉、美髯《びぜん》をもつ。

青森のねぶたは秋田の**竿燈祭**《かんとうまつり》（八月六日）、**仙台の七夕祭**（八月七日）とともに、東北の三大祭といわれる。

げんばくのひ〔原爆《げんばく》の日《ひ》〕

八月六日（広島）。
八月九日（長崎）。

昭和二十年（一九四五）、太平洋戦争により世界で初めて原子爆弾が投下され、三十万人の生命が奪われた日である。毎年、広島・長崎の爆心地では、犠牲者に対する追悼と、今も後遺症に苦しむ被爆者が絶えないため、原水爆に反対する催しを行っている。**原爆忌**、**八月忌**、**広島忌**、**長崎忌**ともいい、平和を記念するところから、**平和記念日**、**平和祭**ともいう。

原爆とふ死の灰とふ嘆くべき詞消えざらんわが国語辞典に　　佐佐木信綱

花さえや裂けつつひらく八月忌この国を憎みまたい

とおしむ　山田 あき

近代建築にかこまれんとして虚しさのひとり占めゆく原爆ドーム　初井しづ枝

原爆をのろふ言葉の絶えしとき夜ふけの街の口笛もかなし　前川佐美雄

幾千の人のすみとほる聖歌のこゑ被爆の壁を祭壇として　木俣 修

地の底に死せるヒロシマ夏の花夾竹桃咲けば亡き君おもふ　扇畑 忠雄

原爆を阻《はば》まん国の声響《とよ》むこの日の夕べ蟬生まれゆく　宮 柊二

白い虚空とどまり白き原子雲そのまぼろしにつづく死の町　近藤 芳美

爆心地を究むと引きし幾十の線の交叉鋭《と》し図表のうへに　田谷 鋭

幾千の魂魄いづこ目前《まさか》なる被爆学徒の碑のしづかなる　葛原 繁

広島に原爆落し狂ひたるイザーリー少佐の写真と真向ふ　島田 修二

爆心地行く汗の顔あの朝の石の火傷《やけど》の臭いが尖る　佐佐木幸綱

原爆忌 天つ日のさす岩はだに蜥蜴はひとり呼吸《いき》してゐたり　坂野 信彦

佐佐木信綱の歌の「死の灰」は、核兵器の爆発、また原子炉内の核反応により、大量に生ずる放射性生成物で、人体を害し死に至らしめるものの俗称。木俣修の歌は長崎浦上天主堂の原爆記念日の夜の弥撒を詠む。田谷鋭の歌には「広島」の題がある。

すずりあらい〔**硯《すずり》洗《あら》ひ**〕　七夕の前日、文筆にたずさわる人や子供が、ふだん使っている硯を洗い清めること。手習いや学問の上達を祈願するためという。**硯洗う**。

あさがほのむらさきうつる井の水に硯をあらひゐるがたのしさ　太田 水穂

たなばた〔**七夕《たなばた》**〕　八月七日。東京などの都会では七月七日に行う。天の川の両岸にある牽牛星と織女星とが年に一度相会するという、星をまつる行事である。中国伝来の乞巧奠《きこうでん》（女子の手芸上達を祈る祭）の風習が奈良時代に行われ、それと日本の棚機《たなばた》つ女《め》の信仰とが習合して、江戸時代には星祭が民間にも広まった。五色の短冊に歌や俳句などを書いて、笹竹に結びつけて立て、瓜や茄子、真菰馬を供えて、書道や裁縫の上達を祈る。八日には七夕の飾り竹を海や川に流す**七夕送り**をする。仙台市の**七夕祭**は盛大に行われる。

七夕の笹の葉がひにかそけくもかくれて星のまたたく夜かも　太田　水穂

真菰もてつくれる馬を彦星の今宵の料《りやう》と庭に並べぬ　窪田　空穂

よく磨らむ愛《かな》し女童《ねわらは》七夕は磨る墨のいろの金《きん》に顕《た》つまで　北原　白秋

天界の星座のなか牽牛と織女を七夕の夜に逢はする伝説　長沢　美津

七夕の大き薬玉《くすだま》に触れてゆくそぞろ心も友とゆく街　太田　青丘

七夕の日暮れて竹に風早し色紙《いろがみ》のいろ流るるが見ゆ　宮　柊二

倚り合いて子の七夕の話きくひとときの平和まもり難しも　前田　透

七夕の花を折りつつとぎれなき女の言葉夢をかたらず　野江　敦子

ささの葉にみえ隠れ赤い短冊の　あの子がほしやこの子がほしや　平井　弘

母が郷《さと》のことばも言ひて二人子は七夕垂《しで》の下にあそべり　柏崎　驍二

天の川見えぬあたりを指差して子は七夕の恋を言ひいづ　内藤　明

庇護されて生くるはたのし笹の葉に魚のかたちの短冊むすぶ　栗木　京子

ゆさゆさと笹の枝《え》を振る童ゐて七夕の日の空暮れはじむ　大崎　瀬都

太田青丘の歌には「仙台」の題がある。

ほしあい〔星合《ほしあ》ひ〕

七夕の夜、牽牛と織姫の二つの星が相会うこと。この一年に一度の逢瀬の夜に、雨が降ると二つの星は会えないと都会ではいうが、地方によっては雨が三粒でも降ることになっており、ことに七夕雨といって、短冊が流れるほど降る方がよいという地方もある。また、鵲《かささぎ》の橋といって、七夕の夜に二つの星を会わせるため、鵲が翼を連ねて天の川に渡すともいう。**星祭《ほしまつり》**、星《ほし》の夜《よ》ともいう。

ぬば玉の牛飼星と白ゆふの機織姫とけふこひわたる　正岡　子規

めぐりあひし男星《おぼし》女星《めぼし》のむつごとも聞くべく秋の夜は更けにけり　落合　直文

家々《いへいへ》に柳を立てて七夕の星祭する蝦夷《えぞ》にわが来つ　太田　水穂

山ふかき猪野々の里の星まつり芋の広葉に飯たてまつる　吉井　勇

まぼろしを語れるまでに心病みプラネタリウムに星祭るとぞ　山中智恵子

癒ゆる望みうすく互みに若ければ亢りて星を語る夜もあり　相良　宏

星まつり小さき罪とがのごときものきらきらとして祀り合ふなり　馬場あき子

七言の古詩一篇を調べつつ思ひはるけしまつる星の夜　柏崎　驍二

星合のおぼろゆふべに橋はのびいづこも他界に近きにあらずや　鎌倉　千和

吉井勇の歌の「猪野々の里」は土佐・韮生《にらう》の山峡。

くさいち〔草市《くさいち》〕

八月十二日の夜から十三日の朝にかけて、盂蘭盆会《うらぼんえ》に供える品々を売る市。草はくさぐさの意。蓮の葉、真菰筵、真菰の馬、溝萩、茄子、鬼灯、土器、供養膳、苧殻《おがら》などを売る。盆市《ぼんいち》ともいう。

草市のにほひ身にしむ蓮《はちす》の葉青き鬼灯《ほほづき》瓜のとりどり　平福　百穂

草市のほほづきぬらす暑き雨心しづめて人なかをゆく　五味　保義

盂蘭盆の初日の町をもとほりて瓜茄子蓮《はちす》鬼灯《ほほづき》も見し　長沢　美津

夜に入りて心離るる生活のその聖らかに草市ならぶ　安永　蕗子

草市にまぎれきたるはなにゆえの痛みと問うな火に伏したきを　藤田　武

ぼんじたく〔盆支度《ぼんじたく》〕

盆用意ともいう。盂蘭盆会に使う品々を準備すること。

むらさきの小さき花の盆花《ぼんばな》をたばにたばねて根に紐巻きぬ　伊藤左千夫

盆棚をつくると舅《ちち》が青萱《あをがや》の縄なへば吾子も真似して縄なふ　三ケ島葭子

盆棚の真蓙《こざ》に編まんと刈りし葦少年の肩に余りてゆるる　武川　忠一

伊藤左千夫の歌の「盆花」は溝萩。束ねて禊《みそぎ》用にする。三ケ島葭子と武川忠一の歌の「**盆棚**」は、供物などをそなえる祭壇のことで、仏壇の前などに設ける。**魂棚**《たまだな》、**精霊棚**《しょうりょうだな》ともいう。地方によってちがうが東京ではその棚に真菰筵を敷いて前に垂らす。

むかえび〔迎《むか》へ火《び》〕

先祖の霊を迎えるために焚く**門火**や松明《たいまつ》である。八月十三日の夕方、門辺などで苧殻《おがら》を焚く。また、墓前で杉や松を焚いてその火を蠟燭に移して持ち帰ったり、麦藁を束ねた松明に火を点じて持ち帰ったりして、盆棚の燈明をともす。**霊**《たま》**（魂）迎え**、**苧殻火**、**苧殻焼く**などという。

家の外に焚ける迎へ火燃ゆとすれば雨ふりいでて消ちにけるはや　伊藤左千夫

笹がくれ聖霊棚《しやうりやうだな》に灯ともりぬ母も祖母《おほば》もいまおはすらむ　金子　薫園

亡き父よけふの苧殻《をがら》の燃えぬにも障りはなしや冥土《よみ》のくにべに　太田　水穂

招《を》ぎまつるままに来たらせ母刀自や末の子通《つう》が住みてゐる家　窪田　空穂

迎へ火に焚きのこしたる藁の上幼なこほろぎ出て遊びをり　村野　次郎

母の霊いづべの家に守るべき軒べ／＼にをがら火匂ふ　松倉　米吉

迎火たくとかがみゐつつも水うちし庭のしめりの身に心地よき　松田　常憲

迎へ火の煙なづさふ槻の木に寝鳥みじろぐ声こそすなれ　木俣　修

迎え盆の提灯を膝の上に置く妻は火を守る車の中に　毛利　文平

うらぼん〔盂蘭盆《うらぼん》〕

八月十三日の夕方、迎え火を焚いて祖先の霊《たま》を迎え、八月十六日夕方、送り火を焚いて霊送りするまでの仏事である。地方により七月など日が異なる。盆灯籠をともし、季節の初物《はつもの》など種々の供物を供え、新たに仏籍に入った**新盆**《にいぼん》の家では僧侶に**棚経**《たなぎょう》を唱えてもらって冥福を祈る。一般には墓参り、魂祭を行う。**盂蘭盆会**、**精霊会**、**盆**などという。

山にありわが盂蘭盆のさびしさも既に見知れるみそ萩の花　与謝野晶子

ふるさとの盆も今夜《こよひ》はすみぬらむあはれ様々に人は過ぎにし　土屋　文明

新しき盆の供養のささげもの去年《こぞ》の今宵も然《しか》わが為《な》しき　松村　英一

御仏《みほとけ》にたてまつらくは新しき茄子胡瓜豆に白《しら》はすの花　松村　英一

わが母もいでませ今年初盆の化粧薄らにはや来ませ母　加藤　克巳

盂蘭盆に来て山寺に鐘をつく心幼くなれるひととき　武川　忠一

こころもち寒き盂蘭盆塋域《えいゐき》の百の茶碗がさざなみ立ちて　塚本　邦雄

村いでて嫁《ゆ》きしをとめは盆の夜をまぼろしに見て幾夜ねむりし　岡野　弘彦

初盆と人は言へどもわが思ふ一切精霊の中に母居ず　石川不二子

窓の灯《ひ》のとどくかぎりの濡れ土に足跡あらず　新盆の夜　糸川　雅子

せがき〔施餓鬼《せがき》〕

盂蘭盆会またはその前後に、諸寺院で行う無縁の霊に飲食を施す法会である。水死人の霊を弔う**水施餓鬼**には、川で行う**川施餓鬼**と海で行う**海施餓鬼**があり、水上に船を浮かべて行うのは**船《ふな》施餓鬼**という。

しらじらと施餓鬼の笹は萎えしかばあはれと見をり水のほとりに　鐔木　孝

街なかのきたない溝《みぞ》に身はおちて世に施餓鬼せむわれにはあらず　前川佐美雄

水施餓鬼の卒塔婆の立つあたりにも風さわがしく橋をわたりつ　佐藤佐太郎

川施餓鬼点す明かりはぼろの心《しん》無縁仏のわれと対きいる　内田　紀満

水死者をまつる川市かかげゆく子の綿飴のしきりにほそる　玉井　清弘

はかまいり〔墓参り《はかまゐり》〕

盂蘭盆会に先祖の墓に参ること。春や秋の彼岸などにも墓参りを行うが、俳句では古くから盆の行事とされている。盆前に墓石の苔を掃いて洗い清めるので**掃苔**《そうたい》ともいう。また**展墓**《てんぼ》、**墓掃除**、**墓洗う**とも用いる。

年ながくおとなひまつらず婦負郡《ねいぐん》寒江《さむえ》の父が墓荒れたらむ　　宮　英子

祖母につき母に従ひ詣でたる墓に今年は嫁ぎし娘と来ぬ　　川合千鶴子

とうろう〔**灯籠**《とうろう》・**燈籠**《とうろう》〕　**盆灯籠**、**盆提灯**のことで、供養のため灯《ひ》を入れて先祖の精霊に供える。門先や庭などに高い竿を立ててそれに揚げる高灯籠や揚灯籠、軒に吊るす軒灯籠、また墓に立てる墓灯籠などがある。都会では盆提灯を軒に吊ったり、室内に置いたりする。白い紙を貼ったもの、秋草を描いたものなどが多い。**盆灯**、**絵灯籠**などともいう。

み仏の来ます夕べと軒ごとに蓮の花絵の灯をともしけり　　伊藤左千夫

送られし盆燈籠の秋草は君が好みし桔梗なでしこ　　四賀　光子

盆燈籠光《ひかり》かそけくつきしとき亡き子に思ひ極《きはま》りにけり　　松村　英一

火点せば生死ひとへにへだつごと盆提灯の秋草の花　　高橋鈴之助

わがために母が哭きたることごとを思ひいでつつ盆の灯ともす　　中邑　浄人

亡き母がいまわれとなりほほゑむを盆灯の灯に明るみて座す　　馬場あき子

盆燈にあかりを入れて招きたる父母と語れる夜半の潮騒　　田村　広志

ぎふぢょうちん〔**岐阜**《ぎふ》**提灯**《ぢやうちん》〕　盆提灯の一種。岐阜特産の提灯で、骨が細くて、薄紙に花鳥草木などが涼しげに描いてあり、紅や紫の房が垂れる優美なものである。軒先や鴨居に吊ったり、仏間に置く。新盆の家に贈る風習がある。

ぼんやりと岐阜提灯にてらされし百合の花こそなまめかしけれ　　長谷川銀作

まわりどうろう〔**回**《まは》**り灯籠**《どうろう》・**廻**《まは》**り燈籠**《どうろう》〕

灯籠の一種で、お盆のころ、縁先などに吊るして楽しむ。枠が二重になり、内枠の切り抜き絵の影が外枠の薄紙または絹布に回るように映る。**走馬灯**《そうまとう》、**舞灯籠**、**影灯籠**ともいう。

泣きそ泣きそあかき外《と》の面《も》の軒したの廻り燈籠に灯《ひ》が点《つ》きにけり　北原　白秋

廻り灯籠を見つつ思はる亡き父は線香花火は淋しと言ひし　萩原　アツ

走馬灯のわれはたびびとふたすぢの涙ぬぐはずただ繞《めぐ》るなる　岸田　典子

おどり〔踊《をど》り〕

盆踊りをいう。現在、都会などでは商店街の客寄せとして、踊り櫓《やぐら》を組んで、太鼓や笛などの音頭と歌謡に合わせて踊るということが多い。もともと原始舞踊に発し、仏教渡来後に盆の儀式として精霊を迎え慰めるために行われ、室町末期から民衆の娯楽として発達した。櫓の回りに輪を作って踊ったり、行列を作って踊ったりする。八月十二日から十五日まで行われる**徳島阿波踊**は全国的に有名である。**盆踊唄**は盆踊りに合わせて歌う唄で、盆踊りが隆盛に赴くとともに伊勢踊、念仏踊などの歌の系列を引いた歌詞が作られ、その後いろいろの変化を経ている。**盆の唄**、**盆唄**ともいう。

盆の唄「死んだ奥様《おくさ》を櫓に乗せて」君をば何の乗せて来らん　与謝野晶子

豆の葉の露に月あり野は昼の明るさにして盆唄のこゑ　太田　水穂

森越しにおろかしきまで聞え来しをどり音頭もやみて二夕夜か　土岐　善麿

ある年の盆の祭に／衣貸《きぬか》さむ踊れと言ひし／女《をんな》を思ふ　石川　啄木

どっこいせどっこいせとて手打つはやししめやかなれや福知山踊　植松　寿樹

いちやうに朱《あけ》の花笠ひるがへす盆の踊りのはなやぎ寂し　明石　海人

盆をどりする浜邑に灯《あかり》見ゆ暗くしづまる海のかなたに　木俣　修

またひとり顔なき男あらはれて暗き踊りの輪をひろげゆく　岡野　弘彦

年々に死者鮮しく盆の夜のまはり踊りの低きこひうた　竹安　隆代

しょうりょうぶね〔精霊舟《しやうりやうぶね》〕

盆の十六日の送り盆の日に、

盆棚の供物や飾り物などを、麦藁や木などで作った舟に乗せ、灯籠に火を点じて、川や海に流す。この舟が精霊舟で、**灯籠舟**、**盆舟**ともいい、板ぎれに蠟燭をたてたばかりのものもある。**精霊流し**ともいう。

組まれゆく精霊船を見つつ過ぐ仏桑華咲く真昼の辻に　小野興二郎

精霊舟寺に納めて帰るさのあかねの空に稲妻遠し　丸井　貞男

彼岸への父母のお供に盆棚の野菜、藁うま朝潮に乗す　田村　広志

りゅうとう〔流灯《りうとう》・流燈《りうとう》〕

盆の十六日の送り盆の日などに、灯籠に火を点じて、川や海に浮かべて流すこと。真菰で舟形に編んだもの、また板の上に絵灯籠を据えたものや白紙を貼った角形のものが多い。精霊舟が変化した行事という。**流灯会**、**灯籠流し**ともいう。

流燈会《りうとうゑ》母のためにはべにどうろ父のためには白き燈籠　与謝野　寛

死体ここだ浮きし川なり灯籠の揺れゆくよ霊ら遊ぶごとくに　山本　康夫

瀬にかかる時おのおのの角度持ち光りつつ万灯《まんどう》流れゆきたり　乾　涼月

ちらちらと沖に流れて消えてゆく盆燈籠と葦のそよぎと　武川　忠一

水の上を灯籠ゆけりわれになほ残る炎と牽き合ひながら　松岡　裕子

流灯のひとつとなりていつの日かかぼそき燭に岸離《か》るるかな　石本　隆一

わが鼻を照らす高さに兵たりし亡父の流灯かゝげてゆけり　寺山　修司

水に移す火を囲いしはおんならの手にそえる手のあまた　幻　平井　弘

灯のいろの燈籠海に咲きつぎて波に遅れし父流すかな　辺見じゅん

おくりび〔送《おく》り火《び》〕

先祖の霊を送るために焚く火。八月十六日の夜、門辺で苧殻《おがら》などを焚く。**霊《たま》（魂）送り**、**送り盆**（**盆送り**）ともいう。また、裏盆《うらぼん》といって二十日に燈籠流しをしたり、二十四日、二十七日にする地方もある。

聖霊《しやうりやう》の帰り路送る送り火の火のもえたちぬる月あ

かりかな　　正岡　子規

盆送り墓に来れば道のべの草のなかにも線香燻《くゆ》れり　　三ヶ島葭子

門《かど》に焚くをがらのけむりうすうすとうすらぎゆけど
忘らえぬ子よ　　松村　英一

きりぎりす籠によわれり気にやみて盆十六日の今宵
放てる　　生方たつゑ

魂送りする灯の暗き波に浮き海坂《うなさか》越えて消ゆる哀れ
を　　大岡　博

魂おくり流るる朱き燈籠の光を閉ずるひとつひとつ
と　　武川　忠一

だいもんじ〔**大文字《だいもんじ》**〕　八月十六日の夜、京都如意ヶ岳の西の中腹で、大の字の形に焚く篝火。同時刻に、衣笠山の左大文字など、京都市周辺の山々でも焚かれる。起源は盆の送り火という。また、箱根の明神岳でも観光用の大文字が催される。**大文字の火**ともいう。

あかあかと大文字の山焼けてゐむころか東京の夏の
夜の月　　上田三四二

しゅうせんきねんび〔**終戦記念日《しゅうせんきねんび》**〕　八月十五日。

昭和二十年（一九四五）のこの日、ポツダム宣言を受諾して、昭和十六年（一九四一）十二月八日の宣戦よりつづいた太平洋戦争に無条件降伏した。**敗戦日**などという。また、戦没者の追悼の意をこめて、**敗戦記念日**、**敗戦忌**、**終戦忌**などともいう。

はつ秋の焦土《せうど》が原に立ちておもふ敗《やぶ》れし国はかなし
かりけり　　佐佐木信綱

忘れえぬ降伏の年の秋の夜々の月はあやしきまでに
澄めりき　　川田　順

戦ひに敗れてここに日をへたりはじめて大き欠伸《あくび》を
なしぬ　　前田　夕暮

老いの身の命のこりて　この国のたゝかひ敗くる日
を　現目《マサ》に見つ　　釈　迢空

戦争に負けてより三十三年目兢々として戦争を恐る
　　柴生田　稔

あらびよ澄むなかれと戒めきいつの日もわれに反戦
がある　　坪野　哲久

生きてゐし敗戦の日ぞ忌日《きにち》にてとらはれ死にき厳冬

シベリア　窪田章一郎

敗れたるわれの山河《やまかは》翳《かげ》をふくみ光りを含みねむりもあへず　斎藤　史

敗戦記念日の甘き梨わがうちのかなしみの核も肥満せり　塚本　邦雄

新聞のポツダム宣言の小さき記事切り抜きて持つ兵士なりしか　玉城　徹

敗戦の日を想ふなく頸赤き外人兵のうしろをあゆむ　尾崎左永子

国の忌も個の忌もひとつ夏花の夾竹桃のいろににじみて　雨宮　雅子

貧しさのかくても飢餓に遠ければただ思ふ戦ひの日の父母よ　石川不二子

たたかいはもはや終れりあらあらと雨は焼土の匂いを運ぶ　篠　弘

この日より国滅びしと玉音のラジオに四球の真空管ありき　西村　尚

心ふるう声ならざりし敗戦の膝折りしひとを見ていし記憶　平井　弘

空襲を知らざる我に足うらのごとく恥《やさ》しき終戦日来つ　高野　公彦

西村尚の歌の「玉音のラジオ」は、天皇の声を放送したラジオ。

すもう〔相撲《すまふ》・角力《すまふ》〕

古代から宮廷で、相撲の節会《せちえ》として秋に行った。秋祭に神社の境内で行うものは宮《みや》相撲、草《くさ》相撲という。現在は国技と称される大相撲が年に六場所あり、奇数月に行っている。

鳳《おほとり》のあざやけき勝をよろこびて角力がたりにふけりけらしも　古泉　千樫

汪然と涙くだりぬ。古社《フルヤシロ》の秋の相撲に　人を投げつる　釈　迢空

降りいづる雨あし暗き日の暮れを相撲放送の声あわただし　明石　海人

時を消すために相撲を見つつをりときどき光る行《ぎやう》司《じ》の扇　佐藤佐太郎

軽々と吊り出されたる若ノ花を歩みつつ見つ街のテレビに　石田比呂志

スローモーション・ビデオに見たるは力士らの勝ちゆくさまか負けゆくさまか　香川　ヒサ

はなび〔花火《はなび》〕

打上花火（揚花火）や仕掛花火など、納涼などの花火大会に上げる大規模の花火と、**線香花火**（**こより花火**）や**鼠花火**など、家庭で楽しむ**手花火**がある。**遠花火**ともいう。

昔せし童遊びをなつかしみこより花火に余念なしわれ　正岡　子規

野末なる三島の町の揚花火月夜の空に散りて消ゆなり　若山　牧水

とほくにて揚《あ》ぐる花火のほのあかりたまゆら山の上にして消《け》ぬ　石井直三郎

縁台は線香花火が照らし出す団欒《まどゐ》にぎやかにて宵しばしあり　筏井　嘉一

しゆんしゆんと線香花火の火《ほ》のまろみ心幼く耐へてゐむとす　穂積　忠

何もののわれそそのかす赤の黄の花火をひるも夜《よ》もうちあげる　石川　信雄

水の上に噴きあがる火の泡だちのなかに輝く彩とめどなし　佐藤佐太郎

間遠なく花火のこだまとよむはてあれちのぎくの野の基地つづく　近藤　芳美

入海の空に花火の開くとき遠き湯の岳こだまを返す　佐藤　志満

怒りのさく裂　花と閃く　ひりひりの　真夏の夜の空の興奮だ　加藤　克巳

二尺玉次ぎて爆ぜしめ花火師はこころ充ちつつ寥しくあらむ　田谷　鋭

重なりて夜空に爆ぜし終りの花火ひとつづつ消え闇果てしなき　川合千鶴子

音たかく夜空に花火うち開きわれは隈なく奪はれてゐる　中城ふみ子

夫も子も帰るべき家もないやうなそんな心に見る遠花火　大塚　陽子

はなやかに連打つづきてこの宵の見えぬ花火のをはりなるべし　石川不二子

わが憩ふよるの暗黒をのぼりつめ花火は発《ひら》く深き空の湾　高野　公彦

くらぐらと赤大輪の花火散り忘れむことをつよく忘れよ　小池　光

鼠花火の白き子の脚くぐりぬけ楡の根方にふつと消えたり　時田　則雄

泣くわれは美しからずいずくにかあがる花火の音のみ冴えて　道浦母都子

ひらひらのレモンをきみは　とおい昼の花火のようにまわしていたが　永田　和宏

向きあいて無言の我ら砂浜にせんこう花火ぽとりと落ちぬ　俵　万智

やきとうもろこし〔**焼玉蜀黍**《やきたうもろこし》〕　秋祭や縁日などの屋台で、緑色の苞葉を剝き、ぎっしりと実のついた玉蜀黍を、香ばしい匂いをただよわせて焼いている。札幌の焼玉蜀黍は有名である。

しんとして幅広き街の／秋の夜の／玉蜀黍の焼くるにほひよ　石川　啄木

じぞうぼん〔**地蔵盆**《ぢざうぼん》〕　八月二十四日は地蔵菩薩の縁日。地蔵菩薩は子供の守護神としても信仰されているため、各地ではこの日、子供たちが町辻の石地蔵を清めて、香花や団子などを供えて祀る風習がある。京都では六地蔵詣という会式を行う。**地蔵会**ともいう。

地蔵盆の筵に集ふ子らみれば村の遊びのいかに貧しき　岡部　文夫

よしだひまつり〔**吉田火祭**《よしだひまつり》〕　八月二十六日、二十七日は山梨県富士吉田市の富士浅間《せんげん》神社の祭。火伏せ祭ともいい、富士山の山じまいの祭である。各所に薪を積み上げて、神輿渡御のあと、夕暮に一斉に点火する。

火祭の松の火空にきらめきて人しげき道にほのみし人　佐佐木信綱

右の歌には「観吉田火祭、甲斐」の前書がある。

だいこんまく〔**大根蒔**《だいこんま》**く**〕　だいたい二百十日前後に蒔く。ふつうのものは八月二十日から二十七日頃までに蒔き、漬物用は九月四日から八日頃までがよいとされている。

庭畑の土掘りならししみじみと大根の種子を蒔きにけるかも　橋田　東声

大根を播《ま》かなとおこすトマト畑伸びし根深く我競はしむ　窪田章一郎

顔円き夫婦と茶を呑み陽気になってさあて大根でも蒔こうかい　田中　佳宏

九月

秋

九月 秋

しんさいきねんび〔震災記念日《しんさいきねんび》〕　九月一日。大正十二年（一九二三）のこの日、関東地方に大地震が起こり、それに伴って大火災が生じた。毎年慰霊祭が東京墨田区の震災記念堂で行われる。**震災忌**ともいう。また、**防災の日**ともいう。

逃れ来て露にひれ伏す大地《おほつち》の底ゆりあげて揺りやまずいまだ　土岐　善麿
かりそめの地震《なゐ》にはあらじ危しと起きあがりたる足定まらず　植松　寿樹
人ごゑも絶えはてにけり家《いへ》焼くる炎《ほのほ》のなかに日は沈みつつ　高田　浪吉
うづ高きお骨《こつ》を見つつ香煙《かうえん》の漂《ただよ》ふなかに泪《なみだ》落ちたり　高田　浪吉

右の四首は関東大震災を体験して詠まれたもの。

九月一～二日前後は、立春から二百十日目にあたり、暴風雨が襲来することが多い。富山県八尾《やつお》町では九月一日から三日間、風の神を鎮め、豊作を祈って**風の盆**が行われる。町中の男女が越中小原節《おわらぶし》を三味線と胡弓、太鼓の伴奏で唄い、夜を徹して踊る。俳句に「風の盆てふ名貧しくありにけり　後藤比奈夫」がある。

あきのひ〔秋《あき》の灯《ひ》〕　明るく艶な春の灯に対して、秋の灯は落ちついて静かで慕わしい感じである。**秋の灯火《ともしび》**、**秋ともし**、**秋灯《しゅうとう》**、**灯火《とうか》（下）親し**などともいう。

猿が京新治村《にひはりむら》の笹の湯にありて悲しむ秋のともし火　与謝野晶子
秋の夜の灯《ともし》しづかに揺るる時しみじみわれは耳かきにけり　斎藤　茂吉
君去《い》にてものの小本《こほん》のちらばれるうへにしづけき秋の灯《ともし》よ　若山　牧水
ほつつりと秋の夜ふけの窓にともるその灯のいろを恋ひつつ帰る　西村　陽吉
秋の灯は畳にこぼれ病むわれのややなまぐさく坐り

てゐるも　　高嶋　健一

むしうり〔虫売《むしう》り〕　秋に鳴く音のよい松虫や鈴虫などは、縁日の夜店やデパートなどで**虫籠**に入れて売っている。虫の音を賞美する虫聞き、また野に出て遊ぶ虫狩りなどは古くからあり、虫売りは江戸時代に現われたという。**虫売る**。

虫売が煉瓦だたみをふみゆけり更けては夜の銀座もさみし　　金子　薫園

故里に聴きにし虫のかすかにも雑《まじ》りて鳴くよ虫売る家に　　窪田　空穂

虫売はやがて出《い》づらむ去年《こぞ》の夏君と買ひたる鉦たたきはも　　吉井　勇

けいろうのひ〔敬老《けいらう》の日《ひ》〕　九月十五日。従来の「老人の日」を新たに祝日として、昭和四十一年（一九六六）に制定された。

病む義母と病まざる義父に同額の敬老祝い金届けられたり　　久々湊盈子

はぎみ〔萩見《はぎみ》〕　こぼれ咲きつづける庭萩を見ることをいう。ごく親しい間柄で行われることが多い。

萩見にと訪はしし君が杖のあとはまだ残れるを庭のかよひ路　　落合　直文

しきき〔子規忌《しきき》〕　九月十九日。正岡子規の忌日である。明治三十五年（一九〇二）に三十六歳で東京台東区根岸に没した。墓は東京北区田端の大龍寺にある。**糸瓜忌《へちまき》**、**獺祭忌《だっさいき》**ともいう。糸瓜忌は「糸瓜咲いて痰のつまりし仏かな」他二句の絶句から、獺祭忌は別号獺祭書屋《しょおく》土人からのもの。死の二日前まで「病牀六尺」を書き続けた。

へちま忌を啼く法師蟬大いなる債のこしつつ死ぬこともあらむ　　岡井　隆

あきのかや〔秋《あき》の蚊帳《かや》〕　秋になっても蚊帳をしまわないで、吊ったり吊らなかったり、手近に出しておくこと。**九月蚊帳《くがつがや》**ともいう。また、一夏親しんだ蚊帳をしまうことを、**蚊帳の別れ**、**蚊帳の名残**という。今日ではこのような風情が失われた。

うら枯れし草の色して哀れなり小諸の宿の初秋の蚊帳　　与謝野晶子

壁ごしに／若き女《をんな》の泣くをきく／旅の宿屋の秋の蚊帳かな　　石川　啄木

すだれおさむ〔簾納《すだれをさ》む〕　夏の間、強い日射しを遮ってくれた簾も、残暑を過ぎると邪魔になる。取りはずして洗って仕舞う。秋になってもまだ掛け続けている簾は**秋簾**という。

西日よけの露地のすだれの払われてあなすがすがと風かよいいる　　高安　国世

掛けのこす簾を巻きて日の影のあたるひと時机に対ふ　　千代　国一

あきおうぎ〔秋扇《あきあふぎ》〕　秋になっても暑い日があるため、扇はなかなか手離せない。**秋扇《しゅうせん》**、**秋の扇**ともいう。

ゆるやかに秋扇《しうせん》うごく美しき少女立ち胸のふくらみの上　　宮　柊二

秋の扇遠ざかりゆく　こもりゐてハドリアヌスの回想記はも　　山中智恵子

あきのあわせ〔秋《あき》の袷《あはせ》〕　秋になって単物から着替える袷である。俳句では袷というと初夏に着るものを指すため、**秋袷**などと区別する。

取りいでし去年《こぞ》の袷の／なつかしきにほひ身に沁む／初秋《はつあき》の朝　　石川　啄木

たらちねの母がたまひし袷きもの夜《よ》戸《と》出《で》さむけみ今日きそめたり　　植松　寿樹

いちはやく袷をまとひ更くる夜の蹠《あうら》の冷えをかばひなどする　　坪野　哲久

しゅうぶんのひ〔秋分《しうぶん》の日《ひ》〕　秋の彼岸の中日で、九月二十三日ごろになる。祖先をうやまい、亡き人をしのぶ祝日である。春分と同様に昼夜の長さは等しくなる。

秋彼岸柴蘇の実つみて中日の朝餉の膳にのぼせにけり　　長沢　美津

秋分の日の砂浜に影をひく流木の根とうつしみ吾と　　佐藤佐太郎

秋分のおはぎを食へば悲しかりけりわが仏なべて満州の土　　山本　友一

美しきひと顕ちたまふ空間に秋分の日を悼みまつらむ　　山中智恵子

秋分の夕昏れにして藍ふかき空の下犬に引かれてぞ

出づる　島田　修二

彼岸会の中日　此岸を雨に濡れあまたの花を零す白萩　大下　一真

山本友一の歌の「満州」は中国東北部。日本からたくさんの開拓民が赴き、太平洋戦争後引揚げた。

あきへんろ〔秋遍路《あきへんろ》〕

秋の日和のよいころには、遍路の姿をよく見る。

粉河寺《こかはでら》遍路の衆のうち鳴らす鉦々きこゆ秋の樹の間に　若山　牧水

「粉河寺」は、和歌山県粉河町にある粉河観音宗の本山。西国三十三所第三番の札所。

いわしひく〔鰯《いわし》引《ひ》く〕

鰯雲があらわれると、地引網を用いた鰯漁がはじまり、秋から冬まで行われる。九十九里浜が有名であった。

瀬戸の海きよる鰯は弥水《いやみづ》の潮の明石の潮なぎに曳く　長塚　節

鰯引く袋をおもみ引きかねて魚籃にすくふ磯の浅瀬に　長塚　節

さけごや〔鮭《さけ》小屋《ごや》〕

秋の産卵期になると、鮭は大群をなして川をさかのぼる。石狩川や十勝川沿岸などでは、漁師たちは小屋を構えて、秋から冬までの鮭漁に備える。**鮭網**、**鮭打ち**などともいう。

川の風けふ寒からず鮭の網構へて人らゴムズボン穿く　扇畑　忠雄

川波に荒ぶる鮭を網に寄せ人らは打たむ鉤を手に持つ　扇畑　忠雄

蒼黒き冬の川瀬をのぼり来る鮭待ちて人は小屋にひそけき　安立スハル

はぜつり〔鯊《はぜ》釣《つり》〕

ハゼは河口や浅海に多く、秋の彼岸ごろがよく釣れる。誰にでも釣れるので、岸辺や橋から釣糸をたれたり、**鯊舟**を出したりする。塩焼、天ぷらにして食べる。

満潮《みちしほ》を見るはたのしく佇《たたず》みぬ鯊つりてゐる人のかたはら　佐藤佐太郎

くだりやな〔下《くだ》り簗《やな》〕

九〜十月ごろ、成長した鮎は産卵のために川を下る。川筋を仕切った簗簀には鮎がかかり、その下には水が流れる仕掛けである。河原には小屋掛けをして、鮎を食べさせる簗場がある。

簗の簀にうち上げられてくる魚を待つ間《ま》は楽し座敷にありて　半田　良平

簗の簀にうち上げられし一つの魚飛沫《しぶき》がかかるたびに喩喁《あぎと》ふ　半田　良平

簗のうえのおのが細身をたたきつけ鮎の怒りは光にてある　石本　隆一

まびきな〔間《ま》引《びき》菜《な》〕

大根、蕪などは二百十日ごろ種子を蒔く。芽が出て、貝割菜《かいわりな》になったころ、七〜十日ごとに間引いて、あとを大きく育ててやる。間引いた菜は汁の実、胡麻和えなどにして食べる。**摘まみ菜**、**抜菜《ぬきな》**、**虚抜《うろぬ》き菜**などともいう。

間引菜の大根の葉の虫痕《むしあと》は一昨日昨日《おととひきのふ》雨のつづきし　岡　麓

背戸畑に間引菜しつつ余念なき母をば見つつ野路を帰るも　松田　常憲

八百屋にも我は来慣れてためらはず嵩《かさ》ありて安き間引菜を買ふ　高安　国世

いもほる〔芋《いも》掘《ほ》る〕

里芋は名月に欠かせない供物の一つで、葉柄を刈ってから掘り採る。子芋は衣被《きぬかつぎ》といい、皮のまま茹でて塩などをつけて食べる。

里芋の根もりの土をかきわけてさがす子芋はまだ数のなき　岡　麓

つきみ〔月《つき》見《み》〕

陰暦八月十五日。仲秋の名月（十五夜）を観賞することである。月見団子、芋、枝豆、栗などを盛り、ススキ、秋草の花を活けて供える。古来、月下に清宴を張り、詩歌を詠じた。十三夜にも行う。**観月《かんげつ》**、**月祭る**などともいう。

月見つつしのびてまさむ父母もわが子いづこに今宵やどると　落合　直文

枝豆を煮てを月見しいにしへの人のせりけむ思へばうれしも　伊藤左千夫

夜《よ》の山風とみに吹き起り漂へる雲ちりぼひて月昇る早し　佐佐木信綱

月を賞《め》で窓べにしばしゐるわれを訝むらし子も月を見る　来嶋　靖生

十月

秋

十月　秋

きょうどうぼきん〔共同募金《きょうどうぼきん》〕　十月一日から末日まで。街頭その他で共同募金が行われ、寄付者には赤い羽根が渡される。社会福祉運動として昭和二十二年（一九四七）に始まった。

赤き羽根街ゆく人の胸に映ゆ秋ももなかとなりて今年も　岡野直七郎

行き過ぎつつむごき感じぞ募金の箱もちて並ぶは少年なれば　田谷　鋭

かかし〔案山子《かかし》〕　穂の出始めた秋の田に立てて、雀などの害を防ぐもの。竹や藁で人の形を作り、古帽子や古着をつけた一本足の案山子は、風雨にさらされて破れ傾き、稲の稔るころには雀も馴れて、おどしが効かなくなることが多い。案山子《かがし》。

案山子《かがし》だに紅《あか》き襤褸《つづれ》を着るありてうつしよごとはあはれなりけり　岡野直七郎

田の中にへのへの案山子モンペ穿き母なる戦後すでに終りき　田浦　孝子

なるこ〔鳴子《なるこ》〕　縄を張って稲雀を追い払う装置。縄には小さい板に細い竹管を糸で掛け連ねたものがくくりつけられ、縄を引くと管が板に触れて音を出す。空缶を吊るしたものもある。

むら雀むれゐる小田の鳴子縄たれもゆきまに引けよとぞおもふ　落合　直文

一つ鳴り二つ鳴りつつ新墾田《あらきだ》の大田の鳴子鳴り揃《そろ》ひたり　吉植　庄亮

とりおどし〔鳥威《とりおど》し〕　ビニールテープなどを縦横に張りめぐして日にきらめかしたり、鳥の屍を竹竿にぶらさげたりする。威し銃を発砲することもある。

恵林寺《えりんじ》の山内《さんない》ひろき秋ぐもり雀おどしの銃《つつ》遠く鳴る　吉野　秀雄

鳥威しをりをり揺るる段丘にかぐのこの実も柿もみ

のりぬ　三国　玲子

一区画雀おどしのひかりゐる早稲田の穂面風わたりゆく　御供　平佶

しんしゅ〔新酒《しんしゅ》〕

その年の新米で醸造した酒。昔は新米がとれるとすぐ作った。現在は寒造りが盛んである。**新搾《にいしぼ》り、今年酒、新《あら》走《ばし》り**ともいう。

馬の荷の新酒の樽にひと束《たば》の菊をそへくる秋の山里　太田　水穂

さかふねに滴《したた》りおつる新酒《にひしぼり》かくも響きて落ち来るものか　平福　百穂

鳰鳥《にほどり》の葛飾早稲の新《にひ》しぼりかたむけ笑らぐ冬ちかづきぬ　北原　白秋

過ぎし人過ぎし空間　冬の夜の古き木樽に酒浸みゆかむ　浅川　広一

あきのさけ〔秋《あき》の酒《さけ》〕

陰暦の九月六日の重陽《ちょうよう》の日から、酒はあたためて飲めば病なしといわれた。人肌に温めた酒には情がある。**温《ぬく》め酒《ざけ》**。

白玉の歯にしみとほる秋の夜の酒はしづかに飲むべかりけり　若山　牧水

牧水も逝きて今年の秋さびし旅にゆけども酒に酔へども　吉井　勇

徳利《とつくり》の向こうは夜霧、大いなる闇よしとして秋の酒酌む　佐佐木幸綱

にごりざけ〔濁酒《にごりざけ》〕

滓《かす》をこさないので、白くにごっている酒。**どぶろく**。

にごり酒のみし者らのうたふ声われの枕をゆるがしきこゆ　斎藤　茂吉

にごり酒淡竹《はちく》虎杖《いたどり》乾《ほし》ざかなありでたのしも山の夕餉も　吉井　勇

眼の前に大きなる手のぐらと揺れ光りこぼるる白濁る酒　千代　国一

「酒《さか》ばやし」軒につりたるこの店のほの暗き土間に濁り酒を買ふ　斎藤　有

右の歌の「酒ばやし」は酒林。杉の葉を球状に束ねて軒先にかけた酒屋の看板。

しんまい〔新米《しんまい》〕

その年に収穫した米。早稲は早くから出回る。水分が多いので水加減に注意して炊く。**今年米《ことしまい》**ともいう。

たきたての塩のむすびを二つづつ今年の新《しん》の雪白の米　　岡　麓

新米の一番米を餉《け》にたきて風邪にこもれる身をぞ養ふ　　吉植　庄亮

つやつやと燈のもとに光《て》る新米に心とめず食《を》す吾となりゐし　　佐佐木治綱

あきまつり〔秋祭《あきまつり》〕　秋の祭は、収穫の新穀を神に供えて感謝する祭が多い。村祭、豊年祭、収穫祭などともいう。

ま日《ひ》の照りをりをりかげり秋まつりの太鼓ちまたに鳴りどよもせり　　三ヶ島葭子

秋祭り町の太鼓のおもしろさおもしろきゆゑかなしからむか　　橋田　東声

山寄《やまより》の思はぬ辺《へ》にも幟《のぼり》立ち秋祭する彼の村この村　　半田　良平

松のうれに縄もて結ひし宮塚《みやづか》の秋のまつりの鐘はひびかふ　　生方たつゑ

旅にきて豊年まつりのうたきけり歓ぶこゑの身に沁むものを　　宮　柊二

白銅貨ひとつ握りて弟と山こえゆきし村の祭りに　　岡野　弘彦

かくれんぼの鬼とかれざるままに老いて誰をさがしにくる村祭　　寺山　修司

海岸の村にとり入れの祭あり太鼓を打てば乾くその音　　板宮　清治

うしまつり〔牛祭《うしまつり》〕　十月十二日。京都市太秦《うずまさ》の広隆寺でこの夜、摩多羅《まだら》神を祭る。寺中の行者が仮面をかぶり、異様な服装をして牛に乗り、祠殿を回り上宮王院の前で、五穀豊饒、悪病退散などの祭文を読む。

牛祭の宵更けそめて地《ぢ》霽《もや》下《お》りふところ手する肌の小ぬくさ　　木下　利玄

人皆《ひとみな》の丈《たけ》よりぬきんで牛の上《うへ》にて摩多羅神すぐるを豈《あに》見おとさめや　　木下　利玄

右の「豈見おとさめや」は、なんで見落すものか。

おえしき〔お会式《えしき》〕　十月十三日。この日は日蓮の忌日で、御命講《おめいこう》が営まれる。東京池上本門寺は盛んで、信徒は万灯《まんどう》という造花で飾った行灯を押し立て、団扇太鼓を叩いて参詣する。一か月おくれ、陰暦のまま行う寺院もある。

諸《もろ》びとの祖師恋しやと声合せ叩く太鼓よ空もとどろに　窪田　空穂

日蓮菩薩寂《じやく》しましぬといはむすべ知らに叩けるその日の太鼓か　窪田　空穂

夜祭の万燈の上にいよいよあがり大きなるかも今宵の月は　北原　白秋

うんどうかい〔運動会《うんどうくわい》〕

九～十月には盛んに運動会が催される。十月十日は、東京オリンピック開会式の日を記念して、昭和四十一年（一九六六）に定められた**体育の日**である。とくにこの前後は学校を初め、会社、各団体で運動会を行う。

友をおきて吾子の欲《ほ》るままに小学の運動会を見せに来《き》たれり　三ケ島葭子

鬱ふかきわれを少年は連れ走る借物競争の借物として　米川千嘉子

きくくよう〔菊供養《きくくやう》〕

十月十八日。東京浅草寺で菊花の供養を行う。参詣人は境内で買った菊を供え、すでに供養された菊と替えて持ち帰り、病難災害除けにする。奈良時代より、陰暦九月九日は重陽《ちようよう》の日といい、宮中では観菊の宴が開かれ、延命長寿を祈願して菊の花片を浮かべた菊酒を飲んだ。**菊の節句**ともいう。

燈明をかかげて菊の節句するこの宵離る飛騨古川町　黒田　淑子

きくにんぎょう〔菊人形《きくにんぎやう》〕

菊の花や葉で飾りつけた人形で、多くは歌舞伎狂言に取材した。十月中旬頃から文化の日を中心に、郊外の遊園地などで見世物にする。明治時代には東京団子坂、両国国技館のが有名であった。同時に**菊花《きつか》展**も各地で催される。

色調の暗きもののふ現実《うつつ》なる菊の人形《ひとがた》に秋の逝くなり　森岡　貞香

そこはかとなき香りさへ今日のもの菊花展のまへを通り来りつ　上田三四二

亡き人のたれとも知れず夢に来て菊人形のごとく立ちゐき　大西　民子

ゆっくりと菊人形の義経の顔を伝わる一筋の雨　小高　賢

きくなます〔菊膾《きくなます》〕　菊の花片を茹でて、三杯酢や辛子和えにしたもの。にが味がなく、香気のある食用菊を用いる。

はやくより雨戸をしめしこのゆふべひでし黄菊を食へば楽しも　斎藤　茂吉

さむざむと時雨する日に菊膾食《た》うべてゐればむかしに似たり　前川佐美雄

菊の花ひでて香にたつものを食ふ死後のごとくに心あそびて　佐藤佐太郎

白菊の幾重香にたつ浸《ひた》しをばをしみ食うべつつものおもひせず　森岡　貞香

黄菊の香つよき酢をもて消してゆく十たび百たび否定をすべく　米川千嘉子

きくまくら〔菊枕《きくまくら》〕　菊の花を干して詰めた枕。香り高く、邪気を払うという。

頭《づ》に置けばやはらかに受けてにほひだつ菊の枕はいのち愛《を》しましむ　上田三四二

くりひろい〔栗拾《くりひろ》ひ〕　栗の実は熟れると褐色になり、毬《いが》が自然と割れて落ちる。落栗《おちぐり》。

故郷の和田峠路を越えゆきて君が里べに栗拾はましを　土田　耕平

夜はいまだしらしら明けの小林《をばやし》に入りて拾はく落栗の実を　土田　耕平

くりめし〔栗飯《くりめし》〕　栗の実を入れて炊いたご飯。皮をむいてからよく水につけて、あくを抜くとよい。

木曽人よあが田の稲を刈らむ日やとりて焚くらむ栗の強飯《こはいひ》。　長塚　節

いとまなきわれ郊外にゆふぐれて栗飯食《を》せば悲しこよなし　斎藤　茂吉

飯《いひ》のなかに栗を炊《た》きまぜてこの朝《あした》わかるる児らと食ひにけるかも　岡部　文夫

やきぐり〔焼栗《やきぐり》〕　栗の実を焼いたもの。熱するとはじけるので、家庭で焼くときは皮に傷をつけるとよい。駅前や町角に焼栗店が立つ。

夜の辻の焼栗の香《か》に咽《む》せ返りよろぼひて行く空車《からぐるま》かな　与謝野　寛

けふもかも秋雨寒しあかあかと炉の火を焚きて栗やくわれは　古泉　千樫

ごぼうひく〔牛蒡引《ごばうひ》く〕

秋に牛蒡は収穫するが、一メートルもある根は、まわりを鍬で掘ってから、手で引き抜く。**牛蒡掘る**。

牛蒡の根はひけども抜けずたなぞこにひやびや着きしおそ秋のつち　小田　観蛍

えんどうまく〔豌豆蒔《ゑんどうま》く〕

豌豆や蚕豆などは、十月上旬頃が播種期となる。

妻と播くゑんどうの種子《たね》二種類のこの花咲かむ春は遠くとも　中野　菊夫

とろろじる〔とろろ汁《じる》〕

山芋をすりおろし、更に、すり鉢ですりながら、煮出し汁を加えて混ぜたもの。古来、東海道丸子《まりこの》宿《しゆく》のものが有名である。炊きたての麦飯にかけたものは、**とろろ飯《めし》**、**麦とろ**。そばにかけたものは、**とろろそば**。**とろろ**ともいう。

蓼科の湯の湧く山ゆ掘りきつと言《こと》もうれしきとろろ芋汁　伊藤左千夫

擂小木《すりこぎ》にすりこなされてとろゝ芋泡雪なすを口にふゝみつ　太田　水穂

その人の生涯にわれ一度逢へりとろろ汁をば振舞ひくれき　窪田　空穂

とろろ汁うましと食へばたのしみてとろろ汁つくる妻はあはれに　大岡　博

割箸を前歯で割《さ》いてとろろ飯一口にわれがぞつこんの彼奴《きやつ》　塚本　邦雄

ところ芋ころころ擢れば厨冷え父まつ家に秋深みゆく　馬場あき子

「ところ芋」は野老芋。自然薯《じねんじよ》ともいう。

むかごめし〔零余子飯《むかごめし》〕

ヤマノイモ類の葉の付け根に、秋になるとできる珠芽が零余子である。皮は褐色で肉は白い。これをご飯に炊きこんだもので、味・色ともに素朴で野趣がある。

追善にむかご飯など供え来て座れば冬の日のあたたかし　芝谷　幸子

大粒の零余子は友の賜物の丹波の渋み飯《いひ》に炊きたり　鎌田　弘子

きのこじる〔茸汁《きのこじる》〕　秋は茸のシーズンである。松茸、椎茸、なめこ、榎茸、初茸、平茸、舞茸、しめじなどが、汁の実として賞味される。茸《たけ》山で**茸狩り**をして茸汁を作るとき、毒茸には充分気を付けたい。**茸飯《きのこめし》**の代表的なものが**松茸飯**である。

きのこ汁くひつつおもふ祖母《おほはは》の乳房にすがりて我《あ》はねむりけむ　斎藤　茂吉

秋山に今日の日を得て遊行《ゆぎやう》なす少しといふ松茸狩りに　初井しづ枝

いもがら〔芋幹《いもがら》・芋茎《いもがら》〕　里芋の茎を日に乾かしたもの。干したものを水でもどして茹でたあと、煮物、汁の実、和えものにする。秋に収穫した生《なま》のものは、ずいきという。

芋がらを壁に吊せば秋の日のかげり又さしこまやかに射《さ》す　長塚　節

干《ひ》のおそき縁の芋殻《がら》手にふれて冷《つめた》き冬の日向なるかな　中島　哀浪

芋殻をつかねて晒《さら》す広庭に今朝は真白く霜ふりにけり　生方たつゑ

ほしいも〔干芋《ほしいも》〕　サツマイモを生《なま》のまま、または蒸して、一センチ以内の厚さに切って干し上げたもの。**乾燥芋**、**切干し**ともいう。

久百百《くもも》より下之加江《しものかえ》かけて貧しき村軒に切藷を吊し干したり　五味　保義

はぎかる〔萩刈《はぎか》る〕　晩秋、花が終わってから、根を強めるために刈る。

霧が峰は草のしげ山たひら山萩刈る人の大薙《おほなぎ》に刈る　長塚　節

花過ぎし萩を刈りつつ聞えゐる虫は幽けく地にこもるらし　竹尾　忠吉

とくさかる〔木賊刈《とくさか》る〕　五十センチほどの高さに直立する茎は堅く、珪酸を含むため、茎の充実している秋に刈り、物を砥ぎ磨くのに用いる。

木賊刈る信濃はいづこ還るべき故国持たざるゆゑに男ぞ　塘　健

あしかり〔葦刈《あしか》り・蘆刈《あしか》り〕　晩秋から冬にかけて、葦を刈り取ること。また、その人をいう。刈葦は屋根を葺いたり、葭簀などの材料に用いる。**芦刈り**。

足とめて聴けばかよひ来河《く》むかひ枯葦のなかの葦刈りの唄　　若山　牧水

葦刈りは薄暮の境消《け》ゆく間《ま》の身をはればれと鎌振るが見ゆ　　安永　蕗子

われの世も霰走りぞ芦刈のひと日の寒に冷えて去りきぬ　　馬場あき子

ひまつり〔火祭《ひまつり》〕

火を焚いて神を祀る行事。各地にあるが、十月二十二日行われる**鞍馬《くらま》の火祭**は名高い。京都鞍馬山の由岐神社の神事で、少年や年長者が大小の松明を持って練り歩き、山門に張られた注連が切られるのを合図に一斉に神社に駈け込む。全山、篝火と松明で火の海のようになる。

山伏の六根清浄大振りの所作にて浴びる火祭りの粉を　　清水　恒子

火祭の男駈け去るはや不惑ひりひりともみあげのはつしも　　塚本　邦雄

補陀落寺の砂の斜面にあかあかと見えくるは清き那智の火祭り　　阿部　正路

火祭りの輪を抜けきたる青年は霊を吐きしか死顔をもてり　　春日井　建

修羅すでにもたざるわれら火祭りと呼びて岬のまつりに火投ぐ　　伊藤　一彦

ほらあれは火祭りの炎ふるさとに残った秋をみな焼くための　　永井　陽子

いねかり〔稲刈《いねか》り〕

早場米《はやばまい》地帯は八月下旬頃刈り入れをするが、一般に早稲《わせ》や晩稲《おくて》など多少のずれがあっても、十月中旬あたりが稲刈りの最盛期である。もとは人手で刈り、田の面に干し並べたり、畦に運んで稲架《はざ》に掛けたりした。**収穫《とりいれ》**ともいう。

雪《ゆき》富士の駿河の田井《たゐ》のをちの稲刈る人に空晴れにけり　　太田　水穂

朝まだき稲刈りに来れば稲の茎に霜白く置き手を刺しにけり　　窪田　空穂

刈り取ると干すと運ぶと昨日今日稲に関はらぬ人はあらなく　　川田　順

稲を刈る二日続きて現身の汗の野良着は塩ふきにけり　　吉植　庄亮

稲刈りもこの日をさめの此の宵を肴食《さかなたう》べて舌うち

鳴らす　結城哀草果

秋篠のみ寺の前に早稲田刈る利鎌《とがま》さくさく聞きのさやけさ　吉野　秀雄

これやこの古き手振《てぶ》りか志摩人《びと》ら田舟《たぶね》を浮《う》けて晩稲《おしね》刈り込む　吉野　秀雄

稔りたる稲田はいまだ収穫《とりいれ》のまへにて秋日かぐはしき道　佐藤佐太郎

黄金《こんじき》の鋭き芒《のぎ》に刺されつつ刈入るるなり慾情に似つ　前　登志夫

西日とほく差しわたるとき匂ひたつ熟れたる稲も刈られし稲も　長沢　一作

はざ〔稲架《はざ》〕　刈り取った稲を掛け干すもの。丸太や竹を組み上げたり、立木《たちき》に横木を渡したものがあり、高さも地方により特徴がある。**はさ**、**稲掛《いねかけ》**、**稲木《いなぎ》**などともいう。

あきつとぶ門田のくろの稲掛のかなたに青き小筑波の山　太田　水穂

立て並《な》めし野原の稲架木《いなぎ》かぎり無し鳥海山《てうかいざん》の山根に及ぶ　川田　順

舟積みの稲架稲をはこぶ水漬《みづき》田は見渡すかぎり小波の光　吉植　庄亮

かさこそと掛稲《はさ》の裾出《づ》る畔《あぜ》雀陽のまだ残る穂を掛きわけて　北原　白秋

東《ひむがし》は銅《あかがね》色に朝焼けて嵐のあとの稲木をおこす　結城哀草果

古《いにし》への阿騎の大野は稲架つらねし刈田にすこし人の働く　柴生田　稔

大まかに組みしはさ木も上ふさの生きざま見せて布《ふ》田《だ》へ行く道　田谷　鋭

野麦峠の道としきけばかなしきに稲架乾く野を峠まではゆかず　北沢　郁子

夜の水にひびきて稲架《はさ》の撓《しな》ふ音しづかにわれを取り戻しゆく　大西　民子

いねこき〔稲扱《いねこ》き〕　稲穂から籾《もみ》を扱《こ》いて取ること。昔は歯のある稲扱き具を使い、その後電動式稲扱き機が広まった。**脱穀《だっこく》**。

稲こけば両手にまめのできぬなどかりそめごとに君はいふかな　窪田　空穂

ラジオにてお月見列車ふれてゐし今宵の月夜われは稲扱く　吉植　庄亮

田のなかに稲扱きながらながむれば蔵王の山はすでに真白し　結城哀草果

稲こきの車の音の小止《をや》みなし柿の木かげにうづたかき籾　生方たつゑ

脱穀の音遠くきこえゐて見下しの吉良の家群《やむら》に秋日あまねし　木俣　修

もみほす〔籾干《もみほ》す〕　脱穀した籾は、庭いっぱいに筵をひろげ、日に返しながら干す。

籾干してすきまもあらぬ広庭の筵のへりを人ゆき通ふ　吉植　庄亮

さ筵の籾にとまりし赤蜻蛉《あかとんぼ》とばずともせず秋ふかみかも　生方たつゑ

葉鶏頭照る垣内は土固き広庭にして籾ひろげ干す　尾崎左永子

もみすり〔籾摺《もみす》り〕　籾の殻を剝がして玄米にするため、昔は摺り臼にかけ、唐箕《とうみ》で粃《しいな》を去り、篩《ふるい》にかけた。その後、籾摺り機を用いるようになった。

たまさかにけふの日晴れて田作わが待ちに待ちたる籾摺の音　吉植　庄亮

籾を摺るひびきのやうにひとしきり聞こえてゐる夜の飛行機　佐藤佐太郎

もみすりのほこりの香してはかなきに時雨のひびき寒きあかつき　板宮　清治

わらづか〔藁塚《わらづか》〕　脱穀したあとの藁束を刈田に積み上げたもの。積み方は地方により特徴があるが、円錐形に高く積み上げたものが多い。肥料や飼料に用いる。**にお。**

おのづから藁塚の影むらさきに伊豆の涸田《かれた》は冬日あまねし　吉野　秀雄

藁塚のにほひははたと思想こばむ分別もなく父母恋ひし　前川佐美雄

藁にほが月のしたびにつくばへりこの一枚の山畑のよき　坪野　哲久

川一筋越えしばかりに藁塚のかたち異る播磨のくには　三国　玲子

わたとり〔綿取《わたと》り・棉取《わたと》り〕　ワタは開花後、葉腋に鶏卵ほどの果実をつける。成熟すると三つに裂けて、白い綿毛の繊維を露出する。これを綿花（コットン・ボール）といい、晴天の日に摘みとる。**綿摘み**、**棉摘み**。

野らの木に百舌鳴く聞けば雨晴れぬ田刈れ棉とれ妹よ背よと鳴く　正岡　子規

秋草の蔭に隠れて呼びかけて見むか唄声きよき棉摘みをとめ　窪田　空穂

よなべ〔夜業《よなべ》〕

秋の夜長におそくまで仕事をすることをいう。農家では**藁仕事**など、家庭では針仕事や編物などに精を出し、また、工場では夜業をした。よなべの語源は、夜を並べてする仕事の夜並《よなべ》とか、夜に鍋をかけて火を燃やしその光のもとでした夜鍋《よなべ》とかいう。**夜仕事《よしごと》**、**夜業《やぎょう》**ともいう。

秋の夜の夜業《よなべ》仕事に母上が箕《み》にほぐしゐる白菊の花　吉植　庄亮

刈り入れを終《を》へて安けきをみな等《ら》の藁砧《わらきぬた》うつ音のたのしさ　生方たつゑ

焙烙はほうろくさまと呼びもして夜なべの豆を炒って居た　山崎　方代

夜業《やぎょう》終えればにじむ涙も階級の故とし知れば嘆きとはせず　水野　昌雄

生方たつゑの歌の「藁砧」は新藁を打ち台にのせて木槌で叩くこと。柔らかくして縄や俵、莚などの材料にした。古くより**砧を打つ**のは女の夜なべ仕事として詩歌の素材となり、その音が詠まれてきた。

二河白道《にがびゃくだう》へだててききし小夜砧《さよぎぬた》慕情なにゆゑ駆られてありし　馬場あき子

右の「二河白道」は、おそろしい火と水の河に挟まれた細長く白い道。どんなに火と水におびやかされてもこの白い道を進めば西方浄土に到るという、唐の善導が「観経疏散善義」で説いた比喩である。

しょうじあらう〔障子洗《しやうじあら》ふ〕

古くなった障子を貼り替えるために、庭先などで洗うこと。昔は川や沼、池などに浸して洗った。寒さに備えての冬支度である。

破《やれ》障子ひたせる池も秋づけば目に見えて涼し稗草のかげ　北原　白秋

河原《かはら》を障子をもちて歩みゆく足のみみえて誰《た》が流刑地　前　登志夫

夫亡きのち勁き女《ひと》にて旭川に洗ひし障子をかつぎ戻り来　安立スハル

しょうじはる〔障子貼る《しやうじは》〕

洗った障子に新しい障子紙を貼ること。縁側などに障子を逆に立てて上から張っていく。

障子貼る紙つぎ居《を》れば夕庭にいよいよ赤く葉鶏頭《かまつか》は燃ゆ　長塚　節

新らしく障子張りつつ茶の花もやがて咲かなとふと思ひたり　北原　白秋

二日《か》三日《か》空《あ》けたる家にかへりきて障子張りをれば百《も》舌鳥《ず》鳴きしきる　三ヶ島葭子

秋の雨ひねもす降れり張りたての障子あかるく室の親しも　古泉　千樫

しづかなる昼の蟋蟀《いとど》もきくべかり障子張り替へて妹《いも》とこもれば　吉野　秀雄

障子はりかへて糊にほふ夜ををり倖をまつ砦《とりで》もなきに　生方たつゑ

つぎめ多い紙買いあててつぎめ多い障子張り了え年しめくくる　鳥海　昭子

たねとり〔種取《たねと》り〕

朝顔や鶏頭などの熟れて乾いた種子を採取すること。

朝顔の種子をとりきて幼子が縁に並べをりこの子は愛《かな》し　中野　菊夫

蚤のごとき色艶を持つ桔梗《ききやう》の種採りきて小さき瓶にしまひつ　安立スハル

女にて生まざることも罪の如し秘《ひそ》かにものの種乾く季《とき》　富小路禎子

のび枯れし秋ひともとの朝顔のここだくの実を狩りて月待つ　西村　尚

ゆみそ〔柚味噌《ゆみそ》〕

黄熟したユズの果汁や刻んだ皮をすりまぜて、味醂《みりん》や砂糖で味付けした味噌。**柚子《ゆず》味噌**ともいう。また、ユズの頭を切り、中味をくりぬいて、柚味噌をつめて焼いた**柚釜《ゆがま》**は香り高く風味がよい。**柚子釜**ともいう。

寺うらの小屋の小鍋に煮るものに牛もあれども柚味噌しよしも　宗　不旱

みかんがり〔蜜柑狩《みかんがり》〕

静岡、和歌山、愛媛などの蜜柑山では晩秋色づく。

人声を探して行けば蜜柑山ひともとの木に群れて摘み居し　若山　牧水

庭木々のいろづく朝ふるさとへ蜜柑狩りに来よと誘ひを受けぬ　清部千鶴子

ほしがき〔干柿《ほしがき》〕

渋柿の皮をむいて干したもの。竹や木の串、縄に吊るし、軒に連ね干す。吊《つる》し柿、串《くし》柿などともいう。

なまよみの甲斐の山べは家ごとに串柿つれれ乞へど売らずけり　伊藤左千夫

重かりし去年《きよねん》の病を身独りは干柿などを食ひて記念す　斎藤　茂吉

干柿は粉《こな》ふくころとなりにけり時雨ぬらすなその干柿を　中島　哀浪

ほろほろに粉ふき呆《ほ》くる串柿に黄《き》かび吹きたりこの二三日《にさんち》を　生方たつゑ

ねもごろのものにもあるか一つひとつむきてさぼしてあはれ干柿　太田　青丘

蔕のところ丁の字に残し吊る柿のすだれの夕日われは見が欲し　田井　安曇

日なたにて干し柿くひぬ干し柿は円谷幸吉の遺書にありしや　小池　光

伊藤左千夫の歌の「なまよみの」は甲斐《かい》にかける枕詞。太田青丘の歌の「さぼし」は曝し。風にさらして干す。小池光の歌の「円谷《つぶらや》幸吉」はマラソン選手、オリンピックに出場した。

もみじがり〔紅葉狩《もみぢがり》〕

紅葉の名所をたずねたり、紅葉を賞《め》でて山や谷を歩くこと。紅葉見《もみぢみ》ともいう。

紅葉狩二荒《ふたら》に行くとあかときの汽車乗るところ人なりとよむ　伊藤左千夫

秋風の嵯峨野をあゆむ一人なり野宮《ののみや》のあとの濃き蔦紅葉　佐佐木信綱

燃えのぼりくづるゝなして焱《ひ》のいろの紅葉厳《いつ》くしき滝野川郷《たきのがはごう》　太田　水穂

濃く淡くだんだら染の枝もちて菖蒲の浜にたつもみぢかな　与謝野晶子

苔の上に履《はき》もの揃へ緋の毛氈《かも》に坐りてあふぐ全山は紅葉　前川佐美雄

残りの紅葉見んとふ老母の腰おしてゆく化粧坂佇ちて見かへる　太田　青丘

夕もみぢ紅きはまれり辿りきてここにやすらぐいちにんのため　藤井　常世

妻子《つまこ》率《ゐ》て公孫樹のもみぢ仰ぐかな過去世・来世にこの家族無く　高野　公彦

十一月 秋・冬

十一月 秋・冬

ぶんかのひ〔文化《ぶんくわ》の日〕 十一月三日。自由と平和を愛し、文化をすすめるという趣旨の国民の休日。もと明治節が昭和二十三年（一九四八）に改制された。学校などで**文化祭**が催される。

文化の日の陽は白く照りマラソンの蹌踉ととほざかる青年　塚本 邦雄

マンションの高層の窓にただひとつ日の丸そよぎ文化の日なり　高野 公彦

文化祭のお化けになると紅を塗る鏡の中に別の私が　苅谷 君代

ろびらき〔炉開《ろびら》き〕 冬になって炉を使いはじめること。また、茶道では風《ふう》炉《ろ》を閉じて地炉《じろ》を開くことをいい、古来陰暦十月朔日または十月の中の亥の日に行ったが、現在は十一月に行う。

炉開きの室の花には錦木《にしきぎ》にやつれの野菊そへ挿せるよし　伊藤左千夫

新刊の書を読みつぎて深みゆく残生の冬よこよひ炉をひらく　土岐 善麿

近江政所霜月莫逆の友が炉開きの案内《あない》届けり　塚本 邦雄

とりのいち〔酉《とり》の市《いち》〕 十一月の酉《とり》の日に行う鷲《おおとり》神社（大鳥神社）の祭。初酉の日を**一の酉**といい、順次に**二の酉**、**三の酉**と呼ぶ。東京下谷の鷲神社の祭は名高く、縁起物の熊手などを売る露店で浅草へんまで賑う。**お酉さま**ともいう。

伴ひてくれたる老人《おい》もみまかりて一の酉二の酉などにゆくこともなし　木俣 修

掲げもつ熊手のなかを稲穂つくちさき熊手は胸に抱きゆけ　石本 隆一

末吉のおみくじに明日を恃むなどあわれはかなきことも二の酉　久々湊盈子

そばかる〔蕎麦《そば》刈《か》る〕 黒褐色に実の熟した秋蕎麦は初冬に刈り取る。

父もはら蕎麦刈るひまも山かげの草にねむりてみどり子はをり　　生方たつゑ

むぎまき〔麦蒔《むぎま》き〕 麦は十一月いっぱいにまく。二毛作の場合、稲刈の後にまく。

入日さす麦蒔人《びと》はながながと影をひきたり隣田《となりだ》まで　　中島　哀浪

一粒の麦わがために蒔かれをり肉欲はいやさらに清しきものを　　春日井　建

だいこひく〔大根引《だいこひ》く〕 大根は葉を摑んで引っ張ると、すっぽりと抜ける。**大根《おおね》引く**、**大根引《だいこひき》**ともいう。言葉の響きが悪いため、だいこんひくと用いないことが多い。

直直《すくすく》と美濃早生大根《みのわせだいこ》土をあげてそだちよければ引く日近づく　　岡　麓

野に注ぐ光りはね返す如くにも土の大根《おほね》を引き抜きにける　　岡山たづ子

大根引《だいこひ》き済ませし妻のやれやれと夕餉とりつつ独り言いふ　　小西久二郎

だいこあらう〔大根洗《だいこあら》ふ〕 引き抜いたままの泥のついた大根は、小川などで真白になるまで洗う。**大根《おおね》洗ふ**。

澄みくろみ冬川真水《まみづ》に流るゝに男《をとこ》洗ひおとす大根《だいこ》の土を　　木下　利玄

まつしろの大根《おほね》あらふと男らのものをいはねば水《み》の音《と》さぶしも　　尾山篤二郎

だいこんほす〔大根干《だいこんほ》す〕 沢庵漬用の大根は十日ほど干す。葉を切り落とした大根を縄で編み連ねて、丸太で組んだ架木や軒先に掛け並べて干す。**懸大根《かけだいこん》**、**干大根《ほしだいこん》**ともいう。

楯《たて》のごと白き大根《おほね》を掛けわたす大野の上の葛城《かつらぎ》の山　　与謝野　寛

軒ふかくとりてつるせる大根の甘きにほひや夕ひそやかに　　生方たつゑ

夕早く北風《かたま》吹くゆゑ薦《こも》しきて干大根をとり入るるなり　　生方たつゑ

大根を干し豆柿を吊す窓けふ訪へば小餠を串刺しに

しつ　大野 誠夫

湖こゆる比良の颪につるしたる漬物大根の日に日に乾く　小西久二郎

たくあんつく〔**沢庵《たくあん》漬《つ》く**〕　塩と米糠で大根を漬け込み、上に大きな重しの石を置く。**大根《だいこん》漬ける**、**大根《おおね》漬く**ともいう。

上ノ山に籠居《こもりゐ》したりし沢庵を大切にせる人しおもほゆ　斎藤 茂吉

この大根《おほね》漬けてしまへばひと冬の籠《こも》りに入らむうつつ歎かゆ　生方たつゑ

なづけ〔**菜漬《なづけ》**〕　蕪、高菜、野沢菜などの葉や茎を塩漬などに漬け込んだもの。十一月から十二月まで漬ける。**茎漬**、**お葉漬**などともいう。

去年《こぞ》のごと我《われ》し病まねばこの歳暮《くれ》は貯《たくは》への菜も早く漬けたり　三ヶ島葭子

短かりし家妻の日日よみがへり菜漬けの石のぬめりを洗ふ　大西 民子

こんにゃくほる〔**蒟蒻《こんにやく》掘《ほ》る**〕　掘り上げたコンニャク玉は皮を除いて偏平に切り、串に刺して縄に吊るして干す。これを粉にしたものがコンニャクの原料となる。**蒟蒻干す**ともいう。

君が病《やまひ》はやも癒えこそ前畑《さきはた》の蒟蒻うち掘り手作るまでに　伊藤左千夫

旅に来てかすかに心の澄むものは一樹《いちじゆ》のかげの蒟蒻ぐさのたま　斎藤 茂吉

岩山並の裾の家家軒くらくこんにやく玉を干しにけるかも　古泉 千樫

はすねほる〔**蓮根《はすね》掘《ほ》る**〕　初冬に入り、葉が枯れたあとで掘り始める。根茎を傷つけないように掘り上げるには、足もとがぬかり、重労働である。**蓮掘る**。**れんこん掘る**。

丘下に蓮掘る人が足を抜く音ひびかせて処変へゆく　大塚 栄一

どじょうほる〔**泥鰌《どぢやう》掘《ほ》る**〕　水が涸れた冬の田などを掘り、泥水に潜っているのを捕る。**泥鰌汁**や**泥鰌鍋**にして食べる。

わが門の刈小田に来て子供らが泥鰌を掘るは遊びにあらぬ　川田 順

おちばかく〔落葉《おちば》掻《か》く〕

紅葉していた木々も、晩秋から冬にかけて、つぎつぎに葉を落とす。毎朝それを掻き集めることをいう。**落葉掻き**ともいう。

落葉かくをとめが友の笑ひごゑ谷を渡りてさわやかにきこゆ　窪田　空穂

ひつそりと落葉かきをればわが庭のさびしきまでに静かなるかな　長谷川銀作

しみじみと落葉かきをりおのづから年明けぬれば去《こ》年《ぞ》の落葉ぞ　上田三四二

おちばたく〔落葉《おちば》焚《た》く〕

掻き集めた落葉を燃やすこと。**落葉焚き**ともいう。

吹く風の持て来ておけば人の家《や》のおち葉とはせずわがものと焚く　窪田　空穂

落葉たく煙ますぐにたちのぼり空きはみなく冬は来にけり　斎藤　瀏

とろとろとあかき落葉火もえしかば女《め》の男《を》の童《わらは》をどりけるかも　斎藤　茂吉

寂しさは掃き寄せられし落葉よりひとすぢの煙立たしめにけり　吉井　勇

掃き集め庭の落葉をゆふべ焚きあしたは灰に霜ふりにけり　結城哀草果

妻が焚く落葉にほへば窓あけて昏れゆく今日の短かき会話す　木俣　修

赤き色の落葉をくべてこごえたる前を後ろをあぶりていたり　山崎　方代

ここはこれ虚無の入口　木の葉焚くけむりのなかへわれと入りゆく　加藤　克巳

落葉焚く煙こもりて暖く見ゆる墓地なり姉ますところ　千代　国一

落葉焚く煙抱きて路地狭しその奥にわれら小さく住めり　島田　修二

燔祭に捧げむすべもなき身なれ真昼落葉を焚く火に寄れり　雨宮　雅子

この家で死のうかと妻に言いながら落葉の底に火を挿し入れぬ　永田　和宏

雨宮雅子の歌の「燔祭《はんさい》」は、古代ユダヤ教が、供えられた動物を祭壇で焼いて神に捧げたこと。

ふゆがまえ〔冬構《ふゆがま》へ〕

冬ごもりや防寒のために、家の内外の用意をすること。食糧や燃料などを貯えて、北国では霜除け、風除け、雪囲いなどを施す。**冬囲い**ともいう。

一《ひ》と俵《たはら》今年の米を碓《うす》にひきて冬構へするわが家のうち　島木　赤彦

冬がこひせねば青物何もなき此頃食べむ物につまりつ　岡　麓

冬がまへすでにをはりし家の廻《まは》り草木《くさき》おほかたうら枯れにけり　平福　百穂

畠つ物干して刻みて粉にひきて冬至るべきわが生活《たつき》なり　太田　青丘

霜の季節となりて公園の手入れ始りぬいたく静かに　吉野　昌夫

きたまどふさぐ〔北窓塞《きたまどふさ》ぐ〕

冬の北風を防ぐために、北向きの窓の雨戸を閉ざしたり、掛戸をしたり、**二重窓**にする。

籠り居て底冷えしるしこのいく日《ひ》北窓の戸をかたく閉《と》ざせる　藤沢　古実

畳より日かげ消ゆれば急に寒しとざす北窓の風にとどろく　五味　保義

造り花の辛夷に埃たまりつつまだうづたかし北窓の雪　石川不二子

めばり〔目貼《めば》り〕

風雪が吹き込むのを防ぐために、窓その他の隙間に紙などを貼ること。**目張り**、**隙間張る**ともいう。

寝室の隙間隙間を目貼りして、／湯気こもらしむ。／病む児みとると。　石原　純

ほうおんこう〔報恩講《はうおんかう》〕

親鸞の忌日（陰暦十一月二十八日）に報恩のために行う法要である。東本願寺では十一月二十一日から二十八日まで、西本願寺では一月九日から十六日まで、七昼夜にわたり行われる。**お七夜《しちや》**、**お講《こう》**ともいう。

報恩講にまゐりあへりと告げやらば涙うかべむ遠妻あはれ　土岐　善麿

十二月

冬

十二月 冬

かおみせ〔顔見世《かほみせ》〕

十二月に京都南座で行う東西名優の顔合わせ狂言をいう。東京歌舞伎座では十一月顔見世という興行を行っている。

顔見世《かほみせ》狂言に出づる前しばしを語らひき君も吾も好む古書《こしよ》ものがたり　佐佐木信綱

顔見世の幟《のぼり》の音に目を覚ます新富町の冬のあけがた　吉井 勇

年々の嘆きはすぎてつづまりに母には観せえざりし顔見世　上田三四二

佐佐木信綱の歌には「京都ホテルに訪ひき左団次を悼む」の前書がある。

だいこたき〔大根焚《だいこた》き〕

十二月九日。京都市右京区鳴滝の了徳寺で、庭前に大釜や大鍋を据えて大根を煮る行事。開山親鸞上人に供えて、参詣人も共に食す。

山冷えて山は寺院を冷やしたり大根焚きの黒鍋に寄る　吉川 宏志

ぞうすい〔雑炊《ざふすい》〕

大根や葱などの野菜、魚、鳥肉、卵などを、味噌などで味付けをして炊いた粥。**おじや**ともいう。

うからりとゆふべ湯気たつ雑炊の鍋をかこみて寒からなくに　中島 哀浪

雑炊にまじるを箸に掘りて食ふ伊豆の椎茸肉のごとしも　吉野 秀雄

列をなし雑炊すすりしこのあたりいまビルとしてガラス輝く　水野 昌雄

右の歌は太平洋戦争後の闇市を詠んでいる。

ねぶかじる〔根深汁《ねぶかじる》〕

関東地方に産する白葱の味噌汁である。冬が深まるにつれて、白い部分がやわらかくなり、甘味が加わる。

ねぶか汁あつきを吸へば秋ふかき町に家居して朝はうれしも　半田 良平

荒雄よおまへの母の乳足りてゆたかにすするこの根深汁　　坪野　哲久

汁にして根深を食へり亡き父に聞きそびれたるあまたあれども　　岡井　隆

はくさいづけ〔白菜漬《はくさいづけ》〕

冬の代表的な野菜の白菜は鍋物に欠かせず、ことに漬物は冬の風味として重宝される。**白菜洗う**、**白菜干す**、**白菜漬く**とも用いる。

薄白き一葉一葉のふつさりと手に重るなり白菜を洗ふ　　栗原　潔子

もっと寒くもっと鋭く郷愁の季節は白菜の桶凍らせよ　　馬場あき子

白菜を割る音鋭しどこかで一人死ぬにあらずや　　高瀬　一誌

ほしな〔干菜《ほしな》・乾菜《ほしな》〕

大根などの葉を干したもの。**干葉《ひば》**ともいう。**干菜汁**（味噌仕立て）に入れ、また風呂にいれて**干菜湯**を立てる。

日数割り乾大根葉《ほしだいこんば》食《くら》ふさへ力つくし峠を越ゆる思ひぞ　　土屋　文明

冬に向ふ季節《とき》のうつろひあわたゞし軒の乾菜にかかる水雪　　山下秀之助

身に沁みて大根葉《ひば》の匂ひもききにけり風吹き落ちし夕光《ゆふかげ》のなか　　鐸木　孝

干葉吊るす家並《やなみ》の軒に日はかげりひたひたとして夕《ゆふ》凍《じみ》おそふ　　木俣　修

かすじる〔粕汁《かすじる》〕

酒の粕を溶き入れた味噌汁。汁の中に塩鮭、塩鰤、塩鰊や大根・人参・牛蒡・蒟蒻、油揚などを入れる。酒の粕はそのままあぶって食べたり、甘酒に仕立てたり、漬物に使う。

会所場に酒粕あぶり食ひゐたり杜氏《とうじ》はいまだ蔵に居るかも　　平福　百穂

居眠《ゐねむ》りて笑はれにけりつづけざまに粕汁すすり酔ひにけらしも　　中島　哀浪

冬季には温い汁ものが好まれる。納豆を刻んで味噌仕立てにした**納豆汁**、葛粉を流し入れた**のっぺい汁**、塩鮭と野菜を入れた**三平汁**、豆腐と野菜を胡麻油で炒めた**けんちん汁**が美味である。

ぎゅうなべ〔**牛鍋**《ぎゅうなべ》〕 牛肉と葱、春菊、豆腐、白滝などを、鍋で煮ながら食べる料理。**すき焼き**ともいう。

老いし歯にさやらば直《ただ》に呑めあら尊《たふ》と牛肉一片あひは二片三片　斎藤　茂吉

ひつそりと雨ふる道の寒さより牛鍋の香《か》の匂ひたりけれ　中村　憲吉

鍋物には他に、**寄鍋**や鮭を使った**石狩鍋**、馬肉を使った**桜鍋**、ハタハタを使った**しょっつる鍋**などがある。

おでん 煮込み田楽のことで、関西では**関東煮**という。たっぷりの煮汁で蒟蒻、さつま揚、大根などを薄味に仕立てて、辛子をつけて食べる。

おでんにほふ夜《よる》の縁日うすら寒し街より歩み来る人もすくなく　早川　幾忠

水蒸気ふくむ夜の坂のぼりゆく買ひ忘れたるおでんの練辛子　扇畑　利枝

おでんなど食ひし雪深き夜のこと時経ちて尚思ひ出で言ふ　細川　謙三

ひとに売る自伝を持たぬ男らにおでん屋地獄の鬼火が燃ゆる　寺山　修司

ゆどうふ〔**湯豆腐**《ゆどうふ》〕 昆布だしで豆腐を茹でて、葱などの薬味を入れた、しょう油で食べる。木綿豆腐は土鍋を用いる。散蓮華《ちりれんげ》で食す。

柳河の話をすればたぬしくて湯豆腐冷えぬつがれたるままに　中島　哀浪

雨暗き夜を柚子買ひて豆腐煮るぬくとき湯気の前に坐りつ　富小路禎子

君をみず久しくなりぬ寒き夜の湯豆腐のねぎ刻みつつ思ふ　馬場あき子

一日を終らむとして湯豆腐の鍋煮えくれば和《な》ぐかころは　来嶋　靖生

簡素なる冬至の卓に湯豆腐は音に遅れて湯にをどりをり　草田　照子

やきいも〔**焼藷**《やきいも》・**焼芋**《やきいも》〕 甘藷を石焼きや西京焼、壺焼にしたもの。炉端や焚火でも焼く。

おち葉焚く火もて焼きたる大き藷顔よごし食ふ我と童《わらは》と　窪田　空穂

児にやると息ふきかけて焼芋を掌にとれば芋のぬく

ときものを　橋田　東声

ほのぼのと壺焼藷《つぼやき》を食へる女らのその太平にわれも交らむ　山下　陸奥

両足を行火《あんくわ》にあづけやきいもを食べてゐるわれは生甲斐のあり　館山　一子

子にひかれ焼芋買ひについてゆく午後おやつどきはや冷えそめぬ　筏井　嘉一

ビルの間をゆきめぐりつつ触《ふ》れて来る石焼いも屋の声長く曳く　吉野　昌夫

夜を行く生業《なりはひ》のこゑ焼芋を売る声ひとつ唄ふがに行く　武田　弘之

なべやき〔鍋焼《なべやき》〕

鍋焼うどんのこと。小さな土鍋に、うどん、蒲鉾、野菜、天ぷらなどを入れて煮込んだ麺料理。じかに煮えたぎる鍋から食べる。昔は冬の夜、街上を売り歩いた。

気の合へる友を招きて娘ども鍋焼うどんなどをふるまふ　橋本　徳寿

そばがき〔蕎《そ》麦《ば》搔《が》き〕

蕎麦粉に熱湯を加えて練りあげたもの。つゆに刻み葱などの薬味を添えて食べる。また、蕎麦を食べたあと蕎麦湯を飲むが、これとは別に、蕎麦粉に湯を注いで砂糖を加えた**蕎麦湯**は体が温まる。

そば湯にし身内《みぬち》あたためて書き物を今一息《ひといき》と筆はげますを　伊藤左千夫

ちぢまれる思ひ消《け》につつ寝《い》ねしなの蕎麦湯のあたたまり言《こと》に言ひ難し　伊藤左千夫

われひとり食はむとおもひて夕暮の六時を過ぎて蕎麦の粉を煮る　斎藤　茂吉

きさらぎの寒さ沁み入るひとり夜は舌にやさしき蕎麦搔きを食ふ　高松　秀明

くずゆ〔葛《くず》湯《ゆ》〕

葛粉を熱湯で溶いて砂糖を入れて甘くした飲物。栄養補足や病人が飲む。

目つむりて吉野葛呑みし面かげよふたたびわれを見ることはなし　生方たつゑ

熱高く風邪《ふうじや》に臥せる女童《めわらは》に吉野の葛煮る透きとほるまで　大塚布見子

子恋風《こごいかぜ》ふきつのる夜は薄冷えの葛湯一椀するのみなる　松平　盟子

あつかん〔熱燗《あつかん》〕　寒い季節には日本酒の燗を利《き》かして、七十度以上に熱くすること。

燗あつく父に酒さす霜の夜を鮒はつぎつぎ焼かれゆくなり　馬場あき子

杭のごとき熱燗の酒飲み下す暴力《ゲバルト》と言い諾《イエス》と言いて　佐佐木幸綱

たまござけ〔卵酒《たまござけ》・玉子酒《たまござけ》〕　酒に鶏卵と砂糖を加え、かきまぜて煮たてた飲み物。風邪のとき発汗剤となる。

卵酒ほのかなる湯気あたたかく炬燵に飲むも風荒き午後　佐佐木治綱

おどろおどろ吹雪は止まぬ玉子酒の黄色あぶら濃く　中城ふみ子

また、熱燗に生姜をすりおろして入れたのが**生姜《しょうが》酒《ざけ》**、熱湯に生姜を入れて蜂蜜を加えたのが**生姜湯《ゆ》**である。

ねざけ〔寝酒《ねざけ》〕　寒い夜、寝つきをよくするため、就寝前に飲む酒。

世を棄てむと思ひきはめて食うぶれば夜半の寝酒も寒くさふらふ　吉井勇

算用を夜おそく終へし帳場にて人手をからぬ寝酒わがすも　中村憲吉

背きしはわれかわが子か旅にして寝酒飲みつつおもふ子のこと　松本千代二

糸屑にてはじき飛ばせし金の切片寝酒飲みつつなほ探しゐつ　堀田稔

かぐら〔神楽《かぐら》〕　神を祀るときに奏する舞楽。十二月中旬内侍所で行われる**御神楽《みかぐら》**が代表的で、**神遊び**ともいう。民間の神社では**里神楽**が奏せられる。

おのづから神代の手ぶり見えにけり神楽つかふる玉垣の里　落合直文

今日終えし寒の巷《ちまた》の夕雲に幻なして神楽きこゆる　岡部桂一郎

里神楽ひびかふ社の裏の浜何からがなし日本海のいろ　宮英子

夕神楽きこゆるやまの山陰《やまほと》に流人の家族《うから》冬ぞきらめく　前登志夫

須佐之男をみちびくをとめ櫛名田は身のたをやかに

白き面挙ぐ　小山朱鷺子

街道を閉ざす悪意を踏み分けて伊勢の神楽が福売りに来る　武下奈々子

かり〔狩《かり》〕　**猟銃**などで鳥獣を狩猟すること。狩猟期は原則として十一月十五日から二月十五日まで（北海道は十月一日から一月三十一日まで）。兎や狐、狸などは罠《わな》を仕掛けて追い込む。猟師のことを**狩人**《かりうど》、**猟夫**《さつお》（**男**《お》）という。

狐とるとかけたる罠に霜おきてあけがた寒し小野の萱原　落合直文

兎追ひて走せのぼりたる峠道みづうみ青し白雪の中に　佐佐木信綱

足曳の山の猟男が火縄銃《づつ》取りて出で向ふ冬は来にけり　北原白秋

この山の静けさはいつ破るらむ猟夫も勢子《せこ》もすでにひそみぬ　穂積　忠

若き妻《め》に先づ分たむと猟夫らが獲物にはしやぐ古への歌　窪田章一郎

けだものを狩り出す声の雪積る松山のかげ移りつつゆく　板宮清治

猟銃を撃ちたるあとの青空にさむざむとわが影うかびをり　寺山修司

わけもなく墜ちくる禽に眩暈して銃返す頬が熱くてならず　平井　弘

祖先それぞれ狩人として死ぬまでを野の夕光にせきたてられて　三枝昂之

穂積忠の歌の「勢子」は、狩場で鳥獣を駆りたてる人夫。今は猟犬がやる。

ししなべ〔猪鍋《ししなべ》〕　イノシシの肉の鍋料理である。**牡丹鍋**ともいう。イノシシの肉は山鯨《くじら》ともいい、臭みをとるために味噌で調理する。焼肉も代表的料理で、鹿の肉などと同様に健康を増すため、**薬喰い**と称した。

なき友のまな子来れり鞍鹿《くらしし》のもてなしをせむ折もよき折　岡　麓

山住《やまずみ》はほがらに寂し春まつと猪鹿の肉《み》も味噌に漬けつつ　穂積　忠

猪の肉にまじへて煮たるふきのたう苦きを食へばわが心足る　五味保義

猪肉《しし》を煮て年を祝《ほ》がむと約《やく》ししがかかるわづかのこ

とも常《つね》なき　　　　　　　　吉野　秀雄

山の湯に君と囲むはししの鍋静かに夜の冷え深みゆく　　　　馬場あき子

岡麓の歌の「鞍鹿」はカモシカ。

ふぐりょうり〔河豚料理《ふぐれうり》〕

河豚の種類は多いが食用になるのはマフグである。内臓に毒性を有するので料理人には国家試験がある。**ふぐ刺し**、**河豚ちり**、**ふぐ雑炊**などを食べながら、**鰭《ひれ》酒**を飲むのは楽しい。旬は十一月から二月まで。

眼《め》にありてこほしきろかも玄海のみ冬の波も河豚のあらひも　　　　中島　哀浪

飲む酒とただにのまむや舌にのせてあなうましもよ河豚の鰭酒　　　　中島　哀浪

浅草の河豚のひれ酒酔ひ長し電車ゆふ闇のいづこをゆくか　　　　江連　白潮

ふぐ鍋の湯気のむかうにうつむきしその表情を見逃すなゆめ　　　　岡井　隆

花びらとなりたる魚の身を食へり花びらを食ひ何せむものか　　　　高松　秀明

聖霊にちかづく午後をゆつたりと河豚料理屋は目覚めゆくなり　　　　坂井　修一

あんこうなべ〔鮟鱇鍋《あんかうなべ》〕

アンコウは、肉、外皮、内臓まで賞味できる。皮に粘りがあるので俎で料理しにくく、鮟鱇の吊るし切りといって懸け吊るして庖丁を入れる。鮟鱇鍋にするが、肝臓を蒸した**鮟胆《あんきも》**も珍味である。

鮟鱇は皮がよしとふ臓《もつ》といふいづれよろしきせせる冬の夜　　　　中村　正爾

たらじる〔鱈汁《たらじる》〕

タラは十二月から二月までが旬。白身の淡泊な味は鍋ものなど、どんな料理にも向く。**うしお汁**、**鱈ちり**が代表的である。

ほうほうと鱈汁食みてゐたるかな雪を欷《な》かまく来し心さへ　　　　馬場あき子

ぶりあみ〔鰤網《ぶりあみ》〕

ブリの捕獲は大謀網で行われる。袋網と垣網から成り、数隻の漁船で繰り広げ、回遊してくるブリを捕獲する。

鰤網の声きこえ来て細き路次往くに曲るにみな海に向く　　　　大岡　博

鰤呼べとゆふべたむろす童ども道祖神の頭に青竹振るふ　　大岡　博

しおざけ〔塩鮭《しほざけ》〕

鮭を塩蔵したもので、塩の濃いものを塩引といい、薄塩のものを新巻という。また北海道、東北地方では軒下に縄で吊るしたり屋根にひろげたりして乾鮭《からざけ》を作る。

乾鮭のさがり　しみゝに暗き軒　銭よみわたし、大みそかなる　　釈　迢空

塩鮭が厨に灰色の塩こぼす痙攣のごと風がうごきて　　生方たつゑ

榾《ほだ》の火のけむりがかかる傍《わき》の壁吊《つる》す塩鮭に灯《あかり》は沁みぬ　　木俣　修

笑ひもまた衛生の一つにてあらまき鮭の軟骨を嚙む　　坪野　哲久

塩鮭の削ぎゆく肉の真紅《まあか》きを吊し惜しみき身に沁むまでに　　鈴木　幸輔

孤独なる姿惜みて吊し終《へ》し塩鮭も今日ひきおろすかな　　宮　柊二

尾鰭より鮭を吊していきものの象《かたち》なす影夜更けに目守る　　千代　国一

塩鮭をガスの炎に焼きてゐつ職なき東京けふも曇れり　　中城ふみ子

かきりょうり〔牡蠣料理《かきれうり》〕

冬、広島から大阪にきて河岸に屋形船をつないで、牡蠣料理を食べさせる牡蠣船は有名である。酢牡蠣、牡蠣鍋、牡蠣フライ、牡蠣飯などのほか、殻のまま焼いたり、塩辛にもする。

初めての年末《くれ》の夜業《よなべ》とその時の牡蠣飯の味を忘れかねつも　　川田　順

ふつふつと牡蠣鍋の味噌香に立てば酢橘の切口も発光したり　　大滝　貞一

卓上に寒気あつめて一盞と酢牡蠣置かれてある夕まぐれ　　春日井　建

このわた〔海鼠腸《このわた》〕

ナマコの腸《はらわた》の塩辛で、酒の肴や熱い御飯に添える。このわたを燗酒に入れた海鼠腸酒、また吸物もよい。

深傷癒やす酒は辛口少少のこのわたに箸の先を汚して　　山埜井喜美枝

ナマコはぶつ切りにして酢洗いし、おろし大根で食べたり、酢海鼠にすると、こりこりとして美味である。

やきとり〔焼鳥《やきとり》〕

雀や鶉《うずら》などは冬がおいしい。ふつう鶏肉や家畜の内臓が用いられる。

目黒の行人坂下《ぎやうにんさかした》の焼鳥屋二月の闇に灯をふかしをり　宗　不旱

豚の舌も咽喉《のど》骨も肝臓も串に刺しこころ荒ぶる日の昏れぐれを　坪野　哲久

北天の凍《いて》渡り来て射たれたる野の鳥の胆《きも》着きを食ふ　斎藤　史

舗装路のかたへににほふ焼鳥は東京を出でてよりか喰はず　山本　友一

みそつき〔味噌搗《みそつ》き〕

味噌の原料となる大豆を煮たものが**味噌豆**。これに塩と麹を加えて搗くこと。**味噌作る**ともいう。

搗きをへし味噌に漬けむとわがちぎるこの秋茄子のいろのこまかさ　中島　哀浪

朝早み大き竈に焚きつけて味噌豆を煮るその味噌豆を　古泉　千樫

味噌を搗きつつ塩の加減をたづね来る妻よいつまでも吾は生きたし　伊藤　保

ふゆごもり〔冬籠《ふゆごも》り〕

冬の間、寒さを避けて、家の中にこもっていること。**冬ごもる**、**雪籠り**ともいう。

山かげの青菜の畠に小径ちかみ吾が冬ごもり事欠かずけり　伊藤左千夫

おくりこしいのち生坂《いくさか》の柿の実を薬と喰ひて冬ごもりせむ　太田　水穂

淑《よ》き人の冬ごもりすと檐《のき》たかくいたや楓を割りて積ましぬ　宇都野　研

冬籠りの吾児らのためにたくはふと栗をつなぎて夜をふかしけり　原　阿佐緒

食はずともよき老二人雪催す冬をこもるに火は絶やすなし　岡部　文夫

冬ごもり来る日も来る日も雪は降るつましく乏しき収穫のあと　岡山たづ子

脂肪層厚くなりつつ冬ごもるきつね・たぬきの等類われは　石川不二子

雪ごもり土に触れざる日々となり誰の掌も美しくなる　石川不二子

もろともに冬幾たびを籠りつつきみこそもつと知り

たきひとり　今野　寿美

びょうぶ〔屏風《びやうぶ》〕　風を防ぐため室内や枕元に立てて用いるが、現在殆ど装飾用となった。二曲、四曲、六曲のもの、二枚一組で一双をなす**絵屏風**がある。

冬三月《みつき》ただにましろく引くものに方丈の屏風襞《ひだ》冷えにけり　北原　白秋

白きものまた白からじ立つ襞の六曲の屏風影をこそもて　北原　白秋

写真機を持ちたるわれは二度三度金の屏風のうしろを通る　緒形　光生

しょうじ〔障子《しやうじ》〕　日本家屋の間仕切りとして、また窓や縁の内側などに立てる建具で、採光と保温を兼ねる。**明り障子**。

曇る日の枯野のまへに一軒の家の障子はとざされてをり　太田　水穂

明るくも障子にしみて冬の日は照りにたれども寒き朝かな　窪田　空穂

うたたねよりさむれば障子ほのしらみ水仙の香の悲しくまよふ　前田　夕暮

この二階日はよくあたり締めきりし障子を透《す》きて日のありか見ゆ　三ヶ島葭子

白き障子の内側ひとゐず何かまぼろし顕《た》つかと心さわぎて見たり　鈴鹿　俊子

障子の辺の吾子の耳たぶ赤くほてり母への憤りわれは見てをり　森岡　貞香

白き障子白く保つをよろこびし暮しありけりとほく過ぎにき　三国　玲子

じゅうたん〔絨毯《じゆうたん》〕　冬、保温のために畳の上に敷く。今は**電気カーペット**がある。

夕明り寒くなりたるこの部屋の赤き絨毯にわれはも坐る　宮　柊二

梳毛糸の織りいだしたる葡萄樹のしるく浮き立つ絨毯を敷く　春日井　建

探されたき夜のしじまを絨毯のうへに落ちゆく針のごとしも　辰巳　泰子

だんぼう〔暖房《だんぼう》・煖房《だんぼう》〕　室内をあたためること。**スチーム**、**ヒーター**など。

苔寺は見せねば仕方なく鈴虫寺暖房の部屋に鈴虫が鳴いてゐる　吉田　正俊

結滞《けつたい》をもちつつ低くすちーむの通ひくる音おちつかしめず　宮　柊二

手の凍みのとけゆくときに平衡のこころにかへり暖房にをり　上田三四二

謳ふべき寺院なきわれらヒーターに手をかざすのみ雪に雪降る　山中智恵子

スチームの通ひくる音隣室よりこころをひろふごと近づけり　高嶋　健一

ストーブ

石油やガス、電気などにより、冬の部屋をあたためる器具。一九六〇年代ごろまで、石炭や薪のストーブを使った。

ストーブのほとりに据ゑてわが妻は枯草の鉢を撫子となしぬ　宇都野　研

電気料の高きにおびえストーブをはやくしまはむと妻はいふなり　長谷川銀作

ことば解らず一日交りて働けばストーブの湯に手を洗ひ合う　近藤　芳美

旋盤が囲むストーブに憩ふとき遠き高窓に降りしきる雪　田谷　鋭

行政協定非難の声のいつとなく寄りて集るストーブの前　馬場あき子

恍として冬の夜ふけをストーブに固き餅《もちい》を焙りいにけり　石田比呂志

ストーヴの上にのせおきし牛乳が甘く匂ひて煮えはじめたり　石川不二子

ストーブに椅子寄せ合ひて網走に別れる汽車を待つ幾人か　清原日出夫

だんろ〔暖炉《だんろ》・煖炉《だんろ》〕

火をたいて室内をあたためる炉で、特に壁に接して作ったもの。マントルピース。

朝寒しすこししびるゝ指尖を暖炉にかざし先づ雪を云ふ　尾上　柴舟

アトリエの煖炉燃えさかりねもごろに友は薪《たきぎ》にな ほ鉋振《なたふる》ふ　吉野　秀雄

ちかちかと痛む雪眼にすべもなく夜《よる》の煖炉の焔《ひ》が映《うつ》るなり　木俣　修

高原の街は煖炉の煙突をつけ急ぎおり白き固き坂　前田　透

こたつ〔炬燵《こたつ》・火燵《こたつ》〕

床を切って炉を設け、上にやぐらを置き、蒲団をかける切《きり》炬燵（掘《ほり》炬燵）と、やぐらの中に火を入れる置《おき》炬燵がある。今は電気炬燵が殆どである。

友の来て炬燵に顔を寄せあはせうはべつくらずまづ新年は　岡　麓

赤児のふみ子の今朝の泣きやうよ寒きにやあらん置炬燵しね　窪田　空穂

夕餉して子らは離《さが》りし切炬燵足投げしままに仰《あふ》に臥《ぬ》るかな　宇都野　研

部屋ごとの朝の炬燵に釜場より大十能《おほじふのう》に火をはこばしむ　中村　憲吉

民話の中の童らはいつも素足にて来るなり冬の炬燵を熱くせよ　斎藤　史

途中より家に引きかへし消し忘れしてゐし炬燵のスヰッチを切る　石黒　清介

寝に行かぬ子をうるさしと怒りしも淡あはし炬燵に孤りとなれば　田谷　鋭

ひばち〔火鉢《ひばち》〕

灰の中に炭火を入れて暖をとるもの。木・金属・陶製などで、長火鉢、丸形、箱形、筒形のものがある。火桶《ひおけ》は桐をくりぬいた内側を銅で張った丸形の火鉢。手焙《てあぶ》りは小さな火鉢。

俗にいふ睾丸《きんたま》火鉢もせずなりてはや三十年になりにけるはや　斎藤　茂吉

餅《もちひ》焼く火鉢の縁《ふち》に赤き手を並べてあたる子ろしかなしも　中島　哀浪

青ぬりの瀬戸の火鉢の哀《かな》しみよ。／病床を訪ひて、／いくたび凭《よ》るらむ　土岐　哀果

寂しければ火桶をかこみ目を閉ぢて盲法師《めしひぼうし》のごともあり夜を　吉井　勇

火鉢のなか灰うすく平《なら》し火を置けり霜暗き朝神のごとき火　前川佐美雄

うずみび〔埋《うづ》み火《び》〕

灰の中にいけた炭火のこと。翌朝灰をのぞき、火種とした。

うづみ火をはなれぬものは吾妹子が手飼の猫とわれとなりけり　落合　直文

いまだ起きて火だね埋《う》めゐたりさらさらとあたりの沈黙《しじ》に雪さやる音　北原　白秋

つまらなく毛布かむりて埋み火の火鉢を跨ぎゐることのあはれ　　宮　柊二

透きとほる埋み火いくつ掘り起し炭つぎ足せり来る朝毎に　　安立スハル

すみび〔炭火《すみび》〕

炭でおこした火。まっかにおきた炭火は**熾火**《おきび》、**燠**《おき》という。

暗き室にひとりすわりておこる火の赤き炭火をうちまもりをり　　窪田　空穂

切り炭の切りぐちきよく美しく火となりし時に恍惚とせり　　前川佐美雄

わが裡《うち》に過ぎし日本のなつかしと赤き燠見てしばし遊びつ　　宮　柊二

はじめての炭火が部屋に来る瞬間やさしきものを頬に感じる　　高安　国世

切口のそろふ炭火に手を焙《あぶ》り百日《ももか》の冬も過ぎむと思ふ　　宮　英子

思ひつつ見凝めてをれば青く澄む焔揺れ立つ夜の炭火より　　田谷　鋭

悲しみに己れ削りて生きむのみ燠のごとくにみゆる遠雲　　尾崎左永子

ああ我は老ひ初めたらむふいに顕つ五歳の冬の炭火の火花　　高野　公彦

すみ〔炭《すみ》〕

燃料の一つで、以前は冬の暖房用として盛んに用いた。冬の用意に炭俵で購入して、使いやすいように切炭《きりずみ》にしたものである。炭はカシ、ナラ、クヌギなどの薪木を**炭がま**で焼いたもので、需要の少ない現在、**炭焼小屋**は少なくなった。

炭がまの烟一すぢ雲に入りて鳥が音もなし湖《うみ》添の山　　佐佐木信綱

冬の日の夕日のさせる西口に炭切る音のさみしくつづく　　窪田　空穂

炭竈《すみがま》をのぞきて我はあかあかと照り透《とほ》りたる炭木《すみぎ》を見たり　　斎藤　茂吉

秩父より炭背負ひひとは来るという我も行くべし老父がため　　窪田章一郎

生き死にのなべては山につながれど炭を焼きかつて富みしをきかず　　宮脇臻之介

堅炭《かたずみ》を一俵買ひて蔵《しま》ふとぞああ吾妻《あづま》はやその果無事《はかなごと》　　宮　柊二

たどん〔**炭団**《たどん》〕　木炭や石炭の粉末に、ふのりなどをまぜて球状に固めて乾した燃料。**煉炭**《れんたん》（**練炭**）は無煙炭やコークス、木炭などの粉末に粘着剤をまぜて円筒形に固め、縦に数個の穴を通した燃料。

本読みて夜はふけにけりあたらしき炭団いけさせ今は寝んとす　橋田　東声

煉炭の七つの穴に聖日燃ゆ頭も軽くペンを走らす　尾山篤二郎

舌荒れてさびしき時か煉炭の焔《ひ》退きたる穴赤く見え　宮　柊二

いろり〔**ゐろり**〕　床を四角に切り抜いた炉のこと。**囲炉裏、居炉裏、炉辺、炉明り。**

ゐろりべにわれら坐りて夜《よる》深し黒部川の大きなる岩《いは》魚《な》を炙《あぶ》る　川田　順

ふゆの日の今日も暮れたりゐろりべに胡桃《くるみ》をつぶす独言《ひとりごと》いひて　斎藤　茂吉

この君は大き藁屋の炉《ろ》辺《べ》にして海彼《かいひ》の禁書読みたまひける　穂積　忠

炎々と囲炉裏に粗朶《そだ》のひびきたるわが幼年は過ぎにけるかな　宮　柊二

炒り豆を淹れし緑茶の芳しさとほく炉辺の祖にならひき　御供　平佶

幼らを眠らす炉辺のものがたり山姥雪ん子どれもわが知る　竹安　隆代

ほだび〔**榾火**《ほだび》〕　いろりなどで燃える榾の火。榾には柴や小枝、切株の根を用いる。**榾**《ほだ》**の火。**

昔がたりいまだつきせずさしそふる榾火に赤し山守の顔　佐佐木信綱

この家の榾《ほだ》の火《ひ》みればさかんなりやうやくにしてまた熾《さかん》となる　斎藤　茂吉

ポプラ焚く榾火に屈むわがまへをすばやく過ぎて青春といふ　小池　光

ゆたんぽ〔**湯湯婆**《ゆたんぽ》〕　中に湯を入れて布に包み、寝床などに入れて身体をあたためるもの。金属または陶製がある。**たんぽ。**

湯たんぽのぬくみが、肌を、／はひめぐる、／雪のふる夜《よ》の、ものあはれかな。　土岐　哀果

あかつきに入りし臥床《ふしど》にみどりごの湯たんぽをもて足をあたたむ　柴生田　稔

病む父の湯たんぽいくつかへ終へぬ雪夜《せつや》しらじらと明くるころほひ　木俣　修

ごぼごぼと湯たんぽの湯で顔を洗ふこの合理的現実の音　只野　幸雄

ゆたんぽ持ち子と上り来し二階の部屋暖き夜の匂ひとなりぬ　高安　国世

かいろ〔懐炉《くわいろ》〕

懐に入れて胸や腹などを暖めるもの。元禄初めに発明され、中古の**焼石**や中世以降の**温石**《おんじやく》に代わって使われた。懐炉灰や揮発油を用いた**白金**《はつきん》**懐炉**が長い間愛用されたが、現在紙袋をもむと暖かくなる**即席懐炉**がある。老人や病人、釣りや登山などに使われている。

弱き身の懐炉にたのむ冬されば暁《あかつき》いたく足冷えゐたり　生方たつゑ

懐炉を腰にあてがひ日曜日の机に寒く対ひてゐたり　石黒　清介

わが当つる懐炉のぬくみ腰の辺にとどまるあはれ凍る街来て　中山　周三

たむろせる中のひとりが立ち上がり腰のカイロを替へはじめたり　緒形　光生

おんじゃく〔温石《おんじやく》〕

焼いた石を布などに包んで身体をあたためるもの。塩を固めて焼いたもの、瓦などに塩をまぶして焼いたものもある。

掌の中に温石ひとつ小さくて吹雪く売場に貧しかりにき　安永　蕗子

ふところに温石ひとつ秘めてゐるやうにこの冬ふたりと思ふ　今野　寿美

あんか〔行火《あんくわ》〕

中に炭火などを入れて手足をあたためる道具。蒲団をかけて炬燵代わりにする。今も遊覧船などに使われる。**電気行火**。

一時《いちじ》過ぎあたる行火の火をほりて霜夜を肌は汗ばみにけり　岡　麓

たきび〔焚火《たきび》〕

暖などをとるために庭や道路などで焚く火をいう。**火を焚く**ともいう。

豆殻をちろちろと焚くあな危ふ　青天使赤天使土より飛びて　葛原　妙子

しなの路の夕まぐれとぞ衿寒く黄色く低き火を焚きにけり　斎藤　史

焚火てる土工らの顔みえておりうしろに負える闇にうかびて　横田　専一

ビルヂングの片側ぬらして雨ゆけり工夫等《ら》ちひさく焚火起しをり　福田　栄一

道ばたに焚火があればまたぐらをあぶりて又歩き出す　山崎　方代

流木を集めて朝の焚火せり村ひとつ創《つく》る心せつなし　前　登志夫

土に焚く火は匂ひつつ定住のこのさびしさに霜深く来む　馬場あき子

街上《がいじやう》の焚火にあした人あらずしづかなるかなや火をぬらす雨　高野　公彦

ゆうぐれの焚火小さく燃えいたり闇の底いを小さき炎は撫づ　永田　和宏

ゆざめ〔**湯冷《ゆざ》め**〕　入浴後、身体が冷えて、ぞくぞくと寒く感ずること。

袂《たもと》かかげ綿入れしつつ夜くだちぬ湯ざめの寒さ背中をおそふ　三ケ島葭子

かぜ〔**風邪《かぜ》**〕　冬の季節は風邪をひきやすい。**感冒《かんぼう》**、**インフルエンザ**。

感冒《かぜ》なひきそよ朝は冷たき鼻の尖《さき》ひとり凍えて春を待つ間に　北原　白秋

ママ風邪はもう直つたのと戸を閉《し》めて聞きに行きけるママの幼児　柴生田　稔

風邪気味に顔ほてらせてありし夜に始て人の美しかりし　近藤　芳美

風邪過ぎてかく衰へて障子戸をあけて坐れるさへも恋ほしき　森岡　貞香

風邪の子を膝にひらける図鑑にはぶろんとさうるすしのぐなあさす　佐佐木幸綱

充満を待つたゆたひにインフルエンザのわが子をすこし思つたであらう　小池　光

かぜ熱の出で来たるがにさみしくてわれは感情といふを疎めり　うちだてるこ

北原白秋の歌の「感冒なひきそよ」は、かぜをひかないでくれ。

せき〔**咳《せき》**〕　空気の乾燥する冬は咽頭・気管をいためやすく、咳が出る。**咳《しわぶ》き**、**咳《しわぶ》く**ともいう。

寝もやらでしはぶくおののしはぶきにいくたび妻の目をさますらむ　落合　直文

はやり風邪はかばかとせず居りしより日の折ふしに今日もしはぶく　佐藤佐太郎

ものらみな薄墨色となりにけりかがみて咳するアントン・チェホフ　岡部桂一郎

咳すれば足もと寒く吹き抜ける風の行方に紙片《かみきれ》が舞ふ　加藤　克巳

うとむとも寒暁のわがしはぶきのいたし方なく亡母《はは》に似てゐる　石川不二子

岡部桂一郎の歌の「アントン・チェホフ」はロシアの小説家・劇作家。

くしゃみ〔嚔《くしやみ》〕

風邪などの前兆で、鼻の刺戟により生じる。**くさめ**、**嚔《はなひ》る**ともいう。

あわただしく夜《よる》の廻診ををはり来て独《ひと》り嚔《はなひ》るも寂しくおもふ　斎藤　茂吉

果敢なくもうごく心か手をそへて嚔《くしやみ》せしかばくもる眼鏡は　川島喜代詩

起きぬけのくさめ髪もて塞ぎつつカーテンのひだふかきを見やる　小山朱鷺子

うしろ手で扉をしめながら大いなる嚔一つしぬ言ひ負け来しか　寺山　修司

ふらんすの真中に咲ける白百合の花粉に荷風氏はくしゃみする　紀野　恵

紀野恵の歌の「荷風氏」は小説家永井荷風。

みずばな〔水洟《みづばな》〕

水のような薄い鼻汁。**みずっぱな**。**鼻水**。

よひよひの膝のうへに水洟《みづばな》が落ち免《のが》るべからぬ生《せ》のかよひぢ　斎藤　茂吉

ふとん〔蒲団《ふとん》〕

四季を通じて用いるが、冬はことに夜具の綿にあたたかみを感じる。**布団《ふとん》**、**衾《ふすま》**ともいう。

夜を寝《い》ね布団の綿のふくらみに体《からだ》うづまり物思ひもなし　島木　赤彦

うれしくて戯るるらしわが衾にもぐり来れる子どものあたま　島木　赤彦

蟬なども四布《よの》の蒲団に巻かれつつ冬眠すらんむさし野の土　与謝野晶子

やや熱き炬燵に厚くふくらめるこころ親しき布団のにほひ　生方たつゑ

ふとん寄せて母の寝床に片足のみ入れてねる汝よわが触れてやる　森岡　貞香

屈まりて暁《あけ》の蒲団に切れぬ痰切らむとすいまちちははに遠く　高嶋　健一

もうふ〔毛布《もうふ》〕　冬の夜具の下掛け、炬燵掛け、膝掛けなどに用いる。**ケット**、**電気毛布**。

毛布かぶり兄いもうとの学びゐる夜深き一つ部屋の燈火　高安　国世

売るべきイエスわれにあらねば狐色の毛布にふかく没して眠る　塚本　邦雄

長かりし冬の思ひに膝毛布に煙草のあとがいくつかありぬ　上田三四二

往く人ら毛布被《けっと》れる雪国に易き革命などもあらんか　島田　修二

電気毛布といふぬくもりにつつまれて子はずっと子であることもなし　小高　賢

わたいれ〔綿入《わたいれ》〕　綿を入れた着物。**褞袍《どてら》**、**丹前《たんぜん》**、**綿入れ半纏《はんてん》**、**ちゃんちゃんこ**、**袖無《そでなし》**、**胴着**などもいう。

ふるさとは冬ふかからむ綿入の衣《きぬ》かさね着てみな写《うつ》りゐる　藤沢　古実

綿入に綿厚く入れこころ入れきみまもるときわれはふる妻　山田　あき

綿入を厚らにきせてまもるといり「どうでもいいに自然《じねん》でいいに」　坪野　哲久

姉ゆづりの紅い胴着をきて坐る猿廻しに似て猿なきばかり　坪野　哲久

むつき干す母の辺《へ》に立つ幼子はふところ手《で》して袖無着たり　宮　柊二

綿詰むる着物みじかし家角《いへかど》の日のさす道に立つ影は吾　宮　柊二

をさなきが綿入半纏着てゐたりそのことのみに涙が湧きぬ　小池　光

けがわ〔毛皮《けがは》〕　コート、ジャンパー、襟巻、敷物などに用いる。**毛衣《けごろも》**（**裘《けごろも》**）、**皮衣《かわごろも》**（**裘《かわごろも》**）ともいう。**革**（**皮**）**ジャンパー**などは毛皮をなめしたもの。

冬籠るわれの敷きなすけだものの熊の毛皮はあぶらをたもてり　吉野　秀雄

羚羊《かもしか》の毛ごろもの肩まるまると炉にゐて山の老人《おい》はしづけし　木俣　修

毛皮もて耳を覆へる写真など出で来て戦争の記憶を返す　大西　民子

身にしなふ鞣《なめし》の冬の皮衣背に負ふ星はことごとく棘　角宮　悦子

いかなる肉包みいたりしや新しき皮ジャンパーを着るとき思う　佐佐木幸綱

革コートの襟の毛皮に鼻埋めて「じゅうごねんまえころされたうさぎ」　穂村　弘

木俣修の歌の「山の老人」は寒冷地の猟師を詠んでいる。

きぶくれ〔着脹《きぶく》れ〕

重《かさ》ね着をして、体がふくれて見える様子。**厚着**。

著《き》ぶくれて寒菊もてる女の子日のくれの道を歩み来れり　宇都野　研

みちのくを寒しとおもひ、／木綿《ゆふ》ごろも／風邪病めるよひは厚く着にけり　石原　純

残業をいひ渡されぬ明日よりは夜冷えに備ふ肌着重ねむ　大熊長次郎

着ぶくれの浜の仲士らうれへ気もなき声散らす寒風《さむかぜ》のなか　木俣　修

やむ耳に氷をあてて著《き》ぶくれし妻がときどきかたはらに居り　佐藤佐太郎

朝すでに群なし続く観光の客ら着ぶくれ温泉《いでゆ》飯坂　大塚　雅敏

セーター

毛糸編みの上着。頭からかぶるプルオーバーと前あきボタン留めの**カーディガン**がある。**スウェーター**、**とっくりセーター**。

セーターは洗ひて妻に小さく見ゆかざせる白きしろき双腕　千代　国一

とはに潔くと希ふならねど野菊の根を包み居る子の白きトックリセーター　中城ふみ子

花柄のセーターを着てわがをれば不意に訪ひ来し人がよろこぶ　大西　民子

妻の手をスウェーターの腕へ湯気のぼる暗き厨の仲の鍋より　玉城　徹

どんな未来にゆく妹のセーターは肩や背なかの垂線つつみ　三枝　昂之

たっぷりと君に抱かれているようなグリンのセーター着て冬になる　俵　万智

ふゆふく〔冬服《ふゆふく》〕

冬に着る洋服で、厚手の生地で濃色のものが多い。**冬着**《ふゆぎ》は和服にいう。

冬服をはじめて著《き》たる日は寒く雨しとしとと降りつづきけり　斎藤　茂吉

旅を来て孤《ひとり》ごころは冬服のほころび縫はれをる時きはみぬ　前川佐美雄

風にさからひ行けば冬着の重くして寒かりし映画の結末なども　斎藤　史

陽の中の鉄階をわらわらと降りくる少年らみな冬服黒く　田谷　鋭

ふゆぼう〔冬帽《ふゆぼう》〕

冬かぶる帽子。**冬帽子**、**冬の帽**、**毛の帽子**、**防寒帽**。

斜にいただく黒き冬帽なほ老《おい》のはなやぎ見せて一教授あり　木俣　修

大川に夕満ち潮のたゆたえば目《ま》ぶかくかぶりたる冬の帽　岡部桂一郎

ふるさとびとのかぶるラッコの毛の帽子わが恋人も老いて冠らむ　中城ふみ子

墓買いに来し冬の町新しきわれの帽子を映す玻璃あり　寺山　修司

冬帽子かぶれば耳が残りたり残りてあはれゴッホの片耳　小島ゆかり

フード

防寒用の外套についている**頭巾**《ずきん》。乳幼児や雪国の人に冬は欠かせない。

赤き頭巾《フード》の少女うつむきて読書せり藤棚の下冬日は透り　太田　青丘

近づきてもの言ふときに汝が深きフードの上に光る粉雪　板宮　清治

ほおかむり〔頬被り《ほほかむり》〕

寒風などを避けるために、頭から頬にかけて手拭や衣服をかぶること。**頬冠**《かぶ》**り**、**ほっかぶり**。

頬かむり闇夜の背戸をうごきゆき蔵の鉄扉《かなど》をおろしたる音　峯村　国一

寒の夜を頬かむりして歌を書くわが妻にしてこれは何者　永田　和宏

マスク

インフルエンザの菌や塵埃などを防ぐために、ガーゼ地で作った、鼻や口を覆うもの。

マスクしてつらなる会議午後の日はあはあはとする椅子に席占む　木俣　修

白きマスクの上のひとみがおだやかに君のものなる我を写せり　中城ふみ子

青春はまこときずつきやすくあれ　ガーゼマスクの唇《くち》かわけるを　村木　道彦

えりまき〔襟巻《えりまき》〕

首巻、**マフラー**、**スカーフ**、**ネッカチーフ**など。

著《き》ぶくれて白き襟巻したまへりあな寒やとてわれも坐りぬ　川田　順

着ぶくれしおやぢすつぽり首巻を頭にかぶり霜の朝を来る　水野　葉舟

雪にたつ白樺の幹を描《か》くをとめ孤独にけさは黄のマフラ巻く　木俣　修

ネッカチーフかぶりて吾を待ちおれり冬木立遠く風わたりゆく　前田　透

わがこころ引き立たすべくスカーフの朝の星《モーニングスター》の青《ブルー》にては足らはず　北沢　郁子

スカーフに包める髪もほの濡れてかすかに聴けば雪のささやき　川口美根子

杳《とほ》い杳いかのゆふぐれのにほひしてもう似合はない菫色のスカーフ　小島ゆかり

ショール

婦人用の**肩掛け**。もとペルシア語。正方・長方・三角形などがある。

駱駝ショールのらくだ色なるを疎みたる日も過ぎてわが暖かく老ゆ　初井しづ枝

まどかなる肩を包まむ一枚のショールを選び惑へる売場　大野　誠夫

亡き人のショールをかけて街ゆくにかなしみはふと背にやはらかし　大西　民子

てぶくろ〔手袋《てぶくろ》〕

防寒には**毛糸の手袋**、**皮手袋**がよい。装飾用の**絹の手袋**もある。

きしきしと降りゐる雪に歩み来て花舗にて黒い手袋をぬぐ　遠山　光栄

生きてゆくことも愛しき汚れかと白き手袋われははめゆく　久方寿満子

人生に誤り棄てし片方の手袋枯草のなかに凍らめ　　前田　透

拾ひたる人かも置きし雨さむき石塀に濡るる小さき手袋　　田谷　鋭

指先をつと噛みて脱ぐ手袋のわが仕種など叱りくれしが　　大塚　陽子

ももひき〔股引《ももひき》〕

防寒用のズボン下をいう。昔、パッチをいった。

股引を穿かねば心安まらず田畑に馴れて老いし父はや　　島木　赤彦

たび〔足袋《たび》〕

白足袋は女もの、紺・黒足袋は男もの。色足袋は普段ばきか子供用である。

冬の日の窓の明りに亡き母が足袋をつくろふ横姿見ゆ　　与謝野　寛

病室に吊す紺足袋ふと匂えば凍結の胸こくこくと鳴る　　山田　あき

爪先を上に向け干す足袋白し　空《そら》をのぼりてゆく足の型　　斎藤　史

足袋をはく後姿の暗がりに疲れて小さき汝と思ふよ　　千代　国一

雪のひかり刃のかげとさし交へば足袋はだしに走りし妻を記憶す　　森岡　貞香

桃印燐寸、福助足袋などが臨終《いまは》に浮かぶ人生良けむ　　高野　公彦

がいとう〔外套《ぐわいたう》〕

オーバーのこと。**二重回し**、**マント**は現在見られない。

外套のまま部屋なかに立ちにけり財《ざい》申告のことをおもへる　　斎藤　茂吉

いちはやく冬のマントをひきまばし銀座いそげばふる霙《みぞれ》かな　　北原　白秋

再製し再製しつつ二男より四男におよぶ外套ひとつ　　山本　友一

オーヴァーの重きからだを吹かれゐてやがて南の風と気づきぬ　　石川不二子

二重回しの祖父と並びて公園に撮りし写真に白梅香る　　花山多佳子

コート

和服の上に着る婦人用の外套。または、洋装用のいろいろのコートをいう。

コート着て肩すくめたるわが影を海よりの夕日長く

映せり　北沢　郁子

家に待つ仕事思ひて帰る道裾がおもたし冬のコートは　大西　民子

唐突に雪降りみだる　銀いろのコートまとひて人あらはれむ　雨宮　雅子

ふところで〔懐《ふところ》手《で》〕

寒いとき、手をふところに入れること。

雑巾の凍りてゆけば厨ごと止《よ》して出で来るわが懐手　鈴木　幸輔

ふところ手やゝやゝ寒し妻子《つまこ》らを家に置ききて梅に遊べば　宮　柊二

ふところ手寒けく来れば如月を鳩白くとぶ八幡の宮　田谷　鋭

ひなたぼこ〔日向《ひなた》ぼこ〕

日向に出て暖まること。**日向ぼこり、日向ぼっこ。**

冬の日に日なたぼこしてわがあれば子も来て並ぶその膝かかへて　窪田　空穂

日向ぼつこぬくぬくゆるき時おくり漠然としてよきものを思ふ　水野　葉舟

毛糸まく母を手伝ひしみじみと日向の縁に坐るひるかな　馬場あき子

背をそつと押されて入りし生活の冬の日向に毛玉摘みをり　栗木　京子

けいとあむ〔毛《け》糸《いと》編《あ》む〕

籠りがちの寒い冬、編棒で毛糸玉を回しながら編ものをするのは楽しいものである。

愛人の愛遅々として群青の沓下をその底より編めり　塚本　邦雄

未来のときを編むと知らずわれの毛糸あむ優しき姿態が愛されてゐる　中城ふみ子

減らし目を忘れて編みゐし袖を解く夜半の思ひのはずむことなし　大西　民子

胸温くジャケツが椅子に編まれゆく姉の手なればわれは眠たし　平井　弘

かみすき〔紙《かみ》漉《す》き〕

冬、楮や三椏の皮を水でさらし、煮て和紙に漉き、干し上げる。

時の彼方に在るごと楮紙《かうぞし》を漉きやまぬ雪積み窓を暗くする室　竹内　邦雄

漉き歌に幾たび降りし雪ならん死者の川上を過去地とよべり　馬場あき子

水車は乾きてゐたり小流れにみつまたの皮をさらせる部落　石川不二子

しもよけ〔霜除《しもよ》け〕　庭木や花卉《かき》、果樹の霜害を防ぐために、莚や藁で覆うこと。菜園などに笹竹を立てたり、牡丹などに藁笠を被せる。十月二十三～二十四日頃が霜降《そうこう》だが、この頃霜の降るのは東北地方以北である。**霜覆い**、**霜囲い**ともいう。

霜防ぐ菜畑の葉竹はや立てぬ筑波颪雁を吹く頃　正岡　子規

凍《い》てし庭日の目も見えず霜よけの藁さむ〴〵とそゝけだちてあり　宇都野　研

ゆきがこい〔雪囲《ゆきがこ》ひ〕　降雪量の多い地方で家の周囲に莚などで囲いをすること。**雪垣**。または庭木に莚や藁を覆うこと。**雪除け**。東北や北海道の日本海側では西の季節風を防ぐ**風囲い**をする。**風垣**。

柿の木に柿の実あかし軒下に草木を寄せて雪囲ひせり　小市巳世司

囲ひして風切鎌も立てたりとみちのくびとに厳冬は来ぬ　大滝　貞一

ゆきづり〔雪吊《ゆきづ》り〕　雪折れを防ぐために、庭木の枝を支柱から縄で吊り上げること。

雪吊りの縄あたらしく長き長き冬を迎ふる金沢の街　大野　誠夫

がんぎ〔雁木《がんぎ》〕　雪深い新潟県で町屋の軒から雁木造りの庇《ひさし》を長く張り出して、その下を通路としたもの。上越市に昔ながらの**雁木造り**が残る。

無名にて一生《ひとよ》終らむほの暗き雁木をゆけば見知る人ぞなき　大野　誠夫

ふるごよみ〔古暦《ふるごよみ》〕　年の暮、残り少なくなった暦をいう。**暦果つ**、**暦の果て**ともいう。既に街上には新しい暦を売る**暦売り**が目立つ。

日ごと我が剝ぎてし来つる日暦の今はすくなく年暮れむとす　小田　観蛍

ふるにっき〔古日記《ふるにっき》〕 終わりに近くなった日記をいう。**日記果つ**。この頃には新しい日記が店頭に積まれている。**日記買う**。**日記出づ**。

何時《いつ》の日も同じこころをもちし如思ふを止《や》めむこの古き日記《にき》　窪田　空穂

としようい〔年用意《としようい》〕 新年を迎えるための支度である。**煤掃い**、**年木《としぎ》取り**。

年暮るる山に来りて本堂を清むる僧のさまも見て過ぐ　田谷　鋭

歳木《としぎ》樵《こ》るわがかたはらにうつくしき女人のごとく夕日ありけり　前　登志夫

古き塔婆も年木に積むと言ひくれし人は在所によはひを重ぬ　伊藤　雅子

すす払い終えて木の香のあらたなる社殿に二礼二拍一礼　津村マス子

大掃除せる焚火にて来年の貰いすぎたる暦を燃やす　浜田　康敬

あをあをと年木負ひくる老人ひとり峡《かひ》に会ひしを思ひ出なむか　成瀬　有

はるじたく〔春仕度《はるじだく》〕 新春の用意をすること。**畳替え**、**春着縫う**。

くれおそく替へしたたみの新畳草のかをりし春にかなへり　伊藤左千夫

姪たちの春着のミシン踏みながら若き日の過ぎ去ることも嘆くか　土岐　善麿

ボーナス 賞与、特別手当、期末手当をいう。ふつう年二回あるが、年末のボーナスは有難い。

ボーナスを貰ひ来れる若き友は封筒より幾度も紙幣とりいだす　土屋　文明

としのいち〔年《とし》の市《いち》〕 十二月中頃から立つ市《いち》。正月用品を売る。**暮の市**、**師走市《しわすいち》**など。十二月十七、十八日立つ東京浅草観音の**羽子板市**は有名である。

羽子板と羽根をわが子に買ひ持たせて師走の街に足るおもひあり　筏井　嘉一

林檎積み蜜柑積みお伽の家作り灯ともして歳末にぎやかに売る　前川佐美雄

羽子板も紙凧《たこ》も売るゆゑ幼子は路上の店にあくがれやまず　木俣　修

ストライキの静寂を一か所にはらみつつ街は歳末の装ひいそぐ　馬場あき子

おんしつ〔温室《おんしつ》〕　室咲《むろざ》きや、暖地の植物、野菜などを栽培する。**フレーム、温床。**

避寒地の別荘に呼ばれ花々が甘き呼吸《いき》する温室に入りぬ　川田　順

温室のくもり硝子に護謨の葉の青くうつりて外面《とのも》雪ふる　前田　夕暮

温床《フレーム》の中にこもれる陽の匂ひ息づくものがわが身を出でぬ　竹安　隆代

かじ〔火事《くわじ》〕　ストーブなど火に親しむ冬には火事が多い。**遠火事。**

やや長きキスを交《かは》して別れ来《き》し／深夜《しんや》の街の／遠き火事かな　石川　啄木

冬の旅の序奏せつなき夜をひらく窓にあふれて火事の濁る空　生方たつゑ

一片の雪頰ばりて去る際を吐血のごときあわれ遠火事　佐藤　通雅

よまわり〔夜回《よまは》り〕　暮の夜、**火の用心**と呼ばわりながら町内をめぐる**火の番。夜番《よばん》。柝《たく》**は拍子木。寒夜にひびくのは**寒柝《かんたく》**という。**歳末警戒。**

消防車が迫らぬさまに鐘鳴らし過ぎゆく淋し歳末警戒　初井しづ枝

カナリヤも深くねむれる子らの部屋夜番のごとく霜夜見まはる　木俣　修

極楽と地獄の合いの人影は火の用心の柝をうちてくる　岡部桂一郎

とうじがゆ〔冬至粥《とうじがゆ》〕　十二月二十二日頃の冬至には小豆粥を食べると厄鬼を払うという。同時に**冬至南瓜**や**冬至蒟蒻**を煮て食べる。

たまはりし玄米粥にすこし搗き冬至る日の粥にいただく　草市　潤

ゆずゆ〔柚子湯《ゆずゆ》・柚湯《ゆずゆ》〕　冬至の日、柚子の実を入れて入浴する習慣がある。

みなぎらふ朝の柚子湯に身をしづめ流れこぼる丶湯の音きくも　橋田　東声

悲しみも悔もしづかにあらしめて柚子にほふ湯に今夜《こよひ》浸れり　木俣　修

柚子の湯の三つ浮き一つ沈めるに口まで浸りおりし夜ふけて　田井　安曇

クリスマス

十二月二十五日。キリストの降誕祭である。**クリスマス・イブ**（**聖夜**）から各教会でお祝いの儀式がある。一般も**クリスマス・ツリー**（**聖樹**）を飾り、**クリスマス・ケーキ**（**聖菓**）に蠟燭をともし、**クリスマス・カロル**（**聖歌**）を歌い、クリスマス・プレゼントをする。とくに幼児は**サンタクロース**に夢を托す。

クリスマス、その日の霜のいちじるくもの清《しやう》浄《じやう》の朝の地の色　金子　薫園

明治屋のクリスマス飾り灯ともりてきらびやかなり粉雪降り出づ　木下　利玄

クリスマスセールの楽は地下道を出で来しときに降るごとくきこゆ　木俣　修

しぐるる街逢ふは貧しき顔ばかりひげぬれてゆくサンタクロース　大野　誠夫

電光を地の街もやし聖夜沸くに昇降機しづかに騰る裡の一人　浜田　到

おのづから堰きくるものも故ありて降誕祭の燭二つ持つ　安永　蕗子

ぬれゆく鋪道にクリスマスカロル響きつつ包み抱へてゆく人の群　三国　玲子

こずゑまで電飾されて街路樹はあり人のいとなみは木を眠らせぬ　小池　光

恋人の口から蛸の足先がはみだす星のクリスマス・イヴ　穂村　弘

じぜんなべ〔慈善鍋《じぜんなべ》〕

キリスト教救世軍が歳末に街頭や駅前で、貧者のための募金を受ける鍋。**社会鍋**ともいう。

はつかなる慈善とげきて自嘲ともつかぬわびしさぞ師走の街に　木俣　修

人波に押され押されてちかぢかと見し慈善鍋に鍵のかかれる　安立スハル

救世軍社会鍋へと貨を投ず在らざる星に名付けむ思ひに　栗木　京子

だいく〔第九《だいく》〕 ベートーヴェン作曲第九交響曲「合唱付」の略。第四楽章にシラー詩の「歓喜に寄す」の独唱と合唱があり、近年歳末近くには自治体などの後援によって演奏される。

第九シンフォニー高まりゆきてその響《ひびき》うつし身寒き吾に聞ゆる　長沢　一作

ふゆやすみ〔冬休み《ふゆやすみ》〕 大方の学校は十二月二十五日頃から一月七日頃迄。

研究室ひたひそまりて／こころふかく落ちゐるがうれし。／冬の休み日。　石原　純

せいぼ〔歳暮《せいぼ》〕 歳末、平素世話になっている人などに感謝の意をこめた贈物。

わが嗜好知りいたまいて欠かさずに歳暮の雲丹を贈り下さる　野北　和義

かどまつたつ〔門松立《かどまつた》つ〕 十二月二十五日頃から立てる。**松飾る**。

屋向ひの岩崎の門に、大かど松たつるさわぎを見おろす。われは　釈　迢空

今朝みれば五軒ならびのわが長屋みな青々と松飾りせり　三ケ島葭子

しめかざる〔注連飾《しめかざ》る〕 門に注連を張り、玄関に伊勢海老・橙・裏白などをつけた注連飾り、神棚などに輪飾りを掛ける。

新藁の太しめかざりささやけき我家《わぎへ》の門《かど》にわが掛けにけり　窪田　空穂

来む年の遂げむねがひもはかなきに輪飾りをする書庫のとびらに　木俣　修

としわすれ〔年忘《としわす》れ〕 家族や親類、友人などで一年間の慰労のために酒宴を催すこと。**忘年会**。

悔しみも嘆きも風化したるがの顔してうからと年忘れする　木俣　修

おもしろく年忘れせむと来し友らみな若やぎて冬帽の貌《かほ》　木俣　修

もち〔餅《もち》〕 正月用の鏡餅、切餅など。昔は十二月二十八日頃餅を搗いた。**餅搗く**。

餅搗くと大きかまどに焚きつくる榾火は匂ふこのあかときを　古泉　千樫

蒸す米の湯気たちこむる土間のなかにときどき雪の吹かれて来るも　中島　哀浪

ふるさとのうからやからのあつまりて搗きけむ餅ぞこの粟の餅は　橋田　東声

たのみたる餅つきあがり重ねればゆたけきごとし来む正月は　筏井　嘉一

鮮しき餅ほの白く浮かみゐる闇の緩《ゆる》みに祖《おや》もまどろむ　富小路禎子

ごようおさめ〔御用納《ごようをさ》め〕

官公庁は十二月二十八日が御用仕舞い。**仕事納め。**

この年も御用納めの日となりぬかへり見て思ふ心さびしも　大熊長次郎

みそかそば〔晦日蕎麦《みそかそば》〕

大晦日の夜に食べる蕎麦である。**年越蕎麦。**

年越せと日暮れを人がとどけ呉れし蕎麦食へばうましょき年や来む　大岡　博

細く長くなどもつての他と思ひつつ一人食うべぬ歳越しの蕎麦　川合千鶴子

としまもる〔年守《としまも》る〕

大晦日の夜、眠らないで、ゆく年を守り明かすこと。

大晦日の仏壇の前に来て坐る騙しおほせし父ならなくに　高嶋　健一

なお、三十一日の夜、秋田県男鹿《おが》半島では、**なまはげ**の行事が行われる。鬼の姿に仮装した若者が各家に乱入し、「よくねえ餓鬼はいねえか」と叫びながら子供をおどし、なまけ物をいましめて踊り狂う。かつて一月十五日に行った。「なまはげにしやつくり止みし童かな　古川芋蔓」の俳句がある。

じょやのかね〔除夜《ぢよや》の鐘《かね》〕

大晦日の夜、各寺院では百八の鐘を撞く。百八の煩悩を除くという。**百八《ひやくはち》の鐘**。この頃より**除夜詣《もうで》**の人で賑わう。

除夜の鐘おとのさやけくわが胸によどむ思ひに触れつつ鳴るも　窪田　空穂

除夜の鐘鳴りつぐ音はこの年のおもひにひびきひとつひとつ消ゆ　筏井　嘉一

屋根こえてくる除夜の鐘映像のなかに打つ鐘ふたつ響《な》りあふ　上田三四二

除夜の鐘ひびきくるとき湖《みづうみ》のそこひに生《な》して聴くごとくゐる　小中　英之

歌語索引

1、索引項目は現代かなづかいで五十音順に配列した。
2、長音は無視してある。

— あ 行 —

アイス……167
アイス・キャンデー……167
アイス・クリーム……167
葵祭……123
青き踏む……90
青簾……146
赤い羽根……214
あかがり……49
皸（あかぎれ）……49
明り障子……243
秋袷……210
秋扇……210
秋簾……210
秋ともし……208
秋の袷……210
秋の扇……210
秋の酒……215
秋の灯火（あきのともしび）……208
秋の灯……215
秋遍路……211
秋祭……216
揚花火……205
揚羽子（あげばね）……33
朝寝（あさい）……109
朝顔市……154
朝草刈……141
麻座布団……146
朝寝……109
麻羽織……144
浅蜊売り……102
葦刈……220
小豆粥……47
東踊……99
汗……158
汗零ゆ（あせあゆ）……158
汗知らず……190
畦塗……112
汗の香……158
汗ばむ……158
畦火……64
あせぼ……189
汗みどろ……158
汗疹（あせも）……189
畦焼（あぜやき）……64
畦焼く……64
熱燗……238
厚着……252
暑さあたり……189
暑さ凌ぎ……189
雨乞い……180
甘酒……170
甘茶……102
雨乞ら……180
雨の祈り……180
鮎釣……132
洗・洗膾……172
洗い髪……164
新走り……215
袷……116
行火（あんか）……248
鮟胆（あんきも）……240
安居（あんご）……125
鮟鱇鍋……240
アンブレラ……142
餡蜜……171
いかのぼり……30
生づくり……173
活初（いけぞめ）……39

藺座布団（いざぶとん）……146
石狩鍋……236
イースター……103
伊勢講……74
伊勢参り……74
磯遊び……101
磯涼み……162
苺ミルク……132
一の酉……228
稲木（いなぎ）……222
犬橇……54
稲掛……222
稲刈……221
稲扱き……222
芋植う……84
甘藷植う（いもうう）……134
芋幹・芋茎（いもがら）……220
藷挿す……134
芋（藷）の芽……84
芋掘る……212

いろはがるた……34
囲炉裏（いろり）……247
祝箸……25
鰯引く……211
インフルエンザ……249
雨安居（うあんご）……125
植木市……89
鵜飼……132
鵜飼火……132
鵜飼開き……132
鵜かがり……132
鶯笛……66
鶯餅……98
五加木飯（うこぎめし）……86
うしお汁……240
牛祭……216
鵜匠……132
埋み火……245
羅（うすもの）……157
鷽替（うそかえ）……45

謡初……39
打上花火……205
打水……163
団扇（うちわ）……151
馬橇……54
海施餓鬼……199
海の家……185
海の日……185
海開き……185
梅酒……189
梅漬……188
梅漬ける……188
梅干す……188
梅まつり……65
梅見……65
盂蘭盆……198
盂蘭盆会……199
瓜冷やす……166
瓜揉み……166
虚抜き菜（うろぬきな）……212

運動会……217
エア・コン……174
絵合せ……35
絵団扇……151
絵扇……150
絵簾……146
絵灯籠……200
絵日傘……152
絵屏風……243
エープリル・フール……96
恵方詣……21
絵莚……151
魞挿す（えりさす）……62
襟巻……254
遠泳……184
縁涼み……162
遠足……107
豌豆蒔く……219
えんぶり……62
追羽子……33

扇……150
扇合せ……35
黄金週間……114
お会式（おえしき）……216
大早苗饗（おおさなぶり）……136
大根洗う（おおねあらう）……229
大根漬く……230
大根引く……229
大服……19
大福茶……19
大峰入……109
大峰参り……109
お鏡……23
お飾り……22
苧殻（おがら）……198・202
苧殻火……198
苧殻焼く……198
燠（おき）……246
置炬燵……245
扇燈籠（おぎどろ）……194
燠火（おきび）……246
小倉百人一首……34
送り火……202
送り盆……202
白朮火（おけらび）……20
白朮詣……20
白朮祭……20
お講……232
お七夜……232
おじや……234
おせち……25
お松明（おたいまつ）……76
御松明……77
落葉搔き……231
落葉搔く……231
落葉焚き……231
落葉焚く……231
おでん……236
お年さま……21
威し銃……214
お年玉……28
踊り……201
お酉さま……228
鬼やらい……58
オーバー……255
お葉漬……230
お水取り……76
御命講（おめいこう）……216
お山焼……63
泳ぎ……184
折りたたみ傘……142
温室……259
温石（おんじやく）……248
温床……259
女礼者……26

―か　行―

海水浴……184
買初……39
外套……255
懐炉……248
顔見世……234
案山子……214
鏡開き……46
鏡餅……23
鏡割り……46
夏期休暇……186
夏期講習会……186
かき氷……167
夏期実習……187
書初……38
夏期大学……187
牡蠣鍋……241
牡蠣船……241
牡蠣フライ……241
牡蠣飯……241
賀客……26
牡蠣料理……241
神楽……238
懸大根……229

影灯籠……201
傘……142
風車……104
飾り納め……45
飾り焚く……47
飾り取る……45
飾り羽子板……34
火事……259
賀詞……27
かじかむ……48
悴く（かじく）……48
柏餅……119
粕汁……235
風邪……249
風入れ……187
風垣……257
風囲い……257
風の盆……208
肩掛け……254
形代……148
片肌脱ぎ……182
帷子……156
鰹釣……133
鰹船……133
カーディガン……252
門涼み……162
門火……198
門松……21
門松立つ……261
門松取る……45
蚊取線香……141
カヌー……184
かまくら……61
釜始め……39
神遊び……238
髪洗う……164
紙漉き……256
賀茂の競べ馬……125
賀茂祭……123
蚊帳……140
蚊帳の名残……209
蚊帳の別れ……209
蚊遣……141
蚊遣香……141
蚊遣火……141
粥節句……47
粥杖……47
粥の木……47
殻竿……129
乾鮭（からさけ）……241
狩……239
狩人……239
歌留多・加留多……34
夏炉……150
川下り……183
皮衣（かわごろも）……251
皮ジャンパー……251
川涼み……162
川施餓鬼……199
皮手袋……254
川開き……190
寒泳……42
観桜（かんおう）……99
カンカン帽……145
雁木……257
雁木造り……257
寒行……42
寒稽古……43
観月……212
寒肥……43
寒ごやし……43
寒垢離（かんごり）……42
甘藷植う……134
乾燥芋……220
寒柝（かんたく）……259
寒卵（寒の卵）……42
神田祭……124
元旦の慶……27
寒中水泳……42
寒釣……43

寒天晒す……41
寒天造る……41
寒天干す……41
寒灯……56
関東煮……236
竿燈祭……194
寒念仏（かんねぶつ）……42
寒の餅（寒餅）……40
観梅……65
缶ビール……169
灌仏会……102
感冒……249
寒牡丹見……43
寒詣……42
祈雨（きう）……180
祇園会……179
祇園囃子……178
祇園祭……178
気球……105
菊供養……217
菊膾（きくなます）……218
菊人形……217
菊根分け……85
菊の節句……217
菊の苗……85
菊の芽……85
菊枕……218
雉打ち……80
帰省……186
北祭……123
北窓開く……79
北窓塞ぐ……232
菊花展……217
吉書……38
吉書揚げ……47
絹袷……116
絹団扇……151
砧を打つ……224
絹の手袋……254
茸狩り……220
茸汁……220
茸飯……220
きのめ……86
木の芽和え……86
木の芽漬……86
木の芽田楽……86
木の芽味噌……86
着脹れ……252
岐阜提灯……200
貴船祭……124
キャンプ……155
キャンプ場……155
キャンプファイア……155
球根植う……85
胡瓜もみ……186
牛鍋……236
行水……164
競漕……107
共同募金……214
京羽子板……34
御慶……27
切炬燵……245
切山椒……26
切干し……220
金魚売り……176
金魚売場……176
金魚玉……176
金魚ねぶた……194
金魚鉢……176
金魚屋……176
九月蚊帳……209
茎漬……230
枸杞飯（くこめし）……86
草市……197
草刈……141
草刈る……141
草摘む……91・138
草取る……138
草笛……128
草干す……142

草むしる……138
くさめ……250
草餅……96
草を引く……138
串柿……226
嚔（くしゃみ）……250
葛桜……171
葛餅……171
葛湯……237
薬狩……121
薬喰い……239
薬の日……121
下り梁……211
グッド・フライデー……103
首巻……254
クーラー……174
鞍馬の火祭……221
クリスマス……260
クリスマス・イブ……260
クリスマス・カロル……260

クリスマス・ケーキ……260
クリスマス・ツリー……260
栗拾い……218
栗飯……218
暮の市……258
黒川能……58
畔塗る……112
夏安居（げあんご）……125
毛糸編む……256
毛糸の手袋……254
競馬……125
軽羅（けいら）……157
敬老の日……209
夏書（げがき）……125
毛皮……251
夏行（げぎょう）……125
夏籠（げごもり）……125
毛衣（けごろも）……251
削氷（けずりひ）……167
夏断（けだち）……125

ケット……251
毛の帽子……253
夏花……125
毛虫焼く……153
ゲレンデ……54
けんちん汁……235
原爆忌……194
原爆の日……194
鯉幟……118
更衣（こうい）……116
耕人……80
香水……190
降誕会……102
口頭試問……75
蝙蝠傘……142
高野豆腐……41
氷菓子……168
氷白玉……171
氷滑り……55
氷豆腐……41

氷飲む……167
氷柱……177
氷水……167
蚕飼……111
五月祭……114
五月節句……118
五月人形……118
五月場所……122
告知祭……92
午睡……179
炬燵……245
古茶……121
コート……255
今年酒……215
今年米（ことしまい）……215
海鼠腸（このわた）……241
木の芽……86
牛蒡引く……219
牛蒡掘る……219
牛蒡蒔く……82

独楽……31
御用納め……262
御用祭……139
暦売り……257
暦の果て……257
暦果つ……257
暦開き……29
こより花火……205
鮴汁（ごりじる）……134
鮴料理……134
ゴールデン・ウィーク……114
衣更え・更衣……116
昆虫採集……156
蒟蒻干す……230
蒟蒻掘る……230

― さ　行 ―

西行忌……77
サイダー……169
歳末警戒……259
早乙女……135
左義長……47
桜狩……99
桜漬……101
桜鍋……236
桜餅……98
桜湯……101
鮭網……211
鮭打ち……211
鮭小屋……211
挿木……88
挿穂……88
猟夫（男）（さつお）……239
五月鯉……118
五月幟……118
里神楽……238
早苗束……135
早苗開き……135
早苗饗（さなぶり）……136
実朝忌……67
サマーセーター……144
寒き明かり……56
寒き灯……56
猿曳……36
猿廻し……36
サングラス……153
山菜……86
山荘……155
三社祭……124
撒水車（散水車）……164
サンタクロース……260
三の酉……228
三平汁……235
塩鮭……241
潮干狩……101
塩引……241
仕掛花火……205
四月馬鹿……96
子規忌……209
試験……75
四国廻り……108
仕事納め……262
仕事始め……38
猪鍋……239
獅子舞……36
蜆売り……74
蜆汁……74
四旬祭……78
四旬節……78
慈善鍋……260
地蔵会……206
地蔵盆……206
七福神参り……45
シッカロール……190
芝火……64
芝生焼く……64
芝焼く……64
試筆……38
渋団扇……151
凍豆腐……41

事務始め……38
注連飾……22
注連飾る……261
注連取る……45
霜覆い……257
霜囲い……257
霜腫……49
霜焼……49
霜除け……257
社会鍋……260
釈尊降誕祭……102
紗羽織……144
シャボン玉……106
収穫祭……216
就職試験……75
鞦韆（しゅうせん）……106
秋扇……210
終戦忌……203
終戦記念日……203
絨毯……243

秋灯……208
秋分の日……210
受験……75
受難週……78・103
受難節……103
受難日……103
修二会（しゅにえ）……76
シュプール……54
春耕……80
春睡……109
春装……108
春闘……93
春灯……99
春眠……109
春服……108
春分の日……78
消夏……188
正月さん……21
正月晴着……29
障子……243

障子洗う……224
障子貼る……225
焼酎……170
昇天祭……126
上布……156
菖蒲葺く……117
菖蒲湯……120
精霊会……199
精霊棚……198
精霊流し……202
精霊舟……201
暑気あたり……189
暑気下し……188
暑気払い……188
暑気負け……189
除雪……51
除雪車……51
除草機……138
暑中休暇……186
しょっつる鍋……236

除夜の鐘……262
除夜詣……262
ショール……254
白玉……171
代騒馬……135
代騒く……134
白絣……158
白靴……160
白酒……71
代田……135
師走市……258
咳き（しわぶき）……249
咳く……249
震災忌……208
震災記念日……208
新酒……215
新茶……121
新年の祝詞……27
新米……215
新暦……29

素袷……116
水槽……176
水中花……177
水盤……176
水盆……176
スカーフ……254
スキー……54
スキーバス……54
隙間貼る……232
スキーヤー……54
すき焼き……236
スキー列車……54
頭巾……253
スケート……55
スケート靴……55
スケート場……55
双六……35
鮨・鮓……172
煤掃い……258
涼み……162
涼み将棋……162
納涼舟（すずみぶね）……162
涼む……162
硯洗い……195
硯洗う……195
簾納む……210
スチーム……243
捨雛……73
ストーブ……244
砂日傘……152
素裸……181
炭……246
炭がま……246
炭焼小屋……246
相撲……204
スロープ……54
聖歌……260
聖菓……260
聖金曜日……103
聖五月……126
聖樹……260
聖週間……103
成人祭……48
成人式……48
成人の日……48
歳暮……261
聖母御告祭……92
聖母祭……92
聖母月……92・126
聖夜……260
施餓鬼……199
咳……249
セーター……252
芹摘む……92
セル……117
線香花火……205
扇子……150
剪定……88
扇風機……173
雑炊……234
掃苔（そうたい）……200
雑煮……18・25
雑煮箸……25
雑煮餅……25
走馬灯……201
相馬野馬追……190
そうめん干し……41
即席懐炉……248
ソーダ水……168
卒園……89
卒業……89
卒業歌……89
卒業式……89
卒業試験……75
卒業証書……89
卒業生……89
袖無……251
蕎麦掻き……237
蕎麦刈る……229
蕎麦湯……237

ソフトクリーム……167
染め卵……103
橇……54

―た 行―

体育の日……217
太神楽……36
第九……261
大根洗ら(だいこあらう)……229
大根焚き(だいこたき)……234
大根引(だいこひき)……229
大根引く(だいこひく)……229
大根漬ける……230
大根干す……229
大根蒔く……206
大文字……203
大文字の火……203
内裏羽子板……34
田植……135
田植唄……135
田植始め……135
田打……80
田起し……80
田搔馬(牛)……135
田搔く……135
耕し……80
耕す……80
宝舟……37
滝浴び……185
薪能……123
多喜二忌……66
焚初……19
焚火……248
柝……259
沢庵漬く……230
田草搔く……138
田草取る……138
竹馬……53
竹飾り……21
竹簾……146
筍鮓……126
筍飯……126
凧……30
凧合戦……30
畳替え……258
脱穀……222
獺祭忌(だっさいき)……209
点初(たてぞめ)……39
炭団(たどん)……247
種井(たない)……110
棚経……198
七夕……195
七夕送り……196
七夕祭……194 196
種池……110
種市……81
種芋(藷・薯)……84
種売り……81
種選び……109
種選る(たねえる)……110
種下ろし……82
種床……84
種取り……225
種浸し……110
種袋……81
種蒔く……82
種祭……110
種物……81
種籾漬ける……110
足袋……255
田舟……135
霊(魂)送り……202
卵(玉子)酒……238
霊(魂)棚……198
霊(魂)迎え……198
玉藻刈る……137
田水張る……135
鱈汁……240
鱈ちり……240
達磨市……45

垂簾……146
田を打つ……80
田を返す……80
田を鋤く……80
端午……118
端午の節句……117
丹前……251
たんぽ……247
暖房……243
暖炉……244
ちごぐるま……104
父の日……139
茅の輪……148
粽……119
茶摘……111
茶摘唄……111
茶摘笠……111
茶摘女(ちゃつみめ)……111
ちゃんちゃんこ……251
手水初め……19

追儺……58
接木……88
接穂……88
月祭る……212
月見……212
土筆摘む……91
つくづくし摘む……92
衝羽子(つくばね)……33
筑摩祭(つくままつり)……124
椿餅……98
壺焼……102
摘まみ菜……212
摘草……91
釣忍……175
吊(釣)床……151
吊し柿……226
手焙り……245
出初……40
出初式……40
手花火……205

手袋……254
手鞠……32
手鞠唄……32
テラス……161
電気行火……248
電気蚊取器……141
電気カーペット……243
電気炬燵……245
電気毛布……251
天瓜(花)粉……190
天下祭……139
テント……155
展墓……200
天満祭(てんままつり)……191
籐椅子……147
十日戎……46
遠火事……259
灯火(下)親しむ……208
胴着……251
闘鶏……73

冬至南瓜……259
冬至粥……259
冬至蒟蒻……259
踏青……90
籐寝椅子……147
遠花火……205
道明寺桜餅……98
灯籠……200
灯籠流し……202
灯籠舟……202
時の記念日……139
木賊刈る……220
徳島阿波踊……201
読書始め……39
床飾り……23
心天(ところてん)……171
登山……155
年男……59
歳神……18・21
年木……21

年木取り……258
年越蕎麦……262
年酒……24
年棚……21
年玉……28
年俵……21
年徳神……21
年の市……258
年の豆……59
年祝ぎ酒……24
年祝ぎ餅……25
年守る……262
年餅……23
年用意……258
泥鰌汁……173・230
泥鰌鍋……173・230
泥鰌掘る……230
年忘れ……261
屠蘇……24
とっくりセーター……252
土手涼み……162
褞袍（どてら）……251
飛込み……184
鳥総松（とぶさまつ）……45
どぶろく……215
土用鰻……173
土用蜆……173
土用干……187
豊酒・豊御酒（とよみき）……24
トランプ遊び……34
鶏合せ……73
収穫（とりいれ）……221
鳥威し……214
酉の市……228
とろろ……219
とろろ汁……219
とろろそば……219
とろろ飯……219
とんど・どんど……47
とんび凧……30

―な 行―

ナイター……166
苗植う……122
苗売り……122
苗籠……135
苗木市……89
苗木植う……89
苗配り……135
苗障子……84
苗田……110
苗床……84
長崎忌……194
流し雛……73
菜殻焚く……127
菜殻火……127
夏越の祓（なごしのはらえ）……148
茄子漬……191
薺打つ……44
薺粥……44
薺摘……43
菜種殻焼く……127
夏帯……144
夏掛……146
夏風邪……189
夏着……143
夏衣（なつぎぬ）……143
菜漬……230
夏氷……167
夏衣……143
夏座敷……150
夏座布団……146
夏シャツ……144
夏足袋……144
納豆汁……235
夏の家……150
夏の手袋……146
夏の休み日……186
夏の炉（夏炉）……150
夏羽織……144

夏祓……148
夏服……144
夏衾（なつぶすま）……146
夏蒲団……146
夏帽子（夏帽）……145
夏祭……124
夏物……146
夏館（なつやかた）……150
夏休み……186
夏痩せ……189
夏山家（なつやまが）……155
夏山の家……155
七種・七草……44
七種粥……44
七草の祝い……44
菜の花漬……104
鍋焼き……237
生ビール……169
奈良の山焼……63
ならやい……58
成り木の木呪い……48
鳴子……214
苗代……84・110
苗代田……110
苗代祭……110
新搾り……215
新盆……198
にお……223
二月堂の行……76
濁酒……215
二重窓……232
二重回し……255
日記出づ……258
日記買う……258
日記初め……29
日記果つ……258
二年参り……19
二の酉……228
入園……96
入園式……96
入学……96
入学式……96
入学試験……75
入試……75
人参蒔く……82
抜菜（ぬきな）……212
温め酒（ぬくめざけ）……215
塗畦……112
寝網……151
寝茣蓙……151
寝酒……238
鼠花火……205
ネッカチーフ……254
涅槃会……77
根深汁……234
ねぶた（ねぶた）……194
ねぶた祭……194
寝莚……151
練供養……123
根分け……85
根を分つ……85
年賀……26
年賀客……26
年賀状……27
年賀はがき……27
年始……26
年始酒……24
年酒……24
野遊び……90
能始め……39
納涼……162
軒忍……175
軒菖蒲……117
覗き眼鏡……186
のっぺい汁……235
野火……63
幟……118
蚤取粉……139
野焼……63
海苔掻き……62

乗初……39
海苔採……62
海苔干す……62
野を焼く……63

— は 行 —

梅花御供（ばいかごく）……65
梅花祭……65
敗戦忌……203
敗戦記念日……203
敗戦日……203
蠅叩き……139
蠅帳……139
蠅取……139
蠅取紙……139
蠅除（はえよけ）……139
墓洗う……200
墓掃除……200
博多どんたく……115
歯固め……23・25
墓参り……199
バカンス……186
萩刈る……220
掃初……39
萩根分け……85
萩見……209
白菜漬……235
白菜漬く……235
白菜干す……235
曝書……187
白扇……150
羽子（はご）……33
羽子板……34
羽子板市……258
箱眼鏡……186
はさ……222
稲架（はざ）……222
端居……162
橋涼み……162
播種（はしゅ）……82
芭蕉布……156
柱炬火……77
柱松明……77
走り茶……121
蓮掘る……230
蓮根掘る……230
鯊釣……211
鯊舟……211
馬橇（ばそり）……54
畑打（はたうち）……81
畑打つ……81
裸……181
畑返す……81
裸足（はだし）……180
畑鋤く……81
肌脱ぎ……182
肌脱ぐ……182
八月忌……194
畑焼……64
初袷……116
初卯……45
初謡……39
初午……60
初卯参り……45
初恵比寿……46
初鏡……39
初鰹……127
初釜……39
初竈……19
初観音……46
白金懐炉……248
初稽古……39
初弘法……46
初暦……29
初金毘羅……46
初仕事……38
初地蔵……46
初芝居……39
初出勤……38
初硯……38

初刷り……29
初節句……118
初大師……46
初旅……39
初便り……27
初茶の湯……39
初手水……19
初点前……39
初天神……46
初電話……27
初寅……46
初荷……37
初日記……29
初音の笛……66
初幟……118
初雛……70
初日拝む……19
初不動……46
初弁天……46
初参り……19

初御籤……20
初ミサ……20
初水……18
初詣……19
初薬師……46
初湯……39
初夢……37
花篝……101
花氷……177
花茣蓙……151
花衣……101
鎮花祭（はなしずめまつり）……103
鼻汁……250
花種……81
花種蒔く……82
花疲れ……99
花漬……101
花菜漬……104
花の宴……99
花の種……81

花の茶屋……99
花の幕……99
花の宿……99
花火……205
花人……99
嚏る（はなひる）……250
花雪洞……101
花祭……102
パナマ帽……145
花見……99
花見酒……99
花御堂……102
花筵……99・151
花巡り……99
母の日……121
浜涼み……162
破魔矢……20
早鮓……172
パラソル……152
針供養……60

春着……29
春着縫う……258
バルコニー……161
春ごろも……29
バルコン……161
春支度……258
春田打……80
春ともし……99
春眠し……109
春の外套……109
春の菊作り……85
春の炬燵……79
春のコート……109
春の暖炉……79
春の眠り……109
春の野歩き……90
春のパラソル……108
春の灯……99
春の火桶……79
春の日傘……108

春の彼岸の中日……78
春の火鉢……79
春の服（春服）……108
春の寿詞（はるのよごと）……27
春の炉……79
馬鈴薯植う……84
バレンタイン・デー……61
ハンカチ……160
バンガロー……156
万愚節……96
半仙戯……106
ハンモック……151
ひいな（ひいなまつり）……70
柊挿す……58
日覆……152
火桶……245
日傘……152
彼岸会……78
彼岸参り……78
弾初……39
ピクニック……90
菱餅……72
避暑（避暑地）……186
ヒーター……243
干鱈……87
ビーチパラソル……152
単衣……143
単帯……144
単物……143
一夜酒（ひとよざけ）……170
雛……70
雛遊び……70
雛霰……72
雛市……70
雛送り……73
雛納め……72
雛飾る……70
雛菓子……72
日向ぼこ……256
雛流し……73
雛の酒……72
雛の餅……72
雛祭……70
雛店……70
雛料理……70
日に焼く……72
火の番……182
干葉（ひば）……259
火鉢……235
胼（ひび）……245
火祭……48
氷室（ひむろ）……221
百草摘み……178
百八の鐘……121
日焼け……262
冷や酒……182
冷やし瓜……170
冷やしサイダー……166
冷やしラムネ……169
冷豆腐……168
冷奴……172
氷菓……172
氷庫……168
氷柱……178
氷柱花……177
屏風……177
日除……243
日よけ眼鏡……152
ビール……153
昼寝……169
昼寝覚……179
鰭酒……179
広島忌……240
火を焚く……194
風船……248
風船売り……105
風船玉……105
風鐸……105
風鈴……175
吹上げ（噴上）……175
……161

噴井（吹井）……161
噴井戸（吹井戸）……161
葺替……89
蕗味噌……62
ふぐ刺し……240
ふぐ雑炊……240
福茶……18
河豚ちり……240
福豆……59
福水……18
河豚料理……240
福笑い……35
富士詣……154
衾……250
ぶっかき……167
復活祭……103
仏生会……102
筆始め……38
フード……253
懐手……256
太箸……25
太占祭（ふとまにまつり）……40
蒲団（布団）……250
舟遊び……183
船施餓鬼……199
船祭……191
冬囲い……232
冬構え……232
冬着……253
冬籠り……242
冬ごもる……242
冬灯し（ふゆともし）……56
冬の灯……56
冬服……253
冬帽子……253
冬休み……261
ふらここ……106
ブランコ……106
鰤網……240
プール……185
古団扇……151
古扇……150
古暦……257
古簾……146
古日記……258
フレーム……259
文化祭……228
文化の日……228
噴水……160
噴泉……161
平和記念日……194
平和祭……194
糸瓜忌……209
ベビーパウダー……190
ベランダ……161
遍路……108
遍路宿……108
ほい籠……46
報恩講……232
防寒帽……253
防災の日……208
豊年祭……216
頰被り……253
鬼灯市……154
星合い……196
干芋……220
乾鰯（ほしか）……87
干柿……226
干鰈……88
干草……142
干大根……229
干菜……235
干菜汁……235
干菜湯……235
星の夜……196
星祭……196
榾の火（榾火）……247
蛍売り……137
蛍籠……137
蛍狩……137

牡丹鍋……239
牡丹見……115
捕虫網……156
ほっかぶり……253
ボート……183
ボートレース……107
ボーナス……258
掘炬燵……245
ほろ蚊帳……140
盆……199
盆市……197
盆唄（盆の唄）……201
盆送り……202
盆踊り……201
盆踊唄……201
盆支度……197
盆棚……198
盆提灯……200
梵天祭……61
盆灯籠（盆灯）……200
盆舟……202
盆用意……197

— ま 行 —

舞扇……150
舞初……39
舞灯籠……201
播床（まきどこ）……84
枕蚊帳……140
マスク……254
松納め……45
松飾り……21
松飾る……261
松茸飯……220
松立つ……21
松取る……45
松の内……21
俎始め……39
真裸……181
間引菜……212
マフラー……254
豆撒……59
豆撒く……134
豆飯……126
繭玉……23
繭煮る……121
マリアの月……126
回り灯籠……200
万歳……35
マント……255
御神楽（みかぐら）……238
蜜柑狩……225
ミサ初め……20
水遊び……177
水争い……180
水打つ……163
水喧嘩……180
水施餓鬼……199
水鉄砲……177
水盗む……180
水洟（みずばな）……250
水番……180
水風呂……164
水撒き車……164
水撒く……163
水見廻り……180
水眼鏡……186
水餅……41
水守る（みずもる）……180
水遣る……163
晦日蕎麦……262
味噌搗き……242
味噌作る……242
味噌豆……242
蜜豆……171
みと祭……110
水口祭（みなぐちまつり）……110
みなづきのはらえ……148
三船祭……124
壬生念仏……109

都踊……98
茗荷汁……191
迎え火……198
零余子飯……219
麦打ち……129
麦刈……128
麦こがし……171
麦扱き……128
麦茶……167
麦とろ……219
麦笛……127
麦踏……64
麦踏む……65
麦蒔き……229
麦藁帽……145
虫売り……209
虫売る……209
虫籠……209
虫払い……187
虫干……187
武者人形……118
村祭……216
目刺……87
メーデー……114
メーデー歌……114
メーデー旗……114
目貼(張)り……232
毛布……251
藻刈舟……137
茂吉忌……66
潜り……184
餅……261
望(餅)粥……47
餅草摘む……91
黐竿……156
餅搗く……261
餅の黴……40
餅花……23
物種……81
物種蒔く……82
揉瓜……166
紅葉狩……226
紅葉見……226
籾摺り……223
籾蒔く……82
桃の節句……70
股引……255

—や行—

焼芋……236
焼栗……218
焼玉蜀黍……206
焼鳥……242
夜業……224
薬草摘み……121
矢車……119
焼芝……64
焼野……63
やっこ凧……30
奴豆腐……172
柳川鍋……173
柳蝶……88
屋根替……89
山鯨……239
山の家……155
山火……62
山開き……154
山女釣り……127
山女飯……127
山焼……62
山焼く……62
弥生の節句……70
遣羽子(やりばね)……33
誘蛾灯……136
夕涼……162
夕涼み……162
床涼み……162
浴衣……157
雪兎……53
雪打ち……52

雪下し……51
雪搔……51
雪垣……257
雪囲い……257
雪合戦……52
雪合羽……53
雪沓……53
雪籠り……242
雪ころばし……51
雪達磨……52
雪礫……51
雪吊り……257
雪投げ……51
雪のカーニバル……58
雪の玉……52
雪箒……51
雪祭……58
雪丸げ……51
雪まろばし……51
雪見……50
雪見酒……50
雪蓑……53
雪眼……54
雪眼鏡……54
雪焼け……54
雪除け……257
ゆさぶり……106
湯冷め……249
ゆさわり……106
柚子味噌（柚味噌）……225
柚子湯……259
湯湯婆……247
茹小豆……171
湯豆腐……236
夜網打つ……133
宵涼み……162
夜桜見物……99
夜仕事……224
葭簀……147
葭簀小屋……147
葭簾……146
葭簀茶屋……147
葭簀張る……147
吉田火祭……206
夜濯ぎ……165
夜涼み……162
寄せ鍋……236
ヨット……183
夜釣……133
夜業（よなべ）……224
夜番……259
夜干し……165
夜回り……259
夜店……166
読初……38
読始め……38
蓬菖蒲葺く……117
蓬摘む……91
蓬餅……96
夜の市……166

―ら行―

ラガー……56
裸形……181
ラグビー……56
裸身……181
裸体……181
ラッセル車……51
ラムネ……168
流灯……202
流灯会……202
両国の花火……190
臨海学校……187
林間学校……187
礼者……26
冷酒……170
冷蔵庫……178
冷房……174
冷房装置……174
連休……114

れんこん掘る……230
煉(練)炭……247
炉明り……247
労働歌……114
労働祭……114
ロッジ……155
炉の名残り……79
絽羽織……144
炉開き……228
炉辺……247

―わ行―

輪飾り……22
若葉……43
若菜摘……43
若松立つ……21
若水……18・19
輪注連……22
綿入半纏……251
綿(棉)取り……223
綿抜……116
藁沓……53
藁仕事……224
藁塚……223
蕨餅……97
ワンタッチ傘……142

短歌表現辞典 生活文化編（たんかひょうげんじてん せいかつぶんかへん）

2021年5月10日　第1刷発行

編　著　飯塚書店編集部

発行者　飯塚 行男

装　幀　飯塚書店装幀室

印刷・製本　モリモト印刷株式会社

株式会社 飯塚書店

http://izbooks.co.jp

〒112-0002 東京都文京区小石川5-16-4

TEL03-3815-3805　FAX03-3815-3810

郵便振替00130-6-13014

ISBN978-4-7522-1048-1

Printed in Japan

※本書は1998年小社より初版発行の書籍を復刻して刊行したものです。